CB127699

GEORGE
ORWELL

O CAMINHO PARA WIGAN PIER

IBC – INSTITUTO BRASILEIRO DE CULTURA LTDA
CNPJ 04.207.648/0001-94
Avenida Juruá, 762 – Alphaville Industrial
CEP. 06455-907 – Barueri/SP
www.revistaonline.com.br

Presidente: Paulo Roberto Houch
MTB 0083982/SP

(redacao@editoraonline.com.br)
Programadora Visual: Evelin Cristine Ribeiro
Impresso por: Edigráfica
Vendas: Tel.: (11) 3393-7723 (vendas@editoraonline.com.br)

Dados Internacionais de Catalogação na Publicação (CIP)
(eDOC BRASIL, Belo Horizonte/MG)

O79c
Orwell, George, 1903-1950.
O caminho para Wigan Pier / George Orwell. – Barueri, SP: Camelot, 2021.
208 p. : 13,5 × 20,5 cm

Título original: The road to Wigan Pier
ISBN 978-65-87817-04-0

1. Ficção inglesa. I. Título.

CDD 823

Elaborado por Maurício Amormino Júnior – CRB6/2422

GEORGE
ORWELL

O CAMINHO PARA WIGAN PIER

"Os aposentados idosos tinham sido expulsos de suas casas. Davam seus dez xelins semanais ao casal Brooker e em troca recebiam a espécie de acomodação que se pode esperar por esse valor, isto é, uma cama no sótão e pão com manteiga."

Introdução

O *Caminho para Wigan Pier* começa com uma descrição detalhada do cenário em torno de uma mina de carvão no norte da Inglaterra, antes da II Guerra Mundial. Traz detalhes da vida insalubre dos mineiros e da população miserável da região, em especial dos solitários obrigados a morar em pensão sem nenhum conforto.

George Orwell fez pesquisa em campo e se baseou em experiências pessoais para escrever este livro, em tom jornalístico. A obra se divide em duas partes e 13 capítulos. É uma análise pessoal do capitalismo da época, com crítica ácida aos teóricos do socialismo.

Causas da miséria, baixos salários, desemprego e consequências da mecanização e subnutrição são colocadas exaustivamente neste livro, lançado em 1937 pelo autor de *1984*.

Primeira parte

Capítulo 1

"Em geral as migalhas do café da manhã ainda estavam na mesa na hora do jantar. Eu conhecia várias delas de vista e acompanhava suas andanças na mesa, de um lado para outro, ao longo dos dias."

O primeiro som da manhã foi o barulho de tamancos das operárias da tecelagem sobre os paralelepípedos da rua. Antes disso, imagino que tenham soados as sirenes da fábrica, mas eu ainda não estava acordado para escutar.

Costumavam ficar quatro homens no quarto. Era um quarto decadente, com jeito de local provisório, que não atende ao seu propósito. Anteriormente era uma residência normal, e, quando os Brooker foram morar lá e a transformaram em pensão e açougue especializado em tripas, mantiveram alguns móveis inúteis e nunca se animaram a tirar dali. Por isso, o lugar que dormíamos ainda tinha cara de sala de estar. No teto tinha um lustre pesado de vidro, com tanta poeira acumulada que parecia pelo de um bicho. Quase cobrindo uma parede, um móvel enorme, horroroso, uma mistura de aparador e bancada, com muitos entalhes, gavetinhas e espelhinhos. Havia também um tapete velho, que já teve cores vivas mas estava agora todo manchado com marcas de baldes e latas de lixo, duas cadeiras douradas com os assentos arrebentados e uma daquelas poltronas antiquadas, estofada com crina de cavalo, onde a pessoa escorrega quando vai sentar. A sala tinha sido transformada em quarto, com quatro camas estreitas no meio dessa bagunça.

Minha cama ficava no canto direito do lado mais perto da porta. Lá havia outra cama atravessada no pé dela (para que a porta pudesse se abrir). Por isso eu tinha que dormir com minhas pernas dobradas; se eu as esticasse, chutaria as costas do cara da outra cama. Era um mecânico idoso chamado Reilly, que trabalhava em um escritório, na parte externa de uma mina de carvão. Felizmente, ele teve que ir trabalhar às cinco da manhã, então eu poderia desenrolar minhas pernas e dormir direito algumas horas depois que ele se foi. Na cama em frente havia um mineiro escocês que havia sido ferido em um acidente (um enorme pedaço de pedra o prendeu ao chão e demoraram algumas horas para tirá-lo), e recebera uma indenização de quinhentas libras. Era um homem grande e bonitão de quarenta anos, com cabelos grisalhos e bigode cortado, mais como um sargento que um mineiro, e ele ficava deitado na cama até tarde, fumando um cachimbo. A outra cama era ocupada por caixeiros-viajantes, vendedores de assinaturas de jornal e propagandistas de lojas, que em geral ficavam uma ou duas noites. Era uma cama de casal, de longe a melhor do quarto. Eu mesmo dormi nela na primeira noite, mas fui tirado de lá para dar lugar a outro pensionista. Acho que todos os recém-chegados passavam a primeira noite na cama maior, que funcionava como chamariz. Todas as janelas ficavam sempre bem fechadas e presas por um saco vermelho de areia, e de manhã o quarto fedia como uma gaiola de furão. A gente não notava ao acordar, mas, se saísse do quarto e depois voltasse, era atingido pelo cheiro como um soco na cara.

Nunca soube quantos quartos havia na casa, mas sabia que havia um banheiro que era de antes do tempo dos Brooker. Embaixo havia a costumeira sala e cozinha, com um enorme fogão a carvão, com o fogo sempre ardendo, noite e dia. Era iluminada apenas por uma claraboia, pois de um lado havia o mercado de tripas e do outro lado a despensa, que se abria para um porão escuro onde guardavam as mercadorias.

Bloqueando parte da porta da despensa, havia um sofá disforme onde a sra. Brooker, a dona da pensão, se deitava, sempre doente, em meio a vários cobertores encardidos. Tinha uma cara redonda, pálida, amarelada e ansiosa. Ninguém sabia qual era o seu problema; acho que era apenas comer demais. Na frente da lareira, havia quase sempre varal com roupas para secar, e no meio da sala a grande mesa da cozinha, onde a família e os hóspedes comiam. Nunca vi essa mesa totalmente descoberta, com o tampo nu, mas vi diversas toalhas e coberturas em diferentes ocasiões. Por baixo havia uma camada de jornais velhos manchados de molho; em cima disso, um oleado branco e pegajoso; em cima disso, um pano verde; e, em cima disso, outro pano de tecido grosso, que nunca era trocado e poucas vezes saía de lá. Em geral as migalhas do café da manhã ainda estavam na mesa na hora do jantar. Eu conhecia várias delas de vista e acompanhava suas andanças na mesa, de um lado para outro, ao longo dos dias.

O mercado de tripas era estreito e frio. Na vitrina tinha umas letras brancas que sobraram de propagandas de chocolate, espalhadas como estrelas sobre o vidro. Dentro havia um balcão onde ficavam grandes quantidades de material amontoado, dobradinhas, tripas e pés de porco, já escaldados, meio transparentes como fantasmas. Era uma loja simples do tipo *tripe and pea* (tripa e ervilha), e nas prateleiras tinha pão, cigarros e algumas latarias. Uma placa anunciava chá, mas, se alguém pedisse uma xícara de chá, em geral era recusada com alguma desculpa.

Apesar de estar desempregado há anos, o Sr. Brooker era mineiro de profissão. Ele e a esposa já tiveram vários tipos de comércio durante toda a sua vida. Em certa época, possuíram um bar, mas perderam a licença por permitir jogos de azar. Esses negócios não devem ter dado algum lucro; eram o tipo de gente que toca um negócio mais para ter do que reclamar. Ele era moreno, de constituição miúda, com cara de irlandês, um tipo azedo, e muito sujo. Suas mãos nunca estavam limpas. Como a Sra. Brooker era deficiente, era ele quem fazia a comida, e, como todas as pessoas que vivem com as mãos sujas, tinha uma maneira peculiar e demorada de pegar nas coisas. Se ele lhe passava uma fatia de pão com manteiga, com certeza vinha com uma grande impressão digital escura Mesmo de manhã cedo, quando descia naquele misterioso porão por trás do sofá da Sra. Brooker para buscar a tripa, suas mãos já estavam pretas. Ouvi outros hóspedes contarem histórias terríveis sobre aquele lugar onde se guardava a tripa. Falavam que por ali havia besouros negros. Não sei com que frequência eles encomendavam novas remessas de tripa, mas eram intervalos grandes pois a Sra. Brooker costumava marcar a data dos acontecimentos segundo as encomendas. "Deixe ver, já recebi três encomendas de tripa congelada desde que tal coisa aconteceu"...e assim por diante. Nós, os hóspedes nunca tínhamos tripa nas refeições. Na época imaginei que era porque a tripa era muito cara; depois cheguei à conclusão que era só porque sabíamos demais sobre o assunto. E, aliás, notei também que o casal Brooker nunca comia tripa.

Os únicos hóspedes permanentes eram o Sr. Reilly, o mineiro escocês, dois aposentados idosos e um desempregado chamado Joe, que vivia às custas do serviço público de assistência social. Era do tipo de gente sem sobrenome. O mineiro escocês era um tédio só. Como todo desempregado, passava tempo demais lendo jornais, e era capaz de discursar durante horas sobre assuntos como o perigo amarelo, assassinatos em troncos, astrologia ou o conflito entre religião e ciência. Os aposentados idosos tinham sido expulsos de suas casas. Davam seus dez xelins semanais ao casal Brooker e em troca recebiam a espécie de acomodação que se pode esperar por esse valor, isto é, uma cama no sótão e pão com manteiga. Um deles era um tipo superior e estava morrendo de alguma doença incurável, câncer, creio. Só se levantava da cama nos dias em que ia receber o dinheiro da aposentadoria. O outro, que todos chamavam de Velho Jack, era um ex-mineiro de 78 anos que trabalhara bem mais de cinquenta anos nas minas. Era um homem alerta e inteligente, que só se lembrava de coisas da infância, e tinha esquecido tudo a respeito das máquinas modernas e das melhorias na mineração. Gostava de contar histórias das lutas contra os cavalos bravos que puxavam vagões nas estreitas galerias subterrâneas. Quando ouviu dizer que eu estava me preparando para descer nas minas, fez um ar de desprezo e disse que um homem da minha altura (1,82 m) nunca aguentaria a viagem; não adiantava dizer que a viagem agora era melhor do que antes. Mas era amigável com todos e costumava se despedir com um belo grito, “Boa noite, rapazes!”, enquanto se arrastava escada acima para a sua cama, embaixo das vigas do teto. O que eu mais admirava nele era que nunca pedia nada a ninguém; em geral já tinha acabado seu tabaco lá pelo fim da semana, mas sempre se recusava a fumar os cigarros dos outros. O casal Brooker tinha feito um seguro de vida dos dois idosos com uma firma que cobrava seis pence por semana. Dizia-se que alguém já tinha escutado o casal perguntar ansiosamente ao agente de seguros quanto tempo uma pessoa vive quando tem câncer.

Tal como o escocês, Joe era um grande leitor de jornais e passava quase o dia inteiro na biblioteca pública. Solteiro e desempregado, tinha um aspecto deplorável, vestido com farrapos, um rosto redondo, quase infantil e uma expressão inocente de malícia. Parecia mais um garotinho esquecido num canto do que um homem adulto. Suponho que seja a total falta de responsabilidades que faz com que tantos desses homens pareçam mais jovens do que são. Pela aparência de Joe, achei que tivesse uns 28 anos, e me espantei ao saber que tinha 43. Adorava frases de efeito e falava com muito orgulho de como sempre evitara o casamento. Dizia: “São muito pesados os grilhões do matrimônio”, achando que era uma observação inteligente. Sua renda total era de quinze xelins por semana, e pagava seis ou sete ao casal Brooker pela cama. Às vezes eu o via preparando uma xícara de chá na cozinha, mas quase sempre fazia as refeições em algum lugar longe dali; suponho que consistiam basicamente de fatias de pão com margarina e por vezes peixe com batata frita.

Havia também uma clientela eventual de caixeiros-viajantes do tipo mais pobre, atores ambulantes – sempre comuns no Norte, pois os *pubs* maiores costumam contratar artistas de variedades nos fins de semana – e vendedores de assinaturas de jornal, um tipo que eu ainda não tinha encontrado. Seu trabalho me parecia tão sem esperanças, tão lamentável, que eu me perguntava como alguém conseguia aguentar uma coisa dessas, quando a prisão era uma alternativa possível. Eram contratados principalmente pelos jornais semanais ou dominicais e enviados de cidade em cidade, com um mapa e uma lista de ruas que tinham que comparecer a cada dia. Se não garantissem um mínimo de vinte assinaturas por dia, eram despedidos. Enquanto conseguissem manter as vinte assinaturas diárias, recebiam um pequeno salário – duas libras por semana, creio; sobre qualquer assinatura que ultrapassasse as vinte, recebiam uma minúscula comissão. A coisa não é tão impossível como parece, pois nos bairros operários cada família recebe um jornalzinho semanal de dois pence, e troca de jornal a cada poucas semanas; mas duvido que alguém consiga manter esse emprego por muito tempo. Os jornais contratam pobres coitados em desespero, funcionários e caixeiros-viajantes desempregados, pessoas assim, que por algum tempo fazem um esforço frenético e mantêm suas vendas no nível mínimo; e, quando esse trabalho miserável acaba com eles, são despedidos e outros entram em seu lugar. Conheci dois, contratados por um dos semanários mais conhecidos. Ambos eram de meia-idade com família para sustentar, e um deles já era avô. Passavam dez horas por dia andando a pé, percorrendo as ruas designadas, e depois se ocupavam até tarde da noite preenchendo formulários em branco para alguma tramoia que o jornal estava oferecendo, em que você ganha de brinde um conjunto de xícaras se fizer uma assinatura por seis semanas e ainda enviar uma ordem postal de dois xelins. O gordo, que já era avô, adormecia com a cabeça apoiada na pilha de formulários. Nenhum dos dois podia pagar uma libra por semana que os Brooker cobravam pela pensão completa. Pagavam uma pequena soma só pela cama e faziam as refeições, envergonhados, em um canto da cozinha, comendo pão com margarina e toucinho, que tiravam de suas pastas de trabalho.

Os Brooker tinham muitos filhos e filhas, a maioria dos quais já tinha saído de casa fazia muito tempo. Alguns estavam "em Canadá", como ela dizia. Havia apenas um filho que vivia lá por perto, um rapagão enorme que parecia um porcão, trabalhava em uma garagem e vinha sempre comer na pensão. Sua mulher passava o dia todo ali com as duas crianças, e a maior parte do trabalho da cozinha e da lavagem de roupa era feita por ela e por Emmie, a noiva de outro filho que estava em Londres. Emmie era uma garota loira, de nariz afilado e aparência infeliz que trabalhava numa das tecelagens da região por um salário de fome; mesmo assim, passava todas as noites labutando como escrava na casa dos Brooker. Notei que o casamento estava sempre sendo adiado, e provavelmente nunca se realizaria, mas a Sra. Brooker já tinha se apropriado de Emmie como nora e a atormentava com aquela maneira peculiar, sempre atenta e amorosa, que têm os deficientes. O resto do trabalho da casa era feito, ou não era feito, pelo Sr. Brooker. A Sra. Broooker poucas vezes se levantava do sofá na cozinha (onde também passava as noites, além dos dias), e era doente demais para fazer qualquer coisa exceto comer refeições colossais. Era ele quem atendia os fregueses no açougue, servia a comida aos hóspedes e arrumava os quartos. Estava sempre se movendo com incrível lentidão de uma tarefa odiada para outra. Muitas vezes as camas ainda estavam desarrumadas às seis da tarde, e a qualquer hora do dia se podia encontrar Brooker na escada, levando um urinol cheio, que agarrava com o polegar passando bem além da borda. De manhã se sentava junto à lareira com uma tina de água suja, descascando batatas com a velocidade de um filme em câmara lenta. Nunca vi ninguém capaz de descascar batatas com tal amargor e ressentimento. A gente via perfeitamente o ódio que ele sentia dessa "porcaria de trabalho de mulher", como ele dizia, fermentando dentro dele como um suco amargo. Era capaz de passar o dia todo mastigando suas queixas como ruminante.

Como eu ficava muito tempo dentro de casa, ouvia tudo sobre as desgraças dos Brooker. Ela dizia que todo mundo passava a perna neles, que todos eram ingratos, que o açougue não rendia nada e a pensão mal dava alguma coisa. Pelos padrões locais, eles não estavam tão mal de vida, mesmo assim, conseguiam receber auxílio social do governo. E o principal prazer que eles tinham na vida era falar de suas mágoas e ressentimentos para quem quisesse ouvir. A Sra. Brooker costumava se lamentar de hora em hora, deitada no sofá. Parecia uma montanha flácida de gordura e autopiedade, dizendo a mesma coisa vezes seguidas: "Hoje em dia não temos mais fregueses, não sei por quê... A tripa fica ali, dia após dia – e olha, é uma tripa tão bonita! É duro, não é?". Seus lamentos sempre terminavam com "É duro, não é?", como o refrão de uma balada. Certamente era verdade que o açougue não dava dinheiro. O lugar tinha aquele ar empoeirado, estagnado, de uma loja que está indo por água abaixo. Mas teria sido totalmente inútil explicar a eles por que ninguém aparecia na loja, mesmo que alguém tivesse a coragem de dizer isso; nenhum dos dois era capaz de entender que as moscas-varejeiras que desde o ano anterior jaziam mortas de costas na vitrine não atraem bons negócios.

Mas o que realmente os atormentava era pensar naqueles dois idosos que moravam na casa, ocupando espaço, devorando a comida e pagando apenas dez xelins por semana. Duvido que estivessem realmente perdendo dinheiro com esses dois velhos, apesar de que o lucro sobre os dez xelins semanais devia ser, de fato, muito pequeno. Aos olhos deles, porém, os dois velhos eram uns horrendos parasitas que tinham se agarrado a eles e viviam da sua caridade. O Velho Jack eles ainda conseguiam tolerar, mal e mal, porque passava quase o dia todo fora de casa, mas eles odiavam o que estava acamado, que se chamava Hooker. O Sr. Brooker pronunciava esse nome, sem o "H" e esticando o "U": "Uuker". Quantas histórias ouvi sobre o velho Hooker e seu gênio briguento e rebelde, que trabalho dava para fazer a sua cama, o fato de que ele não come isso e não come aquilo, a sua infinita ingratidão e, acima de tudo, a obstinação e o egoísmo com que se recusava a morrer! Os Brooker ansiavam, bem explicitamente, que ele morresse. Quando isso acontecesse, conseguiriam pelo menos receber o dinheiro do seguro. Parecia que eles sentiam a presença dele ali, devorando a vitalidade dos dois, dia após dia, como se fosse um verme vivo em suas entranhas. Às vezes Brooker levantava os olhos das batatas que estava descascando e balançava a cabeça, com uma amargura inexprimível na cara, indicando o teto e o quarto do velho Hooker. "É um b..., não é mesmo?", dizia. Não precisava falar mais nada; eu já tinha ouvido tudo sobre o velho Hooker e suas manias. Mas os Brooker guardavam rancores contra todos os hóspedes, inclusive eu. Joe, como recebia dinheiro do governo, estava praticamente na mesma categoria que os idosos. O escocês pagava uma libra por semana, mas ficava em casa a maior parte do dia, e eles "não gostavam que ele ficasse sempre rondando por ali", como diziam. Os vendedores de assinaturas de jornal passavam o dia todo fora, mas os Brooker tinham raiva deles porque traziam sua própria comida; e até mesmo Reilly, o melhor hóspede, era uma desgraça, dizia a sra. Brooker, porque a acordava quando descia a escada de manhã. Eles não conseguiam o tipo de inquilinos que queriam: "cavalheiros de profissão comercial", de alta classe, que pagassem a pensão completa e ficassem fora de casa o dia todo. Para eles o hóspede ideal seria alguém que pagasse trinta xelins por semana e nunca entrasse em casa, exceto para dormir. Já notei que as pessoas que alugam quartos quase sempre odeiam seus inquilinos. Elas querem o dinheiro, mas os consideram intrusos, e têm uma atitude curiosa, sempre alerta e cheia de ciúmes, que no fundo é a determinação de não deixar o inquilino se sentir muito à vontade em casa. É o resultado inevitável de um mau sistema, que obriga o inquilino a viver na casa de outra pessoa, sem ser da família.

As refeições na casa dos Brooker eram invariavelmente asquerosas. De manhã recebíamos duas fatias de bacon e um ovo frito muito branco e pálido, e um pão com manteiga que com frequência fora cortado na noite anterior, e sempre vinha com marcas de dedão. Por mais que eu tentasse, com toda a diplomacia, nunca consegui induzir Brooker a me deixar cortar meu próprio pão; ele fazia questão de me passar fatia por fatia, cada uma firmemente presa a seu grande e imundo dedão preto. No almoço, em geral havia aquelas tortas de carne de três pence, vendidas prontas em latas – faziam parte do estoque do açougue, creio – mais batatas cozidas e pudim de arroz de sobremesa. Para o jantar, mais pão com manteiga e alguns bolos meio desmanchados, provavelmente sobras da véspera, comprados da padaria. Para a ceia havia biscoitos com uma fatia de queijo Lancashire, esbranquiçado e mole. Os Brooker chamavam sempre os biscoitos de *cream crakers*. "Aceite mais um cream craker, senhor Reilly. O senhor vai gostar de comer um cream craker com queijo", dissimulando, assim, o fato de que havia apenas queijo para a ceia. Várias garrafas de molho de Worcester e um vidro grande de geleia meio cheio viviam permanentemente sobre a mesa. Era costume molhar tudo, até o queijo, com o molho Worcester, mas nunca vi ninguém ter coragem de enfrentar aquele vidro de geleia, que era uma massa indescritível de poeira e coisas grudentas. A Sra. Brooker comia separadamente, mas também beliscava qualquer refeição que porventura estivesse acontecendo, e manobrava com grande habilidade para conseguir o que ela chamava de "o fundo da chaleira", ou seja, a xícara de chá mais forte. Tinha o hábito de enxugar a boca constantemente em um de seus cobertores. Já no fim da minha estadia, ela começou a rasgar tiras de jornal para esse fim, e de manhã o chão estava juncado de bolas amassadas de jornal cuspido, que ali ficavam horas a fio. O cheiro da cozinha era horroroso, mas, tal como acontecia com o cheiro do quarto, a gente parava de sentir depois de algum tempo.

Parece que esse tipo de lugar devia ser bem normal naquelas áreas industriais, pois, de modo geral, os inquilinos não reclamavam. O único que às vezes achava ruim, que eu saiba, era um *cockney*, um homenzinho de cabelo negro e nariz aquilino que era caixeiro-viajante de uma firma de cigarros. Nunca tinha estado no Norte do país, e creio que até recentemente tinha um emprego melhor e estava acostumado a ficar em hotéis comerciais. Aquele foi seu primeiro contato com uma pensão realmente de classe baixa, o tipo de lugar onde os propagandistas e vendedores de assinaturas têm para se abrigar ao final de suas intermináveis jornadas de trabalho. Enquanto nos vestíamos (ele tinha dormido na cama de casal, é claro), percebi que olhava em torno daquele quarto desolado com uma espécie de nojo e incredulidade. Ele percebeu meu olhar e de repente adivinhou que eu também era do Sul.

– Que imundície desses filhos da puta! – falou, muito abalado.

Em seguida, arrumou a mala, desceu a escada e com uma grande honestidade disse ao casal Brooker que aquela pensão não era do tipo a que ele estava acostumado e que ia embora imediatamente. Os Brooker nunca entenderam o porquê. Ficaram surpresos e magoados. Que ingratidão! Deixá-los dessa maneira, sem motivo algum, depois de apenas uma noite! Daí em diante, discutiram o assunto mil vezes, em todos os seus aspectos. Ele foi adicionado à sua loja de reclamações.

Resolvi sair dali quando vi embaixo da mesa do café da manhã um penico cheio até a borda. O lugar estava me deixando deprimido. Não era só a sujeira, os cheiros fétidos e a comida nauseabunda, mas a sensação de decadência, de uma estagnação sem sentido, de ter descido a um lugar subterrâneo onde as pessoas se rastejam como besouros pretos, em uma confusão interminável de trabalho escravo e rancores mesquinhos. O mais terrível em gente como os Brooker é a maneira como repetem as mesmas coisas sem parar. Fica-se com a sensação de que não são pessoas reais, e sim uns fantasmas ensaiando eternamente a mesma peça. No fim, a conversa da Sra. Brooker, cheia de autopiedade – sempre as mesmas queixas, vezes e vezes sem conta, sempre terminando com a mesma lamentação em voz trêmula: "É duro, não é?" –, isso me enjoava ainda mais do que seu hábito de limpar a boca com tiras de jornal. Só que não adianta falar que gente do tipo dos Brooker é repugnante e tentar tirar da cabeça. É que existem dezenas delas, centenas de milhares; são um dos subprodutos típicos do mundo moderno. Não se pode desconsiderá-las, se aceitarmos a civilização que as produziu. Pois isso também é parte do que o industrialismo fez por nós. Colombo atravessou o Atlântico, as primeiras locomotivas a vapor entraram em movimento, os ingleses resistiram firmes sob as espingardas francesas em Waterloo, os salafrários de um olho só do século XIX louvavam a Deus e enchiam o bolso; e, assim, tudo aquilo veio dar nisto – nestes cortiços com cozinhas escuras lá no fundo e gente velha e doente rondando como um bando de besouros pretos. É uma espécie de dever ir a esses lugares, vê-los e cheirá-los de vez em quando – principalmente sentir o cheiro deles, para não nos esquecermos de que existem; embora seja melhor não nos demorarmos muito tempo por lá.

O trem me levou para longe, através do cenário monstruoso de montanhas de escória de carvão, chaminés, pilhas de ferro-velho, canais imundos, caminhos feitos de barro e cinzas, atravessados por incontáveis pegadas de tamancos. Já era março, mas o tempo estava horrivelmente frio e por toda parte havia montes de neve enegrecida. Ao passar devagar pela periferia da cidade, víamos fileira após fileira de casas cinzentas de favela saindo em ângulo reto das margens dos canais.

No fundo de uma das casas, uma jovem estava ajoelhada nas pedras, enfiando um pedaço de pau no cano de esgoto que vinha da pia dentro de casa, e que devia estar entupido. Deu para vê-la muito bem: o avental feito de pano de saco, os tamancos rústicos, os braços vermelhos de frio. Levantou a cabeça quando o trem passou, e eu estava tão perto que quase encontrei seu olhar. Tinha a cara redonda e pálida, o habitual rosto exausto da jovem favelada de 25 anos que parece ter quarenta por causa dos abortos e do trabalho pesado; um rosto que mostrava, naquele segundo em que passou por mim, a expressão mais infeliz e desconsolada que jamais vi. Percebi no mesmo instante que nos enganamos quando dizemos: "Para eles não é a mesma coisa que seria para nós", supondo que as pessoas criadas na favela não conseguem imaginar nada mais do que a favela. Pois aquilo que vi em seu rosto não era o sofrimento ignorante de um animal. Ela sabia muito bem o que estava lhe acontecendo – compreendia tanto quanto eu que terrível destino era esse, ficar de joelhos naquele frio terrível, no chão de pedras úmidas do quintal de uma favela, enfiando uma vareta em um cano de escoamento imundo, atolado de sujeira.

Rapidamente o trem entrou pelo campo, e isso me pareceu esquisito, quase não natural, como se o campo aberto fosse uma espécie de parque; pois nas áreas industriais a gente sempre sente que a fumaça e a sujeira vão continuar para sempre e que nenhuma parte da superfície do planeta será capaz de escapar delas. Em um pequeno país superlotado e sujo como a Inglaterra, a gente quase acha natural que as coisas sejam contaminadas. As chaminés e as montanhas de escória de carvão nos parecem uma paisagem mais normal, mais frequente do que a relva e as árvores; e até mesmo lá nas profundezas do interior, quando a gente enfia uma pá no chão já vai esperando topar com uma garrafa quebrada ou uma lata enferrujada. Mas aqui a neve não tinha sinal algum de passos, e era tão funda que só se via o alto das cercas divisórias de pedra serpenteando pelas colinas como negras veredas. Lembro-me que o escritor Lawrence disse que as colinas cobertas de neve ondulavam rumo à distância "como músculos". Não era a comparação que teria me ocorrido. Para mim, a neve e os muros mais pareciam um vestido branco recortado por guarnições negras.

Apesar de a neve nem ter começado a derreter, o sol já brilhava com força e, por trás das janelas fechadas do vagão, parecia quente. De acordo com o almanaque, estávamos na primavera, e alguns passarinhos pareciam acreditar nisso. Pela primeira vez na vida pude ver, em um terreno baldio ao lado da ferrovia, duas gralhas transando. Faziam isso no chão, e não, como eu imaginava, em uma árvore. O namoro era curioso. A fêmea ficava de bico aberto e o macho andava em volta dela, como se estivesse lhe dando comida na boca. Não fazia nem meia hora que eu estava nesse trem e eu tinha a impressão de que já havia uma distância enorme entre a cozinha dos Brooker e aquelas encostas nuas cobertas de neve e as grandes aves que cintilavam ao sol forte.

Toda a área industrial é, na verdade, uma única e enorme cidade, com uma população mais ou menos igual à da Grande Londres, mas, felizmente, com uma área muito maior, de forma que mesmo no meio desses distritos ainda há lugar para algumas áreas limpas e decentes. É animador. Apesar do esforço, o homem ainda não conseguiu espalhar sua sujeira por toda parte. A Terra é tão vasta, e ainda tão vazia, que até mesmo no coração mais imundo da civilização se encontram campos onde a relva é verde e não cinza; e talvez, se você procurasse, poderia até achar riachos com peixes vivos em vez de latas de salmão. Durante um longo tempo, talvez por uns vinte minutos, o trem atravessou só campo aberto, até que a civilização, com suas casinhas de subúrbio, começou outra vez a avançar sobre nós, e logo as favelas da periferia, e de novo os montes de escória, as chaminés arrotando fumaça, as fornalhas, os canais e os gasômetros de mais uma cidade industrial.

Capítulo 2

"É difícil ver o trabalho deles sem sentir uma ponta de inveja – como são duros esses homens."

Nossa civilização depende do carvão mais do que nos damos conta, até pararmos para pensar a respeito. Pense nas máquinas que nos mantêm vivos e nas máquinas que fabricam essas máquinas – todas elas dependem, direta ou indiretamente, do carvão. No metabolismo do mundo ocidental, o mineiro de carvão só perde em importância para o lavrador que cultiva a terra. O mineiro é uma espécie de cariátide, negra e encardida, que carrega nos ombros quase tudo que não é negro e encardido. Por esse motivo o processo de extração do carvão é algo que vale a pena presenciar, se você tiver a chance e se der ao trabalho de observar de perto.

Quando você desce a uma mina de carvão, é importante tentar chegar quando os trabalhos estão a pleno vapor. Isso não é nada fácil, pois quando a mina está em funcionamento os visitantes atrapalham e não são incentivados a descer; mas, se você descer em qualquer outra ocasião, talvez saia de lá com uma impressão errada. Em um domingo, por exemplo, a mina parece quase pacífica. O momento certo de descer é quando as máquinas estão roncando e o ar está todo negro de pó do carvão; é quando você pode realmente ver o que os mineiros têm que fazer. Nesses momentos, a mina é como o inferno, ou pelo menos como a ideia que tenho do inferno. A maioria das coisas que a gente imagina que existam no inferno está ali: calor, barulho, confusão, escuridão, ar fétido e, acima de tudo, um aperto insuportável. Tudo menos o fogo, pois não há fogo lá embaixo, exceto pelos fracos raios de luz das lâmpadas de segurança e lanternas elétricas, que mal conseguem penetrar nas nuvens de pó de carvão.

Quando você chega lá embaixo, tem que ir agachado pela última fileira de escoras do teto, e verá à sua frente uma parede negra e brilhante, com cerca de um metro ou um metro e vinte de altura – o veio de carvão. Em cima, um teto liso, feito da rocha da qual o carvão foi extraído; embaixo, também rocha, de modo que a galeria onde você se encontra tem apenas a altura do próprio veio de carvão, ou seja, pouco mais de um metro. A primeira impressão que se tem daquilo tudo, superando tudo o mais depois de algum tempo, é o barulho medonho, ensurdecedor da esteira rolante que vai levando o carvão embora. Não se vê quase nada, pois a névoa do pó de carvão anula o facho da lanterna, mas é possível enxergar, à esquerda e à direita, uma fileira de homens ajoelhados, seminus, um a cada quatro ou cinco metros, enfiando suas pás embaixo do carvão caído no chão e o atirando rapidamente sobre o ombro esquerdo. Sua tarefa é alimentar de carvão a esteira rolante, uma correia de borracha de sessenta centímetros de largura que passa a um ou dois metros atrás deles. Por essa esteira corre sempre um rio cintilante de carvão. Em uma mina de grande porte, ela leva várias toneladas de carvão por minuto. O carvão é transportado até um local nas galerias principais e ali colocado em vagonetes com capacidade para meia tonelada; eles são arrastados até os elevadores e içados para o mundo lá fora.

É difícil ver o trabalho deles sem sentir uma ponta de inveja – como são duros esses homens. É um trabalho terrível o que eles fazem, quase sobre-humano para os padrões de uma pessoa comum. De fato, não apenas deslocam quantidades monstruosas de carvão, mas fazem isso em uma posição que dobra ou triplica o trabalho. Para começar, têm que ficar de joelhos o tempo todo pois não poderiam se levantar sem bater a cabeça no teto. Se você tentar, verá como isso é difícil. Trabalhar com uma pá é relativamente fácil quando se está em pé, pois você pode usar os joelhos e as coxas para impulsionar a ferramenta; mas, quando se está de joelhos, todo o esforço fica a cargo dos braços e dos músculos da barriga. E o restante das condições não facilita nada as coisas. Há o calor – é algo que varia, mas em algumas minas é sufocante – e a poeira de carvão que entope a garganta e as narinas e se acumula nas pálpebras, e ainda o tremor incessante da esteira rolante, que naquele espaço confinado mais parece o som de uma metralhadora. Os mineiros, porém, trabalham como se fossem de ferro. E parecem mesmo feitos de ferro – estátuas de ferro batido a martelo – sob a camada inteiriça de pó de carvão que se cola a eles da cabeça aos pés. Apenas quando vemos essa cena lá embaixo na mina notamos como são incríveis esses homens. Eles são, em sua maioria, baixinhos (os altos estão em desvantagem nesse trabalho), mas quase todos têm um corpo de compleição nobre: ombros largos que vão se afinando até a cintura fina e ágil, nádegas pequenas e bem pronunciadas, e coxas rijas, sem excesso de carne em parte alguma. Nas minas mais quentes, usam apenas um calção de tecido fino, tamancos e joelheiras; nas minas ainda mais quentes, apenas tamancos e protetores de joelhos. É difícil dizer pela aparência se são jovens ou velhos. Podem ter qualquer idade, até 60 anos ou mesmo 65, mas quando estão nus e inteiramente pretos são todos parecidos. Ninguém poderia fazer esse trabalho sem ter o corpo de um jovem e a silhueta de um soldado; com um ou dois quilos a mais na cintura, seria impossível se curvar toda hora.

Não conseguimos esquecer essa cena depois que a vemos – aquela fileira de figuras curvadas, ajoelhadas, inteiramente cobertas de fuligem preta, enfiando suas enormes pás embaixo do carvão com uma força e uma velocidade incríveis. Seu turno de trabalho dura sete horas e meia – teoricamente sem pausas, pois não há intervalo algum. Eles conseguem roubar um quarto de hora ou algo assim em algum momento do turno, para comer o que trouxeram consigo – em geral um pedaço de pão lambuzado com gordura de carne frita e uma garrafa de chá frio. Na primeira vez que vi os mineiros trabalhando, encostei a mão em alguma coisa escorregadia e nojenta no meio da poeira de carvão. Era um pedaço de tabaco mascado. Quase todos os mineiros mascam tabaco, que acreditam amenizar a sede.

Você teria que descer ao fundo de várias minas até conseguir entender os processos o seu redor. Isso acontece principalmente porque o simples esforço de ir de um lugar a outro dificulta perceber qualquer outra coisa. Você entra no elevador, que é uma caixa de aço mais ou menos da largura de uma cabine telefônica, com o dobro ou triplo de comprimento. Ali cabem dez homens, mas eles enfiam muitos mais, amontoados como sardinhas em lata, e um homem alto não conseguiria ficar em pé lá dentro. A porta de aço se fecha sobre você e alguém que está manejando a manivela lá em cima o deixa cair no vazio. Por um momento você sente aquele frio no estômago e parece que seus ouvidos vão estourar; mas não existe muita sensação de movimento até se chegar perto do fundo, quando o elevador reduz a velocidade tão bruscamente que se poderia jurar que está subindo de novo. No meio do trajeto, o elevador deve alcançar noventa quilômetros por hora; e, nas minas mais profundas, ainda mais.

Quando você sai do elevador lá no fundo, sempre abaixado, está a cerca de quatrocentos metros abaixo da superfície. É como se tivesse uma montanha de bom tamanho em cima de você; centenas de metros de rocha sólida, ossos de animais extintos, terra, sílex, raízes de coisas que crescem, depois a grama verde e vacas pastando – tudo isso suspenso sobre a sua cabeça, e sustentado apenas por esteios de madeira da grossura da barriga da perna. Mas, por causa da velocidade com que o elevador o trouxe para baixo, na mais completa escuridão, você não sente que está muito mais fundo do que se estivesse pegando o metrô na estação Picadilly.

Admiráveis são as imensas distâncias horizontais que é preciso percorrer embaixo da terra. Antes de conhecer uma mina, eu imaginava vagamente um mineiro saindo do elevador e começando a trabalhar em um veio de carvão a poucos metros de distância. Nunca tinha percebido que, antes de sequer chegar ao local de trabalho, ele tem que percorrer, abaixado, percursos que podem ser tão longos como a distância entre a Ponte de Londres e Oxford Circus. No começo, é claro, perfura-se o poço da mina em algum lugar próximo a um veio de carvão. Mas, à medida que esse veio é esgotado e novos veios se seguem, a extração se dá cada vez mais longe da base do poço. Um quilômetro e meio desde a base do poço até a parede da rocha a ser trabalhada deve ser a distância média; cinco quilômetros é bastante comum; e dizem até que há algumas minas onde a extensão chega a oito quilômetros. Essas distâncias, porém, não têm relação alguma com as da superfície, pois em todo esse trajeto de dois ou quatro quilômetros, seja lá o que for, quase não há nenhum lugar fora da galeria principal – e mesmo ali, raramente – onde um homem possa ficar em pé com as costas retas.

Apenas depois de centenas de metros dá para se notar o efeito disso. Você começa a caminhar, ligeiramente curvado, pela galeria mal iluminada, com dois metros e meio ou três de largura e cerca de um metro e meio de altura, com as paredes feitas de placas de xisto como as muretas de pedra em Derbyshire. A cada um ou dois metros, há esteios de madeira sustentando as vigas e as traves. Algumas destas cederam, formando curvas fantásticas, e você tem que se abaixar para passar por baixo. Em geral o chão também é muito ruim de pisar, com o pó espesso ou pedaços pontiagudos de xisto; nas minas onde há água, o chão é barrento como o quintal de uma fazenda. Há também os trilhos para os vagonetes de carvão, como uma ferrovia em miniatura com dormentes trinta ou sessenta centímetros distantes um do outro, o que torna muito exaustivo andar. Tudo é cinzento, coberto de pó de xisto; há um cheiro ardente de poeira que parece ser igual em todas as minas. Você vê máquinas misteriosas cujo propósito nunca saberá, ferramentas penduradas nos fios e, por vezes, camundongos fugindo do facho dos lampiões. São muito comuns, sobretudo nas minas onde há cavalos ou já houve. Seria interessante saber como chegaram até ali; possivelmente caindo pelo poço – pois dizem que um camundongo pode cair de qualquer altura sem se machucar, já que sua pele é muito grande se comparada ao seu peso. Você se comprime junto à parede da galeria para deixar passar as fileiras de vagonetes que vão avançando aos solavancos, devagar, rumo ao poço, puxados por um cabo de aço sem fim operado na superfície. Você passa por cortinas feitas de sacos e grossas portas de madeira que, ao abrir, deixam escapar fortíssimas correntes de ar. Essas portas são uma parte importante do sistema de ventilação. O ar viciado é empurrado para fora de um dos poços por meio de ventiladores e o ar fresco entra sozinho por outro poço. Contudo, se seguir seu movimento natural o ar toma o caminho mais curto, deixando as partes mais profundas da mina sem ventilação; assim, todos os atalhos têm que ser isolados por partições.

No início, andar curvado é uma espécie de brincadeira, mas é uma brincadeira que logo cansa.

Para quem é muito alto, como eu, a desvantagem é maior e quando o teto baixa para um metro e vinte, ou menos, é duro para qualquer um, exceto um anão ou uma criança. Você tem que andar não só abaixado, dobrado em dois, mas também com a cabeça levantada o tempo todo, para enxergar as vigas e traves e se desviar delas. Isso o deixa com uma constante dor na nuca, porém não é nada em comparação com a dor nos joelhos e nas coxas. Depois de uns oitocentos metros, isso vira uma agonia insuportável. Começa a pensar se vai conseguir chegar até o fim – e o pior: de que jeito vai conseguir voltar. Seu passo fica mais e mais lento. Chega a um trecho de uns duzentos metros em que o teto é muito baixo e é preciso avançar de cócoras. De repente o teto se abre em um misterioso salão de boa altura – provavelmente o local de uma antiga queda de rocha – e por vinte metros completos você pode caminhar ereto. O alívio é impressionante. Logo depois, porém, vem outro trecho muito baixo de cem metros, e a seguir uma série de vigas que o obrigam a se arrastar por baixo. Você fica de quatro, e até mesmo isso é um alívio depois de ter que andar de cócoras. Mas, quando chega o final das vigas e você tenta se erguer de novo, descobre que seus joelhos pararam de trabalhar temporariamente e se recusam a levantar o corpo. Você pede um tempo, muito envergonhado, e diz que gostaria de descansar um ou dois minutos. Seu guia (um mineiro) compreende o problema. Ele sabe que seus músculos não são iguais aos dele. "Só faltam uns quatrocentos metros", ele diz, em tom animador, e você sente que daria no mesmo dizer que só faltam quatrocentos quilômetros. Mas finalmente você consegue, de algum jeito, se arrastar até chegar ao veio de carvão. Você avançou um quilômetro e meio e levou quase uma hora; um mineiro não levaria muito mais de vinte minutos. Depois de chegar, terá que se esparramar no chão, em cima do pó de carvão, por vários minutos, para recuperar as forças antes de sequer conseguir observar o trabalho que está sendo feito com alguma inteligência.

Como você está cansado, a volta é bem pior do que a ida, sem falar que tem uma ligeira subida para retornar. Você passa pelos trechos de teto mais baixo com a velocidade de uma tartaruga, e já não tem vergonha de pedir uma pausa quando seus joelhos não aguentam mais. Até a lanterna que você carrega atrapalha, pode cair no chão quando você tropeçar; e se for uma lanterna de segurança, vai se apagar. Desviar-se das vigas se torna um esforço cada vez maior, e às vezes esquecemos de abaixar a cabeça. Se tentar andar de cabeça baixa, como fazem os mineiros, vai bater as costas no teto. Até os mineiros batem as costas com bastante frequência. É por isso que nas minas muito quentes, onde é preciso andar quase nu, a maioria dos mineiros tem os chamados "botões nas costas", isto é, uma crosta sobre cada vértebra. Quando o caminho é uma descida, os mineiros às vezes encaixam os tamancos, que são ocos por baixo, nos trilhos dos vagonetes e descem escorregando. Nas minas onde o percurso é muito difícil, todos os mineiros levam bastões de cerca de setenta e cinco centímetros de comprimento, ocos debaixo do punho. Nos lugares normais se caminha com a mão em cima do bastão e nos locais mais baixos se enfia a mão nessa reentrância oca. Esses bastões são uma grande ajuda. Tem também o capacete de madeira antichoque, que é um presente dos deuses. Parece um capacete de aço francês ou italiano, mas é feito com um tipo de cortiça muito leve, e tão forte que se pode levar um violento golpe na cabeça sem nem sentir.

Depois de passar três horas embaixo da terra, percorrendo uns três quilômetros, quando consegue voltar para cima, está bem mais exausto do que se tivesse caminhado oitenta quilômetros na superfície. Por uma semana inteira suas coxas ficam tão rígidas que descer uma escada é uma proeza e tanto; a gente tem que descer de lado, sem dobrar os joelhos. Seus amigos mineiros notam que você está andando duro e começam a zombar. ("E aí, achou bom trabalhar lá embaixo na mina?" etc.) E até mesmo um mineiro que passe muito tempo longe do trabalho – por causa de uma doença, por exemplo –, ao voltar para a mina sofre bastante nos primeiros dias.

Ninguém que já tenha descido a uma mina do tipo antiquado (e a maioria das minas da Inglaterra são antiquadas) e realmente chegado até o veio de carvão diria isso. Pode parecer, mas não é exagero. O que quero frisar é que falamos desse negócio terrível de ter que andar abaixado no trajeto de ida e volta, o que para uma pessoa normal já é uma tarefa duríssima, e no entanto ele não é considerado parte do trabalho do mineiro, em absoluto; é apenas um extra, tal como a viagem diária de metrô de um funcionário da City de Londres. O mineiro vai e vem dessa maneira, e entre a ida e a volta há sete horas e meia de trabalho bruto, feroz. Nunca percorri muito mais que um quilômetro e meio até chegar ao veio de carvão, mas muitas vezes são quase cinco quilômetros, e nesse caso eu e a maioria das pessoas que não são mineiros de carvão jamais conseguiríamos chegar até lá. Esse é o tipo de detalhe que a gente pode deixar passar despercebido. Quando se pensa em uma mina de carvão, se pensa na profundidade, no calor, na escuridão, em figuras enegrecidas escavando a parede da rocha com suas picaretas, mas não se pensa, necessariamente, nesses quilômetros de trajeto que é preciso percorrer agachado.

Tem também a questão do tempo. A jornada de trabalho de um mineiro, de sete horas e meia, não parece muito longo, só que ele leva pelo menos uma hora para o trajeto subterrâneo – com frequência duas horas e às vezes até três. Tecnicamente não é trabalho, e o mineiro não recebe pelo tempo assim gasto; mas é como se fosse um trabalho. Tem quem ache que os mineiros não se importam com nada disso. É evidente que não é a mesma coisa para eles que seria para você ou para mim. Fazem isso desde crianças, têm os músculos apropriados já muito enrijecidos e conseguem se movimentar nas galerias subterrâneas com uma agilidade surpreendente e até horrível de se ver. O mineiro abaixa a cabeça e corre, balançando com longas passadas, percorrendo lugares onde eu só consigo andar cambaleando. No local da extração você os vê de quatro, rodeando as escoras, quase como cães. Mas é um engano terrível pensar que eles gostam de tudo isso. Já conversei a respeito com dezenas de mineiros, e todos reconhecem que o trajeto subterrâneo é um trabalho muito duro; e, quando você os escuta conversando entre si sobre esta ou aquela mina, o percurso é sempre um dos tópicos em discussão. Dizem que uma turma de mineiros sempre volta do trabalho mais depressa do que vai; mesmo assim, todos afirmam que é a volta, após um dia duro de trabalho, que é especialmente cansativa. Faz parte do seu trabalho, e eles a enfrentam, mas decerto é um grande esforço. É como, talvez, se você subisse uma colina antes e depois de um dia de trabalho.

Só depois de descer em duas ou três minas, começamos a entender o que ocorre lá embaixo. O carvão se deposita em veios finos entre enormes camadas de rocha, de modo que o processo de extração é, basicamente, como retirar a camada central de um sorvete napolitano de três cores. Antigamente os mineiros escavavam o carvão diretamente, com picareta e pé de cabra – um trabalho muito lento, pois o carvão, quando jaz em seu estado virgem, é quase tão duro como a rocha. Hoje o trabalho preliminar de corte é feito por uma máquina elétrica bem forte e poderosa, que é, em princípio, uma serra de fita que corre na horizontal e não na vertical, com dentes de cinco centímetros de comprimento e dois de largura. Pode andar para a frente e para trás, e o operador pode movimentá-la para lá e para cá. Essa serra faz um som dos mais horrorosos que já ouvi e lança nuvens de pó de carvão que tornam impossível enxergar mais que um metro à frente, e quase não dá para respirar. A máquina percorre o paredão cortando a base do veio de carvão, penetrando até um metro e meio, mais ou menos; depois disso fica mais fácil extrair o carvão, já solto, lá de dentro. Contudo, onde é difícil", tem que ser solto com explosivos também. Um homem com uma furadeira elétrica, como uma versão menor das britadeiras usadas para consertar as ruas, perfura orifícios a intervalos no veio de carvão; insere pólvora, tapa com argila, vai até a curva da galeria, se houver uma curva por perto, dispara uma corrente elétrica que explode a pólvora. A finalidade não é extrair o carvão, mas apenas soltá-lo. Às vezes, claro, a carga é forte demais, e não só traz o carvão para fora como também faz cair o teto.

Os mineiros iniciam o trabalho depois das explosões, retirando o carvão. Quebram em pedaços e jogam o material na esteira de transporte. Na fase inicial o carvão sai da mina em pedaços enormes, que podem pesar até vinte toneladas. A esteira despeja nos vagonetes, e eles são empurrados até a galeria principal e atrelados a um cabo de aço sem fim que os iça até o elevador. São então levados para cima e na superfície o carvão é classificado, passando por várias peneiras; quando necessário, também lavam. Na medida do possível, o pó de xisto é aproveitado para construir as vias subterrâneas. Tudo que não pode ser utilizado é enviado à superfície e jogado fora; vêm daí os gigantescos montes de escória, horríveis colinas cinzentas que formam a paisagem típica das áreas de mineração.

Quando o carvão já foi extraído até a profundidade com que foi cortado pela serra elétrica, a face do veio de carvão avançou um metro e meio. Novos esteios são colocados para escorar essa nova porção do teto que agora está exposta, e durante o turno seguinte a esteira transportadora é desmontada, colocada um metro e meio mais para a frente e montada de novo. Na medida do possível, as três operações – corte, explosão e extração – são feitas em três turnos separados: o corte à tarde, a explosão à noite (existe uma lei, nem sempre cumprida, que proíbe as explosões quando há outros homens trabalhando por perto) e a extração no turno da manhã, que vai das seis horas até a uma e meia da tarde.

Só depois de algum tempo, você verá como é incrível este processo pois mesmo que possa observar tudo, certamente ficará lá por pouco tempo. Cada homem precisa limpar um espaço de quatro ou cinco metros de largura. A serra elétrica já soltou o carvão até um metro e meio de profundidade, de modo que se o veio de carvão tiver mais ou menos um metro de altura, cada homem precisa cortar, quebrar e colocar na esteira algo entre sete e doze metros cúbicos de carvão. Isto é, cada homem retira e joga o carvão a uma velocidade de quase duas toneladas por hora. Tenho alguma experiência de trabalhar com pá e picareta, o suficiente para entender o que isso significa. Quando vou abrir valetas no meu jardim, se eu escavar duas toneladas de terra durante uma tarde, sinto que já mereço tomar meu chá. Só que a terra é um material muito tratável comparado com o carvão, e não preciso trabalhar ajoelhado, a trezentos metros de profundidade debaixo do solo, num calor terrível, engolindo poeira de carvão cada vez que respiro; nem preciso caminhar quase dois quilômetros abaixado, dobrado em dois, antes de começar. O trabalho na mina de carvão estaria tão além da minha capacidade como fazer acrobacias no trapézio ou ganhar o grande prêmio numa corrida de cavalos com obstáculos. Não sou um trabalhador braçal – e por favor, Deus me livre, jamais quero ser. Só que tem alguns tipos de trabalho manual que eu poderia fazer, se precisasse. Eu poderia ser razoável como gari, varrendo as ruas; seria um jardineiro pouco eficiente, ou mesmo um trabalhador rural de décima categoria. Entretanto não há esforço nem treinamento imaginável capazes de me preparar para ser mineiro; esse trabalho me mataria em poucas semanas.

Analisando o trabalho dos mineiros, você nota, por um breve instante, como são diferentes os universos habitados por diferentes pessoas. Os subterrâneos onde se escava o carvão são uma espécie de mundo à parte, e é fácil viver toda uma vida sem jamais ouvir falar dele. É quase certo que a maioria das pessoas até prefira não ouvir falar dele. Entretanto esse mundo é o complemento fundamental do nosso mundo da superfície. Quase tudo que fazemos, desde tomar um sorvete até atravessar o Atlântico, desde assar um pão até escrever um romance, envolve usar carvão, direta ou indiretamente. Para todas as artes da paz, o carvão é necessário; e, se a guerra irrompe, é ainda mais necessário. Em épocas de revolução o mineiro precisa continuar trabalhando, se não a revolução tem que parar, pois o carvão é essencial tanto para a revolta como para a reação. Seja lá o que for que aconteça na superfície, as pás e picaretas têm que continuar escavando sem trégua – ou fazendo uma pausa de algumas semanas no máximo. Para que Hitler possa marchar em passo de ganso, para que o papa possa denunciar o bolchevismo, para que os fãs de críquete possam assistir a seu campeonato, para que os *nancy poets* possam dar palmadinhas nas costas um do outro, o carvão tem que estar disponível. Mas nem sempre temos consciência disso; todos sabemos que precisamos de carvão, mas raramente nos lembramos de tudo o que está envolvido no processo para se obter carvão. Aqui estou eu escrevendo, sentado diante da minha confortável lareira a carvão. Estamos em abril, mas ainda preciso de um bom fogo. De quinze em quinze dias, a carroça de carvão para na porta e uns homens de blusão de couro trazem o carvão para dentro de casa em sacos robustos, cheirando a piche, e o despejam no depósito de carvão embaixo da escada. É só muito raramente, quando faço um esforço mental bem definido, que faço ligação entre esse carvão e o penoso trabalho realizado lá longe, nas minas. É apenas carvão, algo que eu preciso ter, uma coisa negra que chega misteriosamente, vinda de nenhum lugar em especial, como o maná, só que devemos pagar por ele. Seria fácil atravessar de carro todo o Norte da Inglaterra sem se lembrar, nem uma só vez, que dezenas de metros abaixo da estrada os mineiros estão atacando o carvão com suas picaretas. Entretanto, são eles que estão fazendo seu carro andar. O mundo deles lá embaixo, iluminado por suas lâmpadas, é tão necessário para o mundo da superfície, da luz do dia, como a raiz é necessária para a flor.

As condições das minas eram bem piores do que hoje, não faz muito tempo. Estão vivas ainda algumas mulheres bem idosas que na juventude trabalhavam nas galerias subterrâneas, com um arreio amarrado na cintura e uma corrente que passava entre as pernas, avançando de joelhos, puxando os vagonetes de carvão. E faziam isso até quando estavam grávidas. E mesmo hoje, se não fosse possível produzir carvão sem mulheres grávidas para arrastá-lo de lá para cá, imagino que deveríamos deixá-las fazer isso, e não nos privar de carvão. Só que a maior parte do tempo gostaríamos de esquecer que elas estão lá embaixo fazendo isso. O mesmo acontece com todos os tipos de trabalho manual; eles nos mantêm vivos e nos esquecemos totalmente de sua existência. Talvez mais do que qualquer outro o mineiro é o típico trabalhador braçal, não apenas porque seu trabalho é tão horrível, mas também porque é tão vital e necessário. Mas ele está tão longe do nosso cotidiano, tão invisível, que acabamos nos esquecendo dele, do mesmo jeito que nem sempre nos lembramos do sangue que corre em nossas veias.

Chega a ser até constrangedor ver os mineiros trabalhando. É algo que desperta em você uma reflexão sobre seu status de intelectual e pessoa que se considera superior. Pelo menos enquanto observa, fica evidente que é só por causa dos mineiros, que suam e botam os bofes para fora, que as pessoas superiores podem continuar superiores. Você, eu, o editor do Suplemento Literário do Times, os *nancy poets*, o arcebispo de Canterbury e o Camarada X, autor de Marxismo para crianças – todos nós, sem dúvida nenhuma, devemos o nível relativamente decente da nossa vida aos pobres coitados lá no subsolo, enegrecidos até os olhos, com a garganta entupida de pó de carvão, manuseando a pá com músculos de aço nos braços e no ventre.

CAPÍTULO 3

"O UMBIGO TALVEZ CONTINUE SENDO UM NINHO DE PÓ DE CARVÃO, MESMO ASSIM EXIGE CERTA HABILIDADE FICAR PASSAVELMENTE LIMPO COM APENAS UMA BACIA DE ÁGUA."

Ao sair do poço, o rosto do mineiro está tão pálido que se nota até mesmo através da máscara de pó de carvão. É devido ao ar sujo que ele vinha respirando; ao sair, a palidez começa a passar. Para um sulista, recém-chegado às regiões mineradoras, a cena de uma turma de centenas de mineiros saindo do poço da mina é estranha e meio esquisita. O rosto exausto, com a sujeira grudada em todas as cavidades, fica com uma fisionomia austera e selvagem. Mas quando estão com o rosto limpo, os mineiros nem se distinguem do resto da população. Eles caminham firmes, com os ombros bem eretos, uma reação à constante postura curva no subterrâneo; mas em geral são de baixa estatura, e suas roupas grosseiras e malfeitas escondem os corpos bonitos. Um sinal marcante de todo mineiro está no nariz, com cicatrizes azuis. Todo mineiro tem cicatrizes azuis no nariz e na testa, e vai levá-las até a morte. O pó de carvão que flutua no subterrâneo entra em cada corte e a pele cresce por cima, formando uma mancha azul que parece uma tatuagem – e realmente é. Por causa disso, alguns homens mais velhos têm a testa toda riscada por veias azuis, como um queijo roquefort.

Na hora em que volta à superfície, o mineiro faz um gargarejo com um pouco de água para tirar o grosso do pó de carvão da garganta e das narinas. Daí vai para casa e se lava, ou então não se lava, segundo a sua natureza. Pelo que notei, a maioria prefere comer primeiro e se lavar depois, e eu também faria o mesmo se me encontrasse naquela situação. É normal um mineiro sentar para jantar com o rosto todo preto, como aqueles antigos cômicos que pintavam o rosto todo de preto, exceto pelos lábios bem vermelhos, que ficam limpos com o ato de comer. Depois da refeição, ele pega uma grande bacia de água e se lava detalhadamente: primeiro as mãos, depois o peito, o pescoço e as axilas, a seguir os braços, o rosto e o alto da cabeça (é no cabelo que a sujeira se agarra mais); sua mulher então pega um pedaço de flanela e lava suas costas. Até aí ele lavou apenas a parte superior do corpo; o umbigo talvez continue sendo um ninho de pó de carvão, mesmo assim exige certa habilidade ficar passavelmente limpo com apenas uma bacia de água. De minha parte, precisei de dois banhos completos depois de descer na mina. Só tirar a sujeira dos cílios já é um trabalho de dez minutos.

Em algumas das maiores e mais bem projetadas minhas de carvão existem chuveiros à beira do poço. É uma enorme vantagem, pois não só o mineiro pode se lavar por inteiro todos os dias, com conforto e até mesmo luxo, como também nesses banheiros há armários onde guardar as roupas de trabalho, separadas das roupas limpas do dia a dia. Assim, vinte minutos depois de sair do poço da cor de um negro retinto, ele já pode ir todo bem-vestido assistir a um jogo de futebol. Mas são poucas as minas que têm banhos; um dos motivos é que o veio de carvão não dura muito, por isso nem sempre vale a pena construir um local de banhos cada vez que se cava um poço. Não posso fornecer números exatos, mas parece provável que menos de um mineiro em cada três tem acesso a um banho no local de trabalho. O mais provável é que os mineiros, em sua maioria, fiquem completamente negros da cintura para baixo pelo menos seis dias por semana. Para eles é quase impossível se lavar bem em sua própria casa. Cada gota de água tem que ser aquecida, e em uma sala minúscula que contém, além do fogão e vários móveis, uma esposa, alguns filhos e talvez um cachorro, simplesmente não há lugar para tomar um banho decente. Mesmo usando uma bacia, é inevitável espirrar água nos móveis. Tem gente que fala que os mineiros não se lavariam direito nem que pudessem, mas isso é um absurdo, comprovado pelo fato de que onde há banhos nas minas quase todos os homens os utilizam. Só entre os muitos velhos persiste a crença de que lavar as pernas dá dor ciática. Quando existem banhos nas minas, eles são pagos inteira ou parcialmente pelos próprios trabalhadores, com o Fundo de Assistência aos Mineiros. Às vezes a empresa mineradora paga, outras vezes o fundo arca com todos os custos. Mas, sem dúvida, até hoje as damas das pensões de Brighton continuam dizendo que "se você puser um banheiro na casa desses mineiros, eles só vão usar para guardar carvão".

É inacreditável que os mineiros se lavem com a regularidade com que o fazem, tendo tão pouco tempo livre entre o trabalho e o sono. É um grande erro pensar que a jornada de trabalho do mineiro é de apenas sete horas e meia. Essas sete horas e meia são o tempo passado no trabalho em si, mas, como já expliquei, é preciso acrescentar o tempo de trajeto pelas galerias, que poucas vezes é de menos de uma hora, e com frequência chega a três horas. Além disso, a maioria gasta um tempo considerável para ir de casa até o trabalho. Em todos os distritos industriais há uma grande escassez de moradias, e é apenas nas pequenas aldeias mineradoras, onde as casas ficam agrupadas em volta do poço, que os homens podem ter certeza de morar perto do trabalho. Nas cidades maiores onde me hospedei, quase todos iam trabalhar de ônibus, e meia coroa por semana parecia uma quantia normal gasta no transporte. Um mineiro com quem me hospedei estava trabalhando no turno da manhã, das seis até a uma e meia da tarde. Tinha que sair da cama às 3h45 e voltava depois das três da tarde. Em outra casa onde fiquei, um garoto de quinze anos trabalhava no turno da noite. Saía às nove da noite e voltava às oito da manhã; tomava seu desjejum, imediatamente ia para a cama e dormia até as seis da tarde; assim, seu período de lazer era de quatro horas ao dia – na verdade, muito menos, descontando o tempo gasto tomando banho, comendo e se vestindo.

Os ajustes que a família do mineiro é obrigada a fazer nas mudanças de turno devem ser extremamente cansativas. Se ele está no turno da noite, volta para casa na hora do desjejum; se está no turno da manhã, volta para casa no meio da tarde; e se está no turno da tarde, volta para casa no meio da noite – e, seja como for, quer fazer a principal refeição do dia assim que chega em casa, é claro. Noto que o reverendo W. R. Inge, em seu livro Inglaterra, acusa os mineiros de serem gulosos. Devo dizer que eles comem espantosamente pouco. Julgando por aqueles com quem me hospedei, comem um pouco menos do que eu. Muitos dizem que não conseguem cumprir seu dia de trabalho depois de fazer uma refeição pesada; e o alimento que levam consigo é apenas um lanche – em geral chá frio e pão besuntado com *dripping,* uma carne gorda, que carregam em uma marmita presa ao cinto. Quando o mineiro volta para casa, tarde da noite, sua mulher está à espera, mas quando está no turno da manhã costuma fazer seu desjejum sozinho. Parece que a velha superstição que diz que dá azar ver uma mulher antes de sair para o trabalho de manhã ainda não está totalmente extinta. Dizem que nos velhos tempos, se um mineiro por acaso encontrasse uma mulher de manhã cedo, voltava para trás e não trabalhava naquele dia.

Quando não conhecia as minas de carvão, também pensava, como a maioria das pessoas, que os mineiros ganhassem bem. De maneira vaga, ouve-se dizer que um mineiro ganha dez ou onze xelins por turno, e fazendo uma rápida multiplicação pode-se concluir que cada um ganha cerca de três libras por semana, ou 150 libras por ano. Mas dizer que um mineiro ganha dez ou onze xelins por turno é uma afirmação muito enganadora. Para começar, é apenas o *getter*, o que realmente extrai o carvão, que ganha essa quantia; um *dataller*, que coloca as escoras e cuida do teto, ganha menos, em geral oito ou nove xelins por turno.

Além disso, quando o getter ganha por produção, um tanto por tonelada extraída, como ocorre em muitas minas, ele depende da qualidade do carvão; uma pane nas máquinas ou uma "falha", isto é, uma camada de rocha atravessando o veio de carvão, podem roubar seu salário de um dia ou dois dias inteiros. E, de qualquer forma, não se deve pensar que um mineiro trabalha seis dias por semana, 52 semanas por ano. Quase com certeza haverá dias em que ele é dispensado.

O salário médio que um mineiro ganhava em cada turno trabalhado, considerando todas as idades e ambos os sexos, na Grã-Bretanha em 1934, era de pouco mais de nove xelins. Se todos estivessem trabalhando o tempo todo, isso significaria que o mineiro ganharia pouco mais de 142 libras por ano, ou seja, quase duas libras e quinze xelins por semana. Seu salário real, porém, é muito inferior a isso, pois a quantia citada de nove xelins e pouco é apenas uma média dos turnos realmente trabalhados, sem computar os dias sem trabalho.

Conferi aqui cinco comprovantes de pagamento de um mineiro de Yorkshire por cinco semanas não consecutivas, do início de 1936. Fazendo a média, o salário semanal bruto que eles recebem é de duas libras, 15 xelins e dois pence; ou seja, uma média de quase nove xelins e 2,5 pence por turno. Acontece que são valores do inverno, quando quase todas as minas funcionam em tempo integral. Com a chegada da primavera, a extração de carvão diminui e mais e mais homens ficam "parados temporariamente", enquanto outros que ainda estão, tecnicamente, trabalhando são dispensados por um dia ou dois a cada semana. Fica evidente, portanto, que 150 libras, ou mesmo 142 libras, é uma estimativa extremamente exagerada da renda anual de um mineiro. No ano de 1934 a média dos rendimentos anuais brutos de todos os mineiros, em toda a Grã-Bretanha, foi de apenas 115 libras, onze xelins e seis pence. Variava consideravelmente de um distrito para outro, alcançando 133 libras, dois xelins e oito pence na Escócia, ao passo que em Durham ficou abaixo de 105 libras, ou seja, pouco mais que duas libras por semana. Cito esses números a partir de *The coal scuttle*, de Joseph Jones, prefeito de Barnsley, Yorkshire. Ele esclarece que esses números se referem aos salários dos jovens assim como dos adultos, abrangendo tanto os mais qualificados como os de menor salário. Salários maiores também estão incluídos nesses números, inclusive os vencimentos de certos cargos de chefia e outros mais bem pagos, assim como as quantias mais altas pagas pelas horas extras.

Sendo médias, esses números não revelam a situação real de milhares de trabalhadores adultos cujos ganhos ficaram substancialmente abaixo da média, recebendo apenas trinta ou quarenta xelins por semana, ou menos ainda.

Notem que nem esses salários miseráveis são brutos. Sobre eles ainda incidem descontos de todo tipo, deduzidos a cada semana. Eis aqui uma lista de deduções semanais que me foi apresentada como típica em um distrito de Lancashire:

Seguro (desemprego e saúde):..........................1 xelim e 5 pence
Aluguel da lâmpada:..........................6 pence
Para afiar as ferramentas:..........................6 pence
Para conferir o peso:..........................9 pence
Enfermaria:..........................2 pence
Hospital:..........................1 penny
Fundo Beneficente:..........................6 pence
Taxas do governo:..........................6 pence

Total: 4 xelins e 5 pence*

* Antes de adotar do sistema decimal internacional em 1971, o Reino Unido usava o xelim como a moeda divisionária. Um xelim equivalia 12 pence ou 1/20 de libra. Depois deste ano, o xelim foi substituído pela nova moeda de cinco pence.

Alguns descontos como o Fundo Beneficente e as taxas são de responsabilidade dos próprios mineiros; outros são impostos pela mineradora. Nem sempre são iguais em todos os distritos. Por exemplo, a exploração absurda de fazer o mineiro pagar pelo aluguel de sua lâmpada (com os seis pence por semana daria para comprar várias lâmpadas durante um ano) é algo que não ocorre em todo lugar. No entanto, os descontos sempre perfazem mais ou menos a mesma quantia.

Nos cinco comprovantes de pagamento do mineiro de Yorkshire, a média do salário semanal bruto é de duas libras, quinze xelins e dois pence; mas o salário médio líquido é de apenas duas libras, dez xelins e 6½ pence – ou seja, os descontos totalizam quatro xelins e 7½ pence por semana. Mas o comprovante de pagamento só menciona, naturalmente, os descontos impostos ou pagos através da mineradora; é preciso acrescentar as taxas sindicais, que elevam os descontos a mais de quatro xelins. Podemos afirmar com bastante segurança que os descontos de vários tipos tiram cerca de quatro xelins do salário semanal de cada mineiro adulto. Assim, aquele valor de 115 libras, onze xelins e seis pence, considerado o salário anual médio dos mineiros em toda a Grã-Bretanha em 1934, deveria, na verdade, baixar para perto de 105 libras.

Entretanto, a maioria dos mineiros recebe doações em espécie, pois podem comprar carvão para seu próprio uso a preço reduzido, em geral oito ou nove xelins por tonelada. Mas, segundo Jones, citado anteriormente, "o valor médio de todas as doações em espécie, considerando o país como um todo, é de apenas quatro pence por dia". E essa quantia, em muitos casos, é inferior aos gastos com o transporte diário para o trabalho. Assim, considerando a indústria carvoeira como um todo, o salário que um mineiro pode realmente levar para casa e chamar de seu não ultrapassa, em média, duas libras por semana, talvez um pouco menos.

Afinal, qual a quantidade média de carvão produzida por um mineiro?

O volume aumenta constantemente, embora devagar. Em 1914 cada mineiro produzia, em média, 253 toneladas; em 1934 já produzia 280 toneladas. Essa, naturalmente, é uma quantia média para mineiros de todos os tipos; os que trabalham de fato no veio de carvão extraem uma quantia imensamente maior – em muitos casos, bem mais de mil toneladas cada um. Mesmo considerando que 280 toneladas seja um número representativo, vale notar que tremenda façanha é essa. Pode-se ter uma ideia melhor comparando a produção de um mineiro com a de outra pessoa. Se eu viver até os sessenta anos, provavelmente produzirei trinta romances, ou seja, o suficiente para encher duas prateleiras de tamanho médio de uma biblioteca. Nesse mesmo período, um mineiro médio produz 8400 toneladas de carvão – o suficiente para pavimentar Trafalgar Square inteira com meio metro de profundidade ou para abastecer sete famílias grandes por mais de cem anos.

Três dos cinco comprovantes de pagamento que mencionei estavam carimbados com as palavras "desconto por morte". Quando um mineiro morre em serviço, é comum que os colegas ajudem a viúva com uma subscrição, em geral doando um xelim cada um, que é recolhida pela empresa mineradora e automaticamente deduzida de seus salários. Mas aqui o detalhe significativo é o carimbo de borracha. O índice de acidentes entre os mineiros é tão alto, em comparação com as demais profissões, que as mortes entram nas contas naturalmente, quase como se fosse em uma pequena guerra.

Todos os anos morre um a cada novecentos mineiros, e aproximadamente um a cada seis é ferido; esses ferimentos em geral são pequenos, claro, mas um bom número deles resulta em invalidez permanente. Isso significa que, se a vida de trabalho de um mineiro é de quarenta anos, suas chances de vir a ter uma lesão são de quase sete para um, contra a sua possibilidade de escapar, e pouco mais de vinte para um para a possibilidade de morrer num acidente. Nenhuma outra profissão se aproxima desse grau de risco; a próxima mais perigosa é a navegação, já que um marinheiro em cada 1300, aproximadamente, morre em serviço todos os anos.

Esses números correspondem à categoria dos mineiros em geral; considerando os que de fato trabalham nas galerias subterrâneas, a proporção de ferimentos é muito maior. Todos os mineiros veteranos com quem conversei já sofreram algum acidente sério ou viram um companheiro morrer. Cada família de mineiros tem suas histórias para contar sobre um pai, um irmão ou um tio morto em serviço. Dizem: “Ele caiu duzentos metros lá embaixo, e eles nem teriam recolhido os pedaços se ele não estivesse de macacão novo” etc. etc.

Algumas dessas histórias são estarrecedoras. Um deles me relatou como um colega *dataller* ficou soterrado debaixo de uma grande pedra em um desabamento. Os companheiros correram até ele e conseguiram livrar sua cabeça e ombros para que ele pudesse respirar. O pobre coitado estava vivo e falou com eles. Os outros perceberam que o teto estava prestes a desabar outra vez e foram obrigados a correr para se salvar. Dessa forma, ele ficou soterrado uma segunda vez. Novamente os colegas correram até lá e lhe soltaram a cabeça e os ombros; e mais uma vez ele estava vivo e falou com eles. O teto então desmoronou de novo, e nessa terceira vez eles só conseguiram libertar o colega depois de várias horas, quando, é claro, ele já estava morto.

Quem me contou essa história não a achava uma história especialmente terrível pois ele mesmo já tinha ficado soterrado uma vez, mas por sorte caiu com a cabeça enfiada no meio das pernas, de modo que tinha um pequenino espaço para respirar. Para ele, o mais significativo é que aquele *dataller* sabia perfeitamente que o local onde estava trabalhando era perigoso, e portanto ia para a mina todos os dias já esperando um acidente. “A coisa ficou martelando na cabeça dele a tal ponto que ele passou a dar um beijo na esposa antes de ir para o trabalho, e ela me disse depois que já fazia mais de vinte anos que ele não lhe dava um beijo.”

O motivo mais comum dos acidentes é explosão de gás, algo que sempre está mais ou menos presente na atmosfera do poço da mina. Existe uma lâmpada especial para testar a presença de gás em pequenas quantidades; em maiores quantidades, ele pode ser detectado pela lamparina Davy comum, que queima com chama azul. Se o pavio puder ser aumentado ao máximo e a chama continuar azul, é porque a proporção de gás está perigosamente alta; e mesmo assim é difícil de detectar, pois o gás não se distribui de forma homogênea pela atmosfera, mas se concentra nas fendas e rachaduras.

Antes de começar a trabalhar, o mineiro muitas vezes testa

o gás enfiando sua lâmpada em todos cantos. O gás pode ser inflamado por uma centelha durante as operações de explosão, por uma picareta que arranca uma fagulha de uma pedra, ou mesmo por uma lâmpada defeituosa, ou ainda pelos chamados *gob fires* – fogo gerado naturalmente, que fica queimando em brasa no pó de carvão e é muito difícil de apagar.

Os grandes desastres na mineração que acontecem de tempos em tempos, quando morrem centenas de homens, em geral são causados por explosões; e assim costumamos pensar que a explosão é o principal perigo em uma mina. Na verdade, a grande maioria dos acidentes se deve aos riscos normais e cotidianos das galerias; e em especial aos desabamentos do teto. Há, por exemplo, os *pot holes,* buracos redondos de onde pode se projetar uma pedra enorme, capaz de matar um homem com a rapidez de uma bala de revólver

E as novas máquinas e a maior velocidade do trabalho, de modo geral, tornaram as tarefas mais perigosas. Esta é a opinião de quase todos os mineiros com quem conversei, fora uma única exceção. Pode até ser que eles digam isso, em parte, por conservadorismo; mas eles podem lhe apresentar muitas razões. Para começar, a velocidade com que hoje se extrai o carvão significa que, durante várias horas de cada vez, um grande pedaço de teto fica perigosamente desprotegido, sem nenhum esteio. Há também a vibração, que sacode tudo e faz com que tudo se solte, e ainda o barulho, que não deixa perceber os sinais de perigo.

Temos que lembrar que a segurança de um mineiro debaixo da terra depende, sobretudo, da sua própria habilidade e cautela. O mineiro experiente afirma que sabe, por uma espécie de instinto, quando o teto não tem segurança; ele expressa isso dizendo "Eu sinto o peso do teto em cima de mim". Ele consegue, por exemplo, ouvir o leve estalar das madeiras que servem de esteio. E é por isso que se prefere usar esteios de madeira em vez de arcos de sustentação feitos de ferro – é porque a madeira, quando está prestes a quebrar, dá o aviso, rangendo, ao passo que o arco metálico inesperadamente se solta e sai voando. O barulho tenebroso das máquinas torna impossível escutar qualquer outra coisa, e assim o perigo aumenta.

Na hora em que um mineiro sofre acidente é difícil socorrê-lo de imediato. Ele fica ali esmagado debaixo das pedras pesadíssimas, em algum terrível buraco embaixo da terra; e mesmo depois de ser retirado de lá é preciso arrastá-lo por um ou dois quilômetros, talvez, pelas galerias onde ninguém consegue ficar em pé.

Quando se conversa com um homem que sofreu um acidente, em geral se descobre que demorou umas duas horas até conseguirem levar à superfície. E às vezes, é claro, há acidentes no elevador. Aquelas caixas metálicas sobem e descem centenas de metros, com a velocidade de um trem expresso, operadas por alguém na superfície que não enxerga o que está acontecendo lá embaixo. Ele tem alguns indicadores, muito delicados, que lhe dizem até onde o elevador já desceu, mas está sujeito a errar, e já houve casos em que o elevador se arrebentou no fundo da mina caindo à máxima velocidade.

É um modo pavoroso de morrer. Imagino que enquanto aquela minúscula caixa de aço despenca pela escuridão, deve haver um momento em que os dez homens trancados lá dentro sabem que alguma coisa deu errado; e os segundos restantes antes de serem despedaçados no choque é algo que não se consegue imaginar. Um mineiro me contou que certa vez estava em um elevador quando algo deu errado. O elevador não diminuiu a velocidade quando deveria, e eles acharam que um cabo devia ter arrebentado. Por fim chegaram ao fundo em segurança, mas quando ele saiu do elevador descobriu que tinha quebrado um dente – de tanto cerrar os dentes com força, na expectativa do baque terrível.

Esses trabalhadores parecem saudáveis como têm que ser, considerando o esforço muscular que se exige deles. São sensíveis ao reumatismo, e quem tem problemas nos pulmões não dura muito naquele ar impregnado de pó; mas a doença profissional mais típica é o *nistagmo.* Trata-se de uma doença dos olhos que faz com que o globo ocular oscile de uma maneira estranha ao se aproximar da luz. Deve ser causado pelo trabalho na semiescuridão, e às vezes resulta em cegueira total. Os mineiros que se tornam deficientes dessa maneira, ou de qualquer outra, são indenizados pela companhia mineradora, às vezes com uma soma única, às vezes com uma pensão semanal. Essa pensão nunca passa de 29 xelins por semana; se cair abaixo de quinze xelins, o deficiente também pode conseguir algo da assistência social. Se eu fosse um mineiro deficiente, sem dúvida preferiria receber a quantia toda de uma vez, pois pelo menos saberia que tinha o meu dinheiro na mão.

Sabemos que as pensões por invalidez não são garantidas por nenhum fundo centralizado, de modo que se a mineradora falir, será o fim da pensão, embora este figure entre todos os credores.

Em Wigan, passei algum tempo com um mineiro que sofria de problema visual, sequela do trabalho, o nistagmo, que já mencionei. Ele conseguia enxergar até o outro lado da sala, mas não muito mais que isso. Vinha recebendo uma indenização semanal de 29 xelins havia nove meses, mas a mineradora agora falava em lhe dar uma "indenização parcial" de catorze xelins semanais. Tudo dependia de saber se o médico lhe daria um atestado de aptidão para realizar tarefas leves na superfície. E, mesmo que o médico o aprovasse, não haveria – nem é preciso dizer – nenhuma tarefa leve disponível; mas ele poderia receber a pensão da assistência social, e assim a mineradora economizaria quinze xelins por semana.

Observando aquele esse homem ir até o escritório da mineradora para receber sua indenização, fiquei impressionado com as profundas diferenças que ainda são feitas em função do status. Ali estava um homem que tinha ficado meio cego realizando um dos trabalhos mais úteis que existem, e recebia uma pensão à qual tinha pleno direito, se é que alguém neste mundo tem direito a alguma coisa. E, contudo, ele não podia exigir essa pensão – não podia, por exemplo, retirá-la como e quando desejasse.

Tinha que ir até o escritório uma vez por semana, em dia e hora determinados pela empresa, e quando chegava lá era obrigado a esperar durante horas no vento frio. Parecia também que se esperava dele que tirasse o chapéu e demonstrasse gratidão a quem quer que lhe pagasse; e, de qualquer forma, tinha que perder uma tarde inteira e gastar seis pence com a passagem de ônibus. Tudo é muito diferente para um membro da burguesia, mesmo para alguém tão modesto e malvestido como eu. Mesmo quando estou à beira da fome, tenho certos direitos vinculados ao meu status de classe média. Não ganho muito mais do que um mineiro, mas pelo menos recebo o dinheiro no meu banco, de uma maneira apropriada a um cavalheiro, e posso retirá-lo quando quiser. E, mesmo quando minha conta bate no zero, o pessoal do banco continua sendo minimamente educado.

Essas pequenas diferenças, isso de sempre ter que esperar, sempre ter que fazer tudo segundo a conveniência dos outros, é algo inerente à vida da classe trabalhadora.

Existem mil fatores que pesam constantemente sobre o trabalhador e o pressionam a assumir um papel passivo. Ele não age; os outros é que agem sobre ele. Ele se sente escravo de uma autoridade misteriosa e tem a firme convicção de que "eles" nunca vão lhe permitir fazer isso, aquilo e aquilo outro.

Uma ocasião, quando eu estava colhendo lúpulo, perguntei aos outros suados colhedores, que ganham menos de seis pence por hora, por que não formavam um sindicato. Imediatamente me responderam que "eles" nunca permitiriam. Quem eram "eles"? – perguntei. Ninguém sabia, mas estava claro: "eles" eram onipotentes.

Uma pessoa de origem burguesa passa pela vida com alguma expectativa de conseguir aquilo que deseja dentro de limites razoáveis. Daí se segue que, em momentos de tensão, são as pessoas "educadas" que costumam se apresentar para lidar com a situação; elas não são mais talentosas do que as outras, e sua "educação", por si mesma, em geral é totalmente inútil, mas estão acostumadas a receber certa deferência, e assim têm a ousadia que é necessária a um líder.

O fato de que essas pessoas vão dar um passo à frente, sem dúvida nenhuma, parece ser considerado natural – sempre, e em todo lugar. Na História da comuna, de Lissagaray, há um trecho interessante descrevendo os fuzilamentos ocorridos depois que a comuna foi debelada. As autoridades estavam fuzilando os líderes e, como não sabiam quem eles eram, escolhiam-nos segundo o princípio que os das classes superiores deveriam ser os líderes. Um oficial foi percorrendo uma fila de prisioneiros, escolhendo os tipos que pareciam mais prováveis. Um homem foi fuzilado porque usava relógio; outro porque "tinha uma cara inteligente". Eu não gostaria de ser fuzilado por ter uma cara inteligente, mas sou obrigado a concordar que, em quase todas as revoltas, os líderes costumam ser aqueles que pronunciam o "H".

Capítulo 4

"A maioria dessas casas é velha, tem pelo menos cinquenta ou sessenta anos, e muitas delas não são indicadas à habitação humana. Continuam sendo usadas apenas porque não existem outras."

Andando pelas cidades industriais, a gente se perde nos labirintos de casinhas de tijolo pretejadas de fumaça. São casinhas sujas em meio a um caos sem nenhum planejamento, com caminhos lamacentos e pequenos quintais grosseiramente pavimentados com resíduos de carvão, latas de lixo fedorentas, varais com roupas encardidas e banheiros meio arruinados. Por dentro essas casas são todas parecidas, embora o número de cômodos varie entre dois e cinco. Todas têm uma sala de estar quase igual, com dez ou quinze pés e um fogão a carvão; nas maiores também há uma minúscula lavanderia externa com pia para lavar a louça e a roupa; nas menores, a pia e o caldeirão para aquecer água e lavar a roupa ficam na sala. No fundo, há um pequeno quintal, ou apenas parte de um quintal compartilhado por várias casas, onde só cabem uma lata de lixo e o WC. Nem uma única casa tem instalações para água quente. Seria possível caminhar, suponho, literalmente centenas de quilômetros de ruas habitadas por mineiros – sendo que cada um deles, quando está trabalhando, fica preto da cabeça aos pés todos os dias – sem jamais passar por uma casa onde se possa tomar um banho. Seria muito simples instalar um sistema de água quente a partir do fogão da cozinha, mas o construtor economizou talvez umas dez libras em cada casa não fazendo isso; e, na época em que essas casas foram construídas, ninguém imaginava que um mineiro pudesse desejar tomar banho.

A maioria dessas casas é velha, tem pelo menos cinquenta ou sessenta anos, e muitas delas não são indicadas à moradia humana. Continuam sendo usadas apenas porque não existem outras. E esse é o problema principal da moradia nas áreas industriais: não é o fato de que as casas são feias e esburacadas, insalubres e sem conforto, ou que ficam em favelas incrivelmente imundas, em torno de fundições que arrotam fumaça, canais fedorentos e montes de resíduos de carvão com suas exalações sulfurosas. O fato é que não existem casas suficientes.

Falta de moradia é uma expressão muito usada desde a I Guerra Mundial, mas significa muito pouco para quem ganha mais de dez libras por semana – ou mesmo cinco. Onde os aluguéis são altos, a dificuldade não é encontrar casas, e sim inquilinos. Basta caminhar por qualquer rua de Mayfair: metade das janelas tem placas de “Aluga-se”. Mas nas áreas industriais a simples dificuldade de conseguir uma casa é um dos piores sofrimentos dos pobres. Significa que as pessoas vão aceitar qualquer coisa – qualquer buraco e qualquer canto em uma favela, indigências como insetos, chã podre se desfazendo, paredes rachadas, qualquer extorsão do proprietário e de agentes imobiliários chantagistas – simplesmente para ter um teto em cima da cabeça. Já estive em casas de estarrecer, casas onde eu não moraria durante uma semana nem que me pagassem, e descobri que os inquilinos moravam ali havia vinte ou trinta anos, e tudo que esperavam era ter a sorte de morrer ali mesmo. E essas condições são consideradas normais, embora nem sempre. Algumas pessoas mal se dão conta de que existem no mundo casas decentes e veem os insetos e as goteiras no teto como vontade de Deus; outros reclamam dos proprietários, mas todos se apegam desesperadamente a suas casas, temendo que lhes aconteça algo ainda pior. E, enquanto continuar a de falta de moradias, as autoridades locais não podem fazer muita coisa para tornar as casas existentes mais adequadas para se viver. Elas podem “condenar” uma casa, mas não podem ordenar que seja derrubada enquanto o inquilino não tiver outra para onde se mudar; e assim as casas condenadas continuam em pé, e ficam ainda mais arruinadas depois de condenadas, pois naturalmente o dono não vai gastar mais dinheiro algum em uma casa que vai ser demolida mais cedo ou mais tarde. Em uma cidade como Wigan, por exemplo, há mais de 2 mil casas já condenadas há anos, e bairros inteiros seriam condenados em bloco, se houvesse alguma esperança de que outras casas seriam construídas para substituí-las. Cidades como Leeds e Sheffield têm dezenas de milhares de casas coladas uma à outra, todas do tipo que deveria ser condenado, mas que ainda continuarão em pé durante décadas.

Inspecionei grande número de casas em várias cidades e vilas mineradoras e fiz anotações sobre seus pontos essenciais. Posso dar uma boa ideia das condições copiando anotações do meu caderno, escolhidos mais ou menos ao acaso. São notas curtas:

- **Casa no bairro de Wallgate.** Parede traseira sem janelas. Um cômodo em cima, um embaixo. Sala de estar com 12 por 10 pés; quarto em cima mesmas medidas. Nicho debaixo da escada com 5 por 5 pés, serve de despensa, local para lavar roupa e depósito de carvão. As janelas abrem. Distância até os banheiros: 50 jardas. Aluguel: 4 xelins e 9 pence, taxas municipais sobre os imóveis, 2 xelins e 6 pence, total 7 xelins e 3 pence.
- **Casa nas proximidades.** Medidas iguais às da outra, mas sem o nicho debaixo da escada, apenas um espaço de dois pés com pia – não há lugar para despensa etc. Aluguel: 3 xelins e 2 pence, taxas 2 xelins, total 5 xelins e 2 pence.
- Outra como a acima, mas sem nicho de espécie alguma, apenas uma pia na sala de estar, bem ao lado da porta de entrada. Aluguel: 3 xelins e 9 pence, taxas 3 xelins, total 6 xelins e 9 pence.
- **Casa no bairro de Scholes.** Condenada. Um cômodo em cima, um embaixo .Medem 15 pés quadrados. Pia e caldeirão para água quente na sala de estar, depósito de carvão debaixo da escada. O chão está afundando. Nenhuma janela abre. Casa bastante seca. Bom senhorio. Aluguel: 3 xelins e 8 pence, taxas 2 xelins e 6 pence, total 6 xelins e 2 pence.
- **Outra perto.** Dois cômodos em cima e dois embaixo, depósito de carvão no porão. Paredes simplesmente caindo aos pedaços. Muita infiltração de água nos quartos de cima. O chão é torto, afundou de um lado. Janelas de baixo não abrem. Senhorio ruim. Aluguel: 6 xelins, taxas 3 xelins e 6 pence, total 9 xelins e 6 pence.
- **Casa em Greenough's Row.** Um em cima, dois embaixo. Sala 13 por 8 pés. Paredes desmoronando, com muita infiltração de água. Janelas de trás não abrem, a da frente sim. Família de dez pessoas, com oito filhos de idades próximas. A prefeitura está tentando despejá-los por excesso de moradores, mas não consegue encontrar outra casa para eles. Senhorio ruim. Aluguel: 4 xelins, taxas 2 xelins e 3 pence, total 6 xelins e 3 pence.

É o que posso dizer sobre Wigan. Tenho muitas outras páginas do mesmo tipo. Eis aqui uma de Sheffield – um espécime típico das dezenas de milhares de casas geminadas pelos fundos:

- **Casa na rua Thomas.** Geminada pelos fundos. Dois em cima, um embaixo (isto é, casa de três andares com um cômodo em cada andar). Com porão. Sala de estar com 14 por 10 pés, quartos em cima correspondentes. Pia na sala. O andar superior não tem porta, dá para a escada aberta. Paredes da sala meio úmidas; paredes dos quartos caindo aos pedaços, com umidade escorrendo por todos os lados. Casa tão escura que é preciso haver uma luz acesa o dia todo. Eletricidade foi avaliada em 6 pence por dia (provavelmente um exagero). Família com seis pessoas, pais e quatro filhos. Marido (recebe pensão) é tuberculoso. Uma criança no hospital, as outras parecem saudáveis. Moram na casa há sete anos. Gostariam de se mudar mas não há outra casa disponível. Aluguel: 6 xelins e 6 pence, taxas incluídas.

Eis aqui uma ou duas de Barnsley:

- **Casa na rua Wortley.** Dois em cima, um embaixo. Sala de 12 por 10 pés. Pia e caldeirão na sala, carvão debaixo da escada. Pia muito gasta, sempre transbordando. Paredes nada sólidas. Iluminação a gás, funciona com moedas de 1 pêni. Casa muito escura, custo da iluminação avaliado em 4 pence por dia. Os quartos de cima são, na verdade, um quarto grande dividido em dois. Paredes em péssimo estado – a do quarto traseiro rachada de cima a baixo. Batentes das janelas caindo aos pedaços, remendados com fragmentos de madeira. A chuva entra por vários lugares. O esgoto passa debaixo da casa e cheira mal no verão, mas na prefeitura diz que não pode fazer nada. Seis pessoas na casa, dois adultos e quatro filhos, o mais velho com quinze anos. O penúltimo no hospital – suspeita de tuberculose. Casa infestada de percevejos. Aluguel 5 xelins e 3 pence, incluindo taxas.

- **Casa na rua Peel. Geminada pelos fundos.** Dois em cima, dois embaixo e um porão grande. Sala de 10 pés quadrados e caldeirão para lavar roupas. O outro aposento no andar térreo é do mesmo tamanho, provavelmente destinado a ser uma sala de estar, mas usado como quarto de dormir. Quartos de cima do mesmo tamanho dos de baixo. Sala muito escura. Luz a gás, avaliada em 4½ pence por dia. Distância até os banheiros: 65 metros. Quatro camas para oito pessoas – os pais, já idosos, duas moças adultas (a mais velha com 27 anos), um rapaz e três crianças. Os pais dormem numa cama, o filho mais velho na outra, e as restantes cinco pessoas dividem as outras duas. Percevejos por todo lado: "No calor fica pió". Miséria e sujeira indescritíveis no quarto de baixo, e o cheiro que vem de cima é quase insuportável. Aluguel 5 xelins e 7½ pence, incluindo taxas.
- **Casa em Mapplewell** (cidadezinha mineradora perto de Barnsley). Dois em cima,um embaixo. Sala 14 por 13 pés. Pia na sala. Reboco das paredes rachando e caindo. O forno não tem grelha. Há um leve vazamento de gás. Quartos de cima com 2,40 X 3 m cada um. Quatro camas (para seis pessoas, todos adultos), "só que uma cama não dá pra nós usar", suponho que por falta de colchão e roupas de cama. O quarto perto da escada não tem porta e a escada não tem corrimão, de modo que quando você levanta da cama seus pés balançam no vácuo e você pode cair três metros e se esborrachar no chão de pedra. O piso está tão podre que se enxerga o aposento de baixo pelos buracos. Há insetos, mas "nós mata eles com inseticida pra carneiro". Todas as ruas que passam por essas casinhas são um lamaçal e, pelo que me disseram, quase intransponíveis no inverno. Os banheiros de pedra, no fundo dos pátios, estão meio arruinados. Os inquilinos já moram nesta casa há 22 anos. Estão devendo 11 libras de aluguel e vêm pagando 1 xelim por semana a mais para saldar essa dívida. Agora o senhorio não quer mais aceitar o arranjo e já entrou com pedido de despejo. Aluguel 5 xelins, incluindo taxas.

E assim por diante. Eu poderia multiplicar os exemplos por dez – e eles poderiam se multiplicar por 100 mil se alguém decidisse fazer uma inspeção de casa em casa, em todos os distritos industriais.

Algumas descrições que usei precisam de explicação. "Um em cima, um embaixo" significa um cômodo em cada andar, isto é, uma casa de dois cômodos. "Geminada pelos fundos" são duas casas construídas como se fossem uma, de costas uma para a outra, de modo que se você passar por uma fileira que aparenta ter doze casas, na realidade não são doze, e sim 24. As casas da frente dão para a rua e as de trás dão para o quintal; todas só têm uma porta de saída. O efeito é óbvio. Os banheiros ficam no quintal dos fundos, de modo que se você mora no lado que dá para a rua, para chegar até o banheiro ou à lata de lixo, é preciso sair pela porta da frente e dar a volta no quarteirão – uma distância que pode ser de até duzentos metros. Por outro lado, se você mora nos fundos, sua casa dá para uma fileira de banheiros. Também há casas de um tipo chamado "fundo cego", que são isoladas, só que quem construiu não colocou porta nos fundos – aparentemente, por pura desfeita.

Janelas que não abrem são outra característica das velhas cidades que vivem da mineração. Algumas delas têm tantas galerias subterrâneas de antigas minas que o chão está sempre afundando, e as casas vão se inclinando para o lado. Em Wigan você passa por fileiras inteiras de casas inclinadas em ângulos inesperados, com a janela dez ou vinte graus fora da linha horizontal. Às vezes a parede da frente projeta uma barriga para fora, dando a impressão de que a casa está grávida de sete meses. É possível consertar, mas a nova parede logo começa a inchar outra vez. Quando uma casa afunda, as janelas ficam travadas para sempre e a porta tem que ser consertada. Isso não desperta nenhuma surpresa no local. A história do mineiro que volta para casa do trabalho e descobre que só consegue entrar arrebentando a porta com um machado é considerada humorística.

Em alguns casos anotei bom e mau proprietário pois há uma grande variação no que os moradores das favelas dizem sobre os donos da casa. Descobri – como se poderia esperar, talvez – que os pequenos senhorios em geral são os piores. Não é natural dizer isso, mas se pode perceber por que é assim. A figura idealizada do mau senhorio de favela é um homem gordo e perverso, quase sempre um bispo que ganha uma renda imensa extorquindo esses aluguéis. Na verdade, é uma pobre velha que investiu todas as economias de sua vida em três casas de favela, mora em uma delas e tenta viver com o aluguel das outras duas – nunca tendo, em consequência, dinheiro algum para a manutenção.

Anotações como estas só valem como lembretes para mim mesmo. Elas me trazem de volta à mente tudo que vi por lá, mas não podem, por si mesmas, dar uma boa noção das condições reais nessas medonhas favelas do Norte. As palavras são coisas tão frágeis. De que adianta dizer "goteiras no teto" ou "quatro camas para oito pessoas"? É o tipo de expressão por onde o olhar desliza sem registrar nada. E, contudo, quanta riqueza de miséria e sofrimento essas palavras abrangem! Veja, por exemplo, a questão da superlotação. Com muita frequência há oito ou mesmo dez pessoas morando em uma casa de três cômodos. Um deles é uma sala de estar com cerca de uma dúzia de metros quadrados, que contém, além do fogão e da pia, uma mesa, algumas cadeiras e uma cômoda; ali não há lugar para uma cama. Assim, há oito ou dez pessoas dormindo em dois quartinhos, provavelmente em quatro camas no máximo. Se algumas delas são adultos e têm que trabalhar, pior ainda. Lembro-me de uma casa onde três moças dormiam na mesma cama e cada uma trabalhava em horários diferentes, perturbando as outras quando se levantava ou voltava do trabalho. Em outra casa, um jovem mineiro que trabalhava no turno da noite dormia de dia em uma cama estreita onde outra pessoa da família dormia de noite. Há uma dificuldade extra quando há filhos crescidos, pois não se pode deixar rapazes e moças adolescentes dormir na mesma cama. Em uma família que visitei, havia pai, mãe, um filho e uma filha de cerca de 16 anos e apenas duas camas para todos. O pai dormia com o filho e a mãe com a filha; era o único arranjo que impedia o perigo do incesto.

Tem também a miséria dos tetos com goteiras e das paredes que vazam água, que no inverno tornam alguns quartos quase inabitáveis. E ainda os insetos. Uma vez que os insetos entram em uma casa, ficam ali até o dia do juízo final; não há nenhuma maneira garantida de exterminá-los. Há também as janelas que não abrem. Nem é preciso dizer o que isso significa no verão, em uma salinha abafada onde o fogo, no qual cozinham tem que ficar aceso mais ou menos constantemente. E ainda há as desgraças próprias das casas que ficam de costas uma para a outra. Uma caminhada de cinquenta metros até o banheiro ou a lata de lixo é algo que não incentiva ninguém a estar limpo. E nas casas que ficam de frente para a rua, as mulheres têm o hábito de jogar o lixo pela porta da frente, de modo que a sarjeta está sempre cheia de folhas de chá e restos de pão. Imagine o que significa para uma criança crescer em uma dessas vielas dos fundos, onde seu olhar é delimitado por uma fileira de banheiros e uma parede.

A mulher é apenas uma pobre serva nesses lugares, um burro de carga avançando a custo em meio a uma infinidade de tarefas. Ela até pode manter o ânimo elevado, mas não consegue manter a limpeza e a ordem. Sempre há alguma coisa a fazer, sem utensílios nem infraestrutura; e quase não há espaço para se mexer. Assim que você acaba de lavar o rosto de uma criança, outra já está suja; antes ainda de lavar os pratos de uma refeição, já é hora de preparar a próxima. Encontrei grande variação nas casas que visitei. Algumas eram tão decentes como se pode esperar nessa situação; outras eram tão miseráveis que não tenho esperança de descrevê-las direito. Para começar, o cheiro, que é a coisa predominante e essencial, é indescritível. E a miséria, a desordem, a confusão! Aqui uma bacia cheia de água suja, ali outra bacia cheia de louça para lavar; mais pratos empilhados por todo canto; o chão coberto de jornais rasgados e, no meio, sempre aquela mesa horrorosa, coberta com um oleado grudento, cheia de panelas, meias para cerzir, ferro de passar, fatias de pão velho, pedaços de queijo enrolados em jornal gorduroso! E o aperto na salinha minúscula, onde ir de um lado para o outro é uma complicada viagem entre os móveis, com o varal cheio de roupa molhada batendo no seu rosto cada vez que você se mexe, e crianças brotando por toda parte como cogumelos!

Existem cenas que saltam na minha memória. A sala quase nua de um casebre em uma cidadezinha mineradora, onde a família inteira estava desempregada e todos pareciam subnutridos; e uma grande família, com filhos e filhas crescidos esparramados por toda parte, ao léu, sem fazer nada, todos estranhamente parecidos, de cabelo ruivo, uma ossatura esplêndida e o rosto encovado, arruinado pela má nutrição e o ócio; e um filho muito alto sentado em frente à lareira, apático demais até para notar a entrada de um estranho, tirando devagar uma meia molhada do pé. Um quartinho horroroso em Wigan onde todos os móveis eram feitos de caixotes e tábuas de barril, e mesmo eles estavam caindo aos pedaços; e uma velha com o pescoço encardido e o cabelo desgrenhado, praguejando contra o senhorio com seu sotaque meio irlandês, meio de Lancashire; e a mãe dela, com bem mais de noventa anos, sentada lá no fundo em um barril que lhe servia de banheiro, olhando para nós sem expressão, com um rosto amarelado e apático. Eu poderia encher páginas e páginas com lembranças de interiores de casas assim.

É claro que a miséria dessas casas às vezes é culpa dos próprios moradores. Mesmo que você more em uma casa de costas para outra, tenha quatro filhos e uma renda total de 32 xelins e seis pence por semana do seguro social, não é necessário ter um penico cheio no meio da sala. Mas também é certo que as circunstâncias não incentivam o respeito próprio. O fator determinante é, provavelmente, o número de filhos. Os interiores mais bem cuidados que vi eram sempre de casas sem crianças, ou com apenas um ou dois filhos; quando há, digamos, seis filhos em uma casa de três cômodos, é totalmente impossível mantê-la em condições decentes. Uma bem visível é que as piores condições nunca estão no andar de baixo. Pode-se visitar um bom número de casas, mesmo entre os mais pobres dos desempregados, e sair com a impressão errada. Essas pessoas, talvez se reflita, não devem estar assim tão mal de vida se ainda têm uma boa quantidade de móveis e louças. Mas é nos quartos de cima que toda a pobreza da pobreza realmente se revela. Seja porque o orgulho faz as pessoas se apegarem à mobília da sala até o fim, seja porque as roupas de cama são mais fáceis de se vender. Entre os que estão desempregados há vários anos, devo dizer que é exceção possuir roupas de cama. Muitas vezes não há nada que possa ser propriamente chamado de colchão – apenas uma miscelânea de trapos e casacos velhos sobre um estrado metálico enferrujado. Isso agrava o problema da superlotação. Uma família de quatro pessoas que conheci, pai, mãe e dois filhos, possuía duas camas, mas só podia usar uma porque não havia com que forrar a outra.

Mas quem quiser ver os piores efeitos da falta de moradia deve visitar as horríveis carroças que servem de moradia e existem em grande número em muitas cidades do Norte. Desde a I Guerra Mundial, com a total impossibilidade de obter casas, parte da população transbordou e foi parar em moradias supostamente temporárias, em carroças ou vagões fixos. Wigan, por exemplo, com uma população de cerca de 85 mil habitantes, tem por volta de duzentas carroças com uma família morando em cada uma – talvez cerca de mil pessoas no total. Quantas dessas caravanas de carroças existem em todas as áreas industriais é algo difícil de descobrir com precisão. As autoridades locais são reticentes a respeito, e parece que o censo de 1931 decidiu ignorá-los. Mas pelo que consegui descobrir, perguntando aqui e ali, eles se encontram na maioria das cidades grandes em Lancashire e Yorkshire, e talvez também mais para o norte. A probabilidade é que em todo o Norte da Inglaterra existam milhares, talvez dezenas de milhares de famílias (não indivíduos), que não têm lugar algum para morar exceto uma carroça.

Mas a palavra carroça é meio enganadora. Faz lembrar a imagem de um pitoresco acampamento de ciganos (com tempo bom, é claro), com uma fogueira estalando, crianças colhendo amoras e roupas coloridas balançando nos varais. Só que as colônias de carroças em Wigan e Sheffield não são assim. Dei uma boa olhada em várias delas. Examinei cuidadosamente as de Wigan e nunca vi miséria comparável, exceto no Extremo Oriente. De fato, quando as vi logo me lembrei dos canis imundos que tinha visto na Birmânia, onde moravam trabalhadores braçais indianos. Mas, na verdade, nada no Oriente poderia ser tão ruim assim, pois lá não é preciso enfrentar o nosso frio úmido e penetrante, e o sol é um desinfetante natural.

Ao longo das margens do canal lamacento de Wigan, há terrenos baldios onde essas carroças foram despejados como lixo jogado de um balde. Algumas são realmente carroças de ciganos, mas muito velhos e em mau estado. A maioria é de velhos ônibus de um andar (os ônibus menores, de dez anos atrás) sem as rodas, apoiados em vigas de madeira. Algumas são simplesmente carroças com aros semicirculares em cima, sobre os quais se estende uma lona, de modo que os moradores não têm nada além de uma lona separando-os do ar gelado lá fora. Lá dentro, esses lugares costumam ter 1,50 m de largura por 1,80 m de altura (não consegui ficar em pé com as costas retas em nenhum deles); o comprimento vai de 6 a 15 pés. Alguns, suponho, são habitados por apenas uma pessoa, mas não vi nenhum que tivesse menos de dois moradores, e vários abrigavam grandes famílias. Um deles, por exemplo, com 14 pés de comprimento, continha sete pessoas – sete pessoas em cerca de 450 pés cúbicos de espaço; ou seja, cada pessoa tinha como moradia um espaço muito menor do que um compartimento de banheiro público.

A sujeira e o congestionamento desses lugares são tais que você não consegue imaginar a não ser conferindo com os próprios olhos e, especialmente, com o próprio nariz. Cada um tem um pequenino fogão e o tanto de mobília que se possa enfiar lá dentro – às vezes duas camas, em geral só uma, na qual a família inteira tem que se amontoar do jeito que conseguir. É quase impossível dormir no chão, pois a umidade vem de baixo. Eles me mostraram colchões que ainda estavam torcidos às onze da manhã. No inverno faz tanto frio que o fogãozinho fica aceso dia e noite, e as janelas, nem é preciso dizer, nunca são abertas. A água vem de uma única torneira para toda a colônia, de modo que alguns moradores das carroças têm que caminhar de 150 a 200 jardas para cada balde de água. Não há instalações sanitárias de espécie de alguma. A maioria das pessoas constrói uma cabaninha para servir de banheiro no minúsculo terreno em volta da sua carroça, e uma vez por semana cavam um buraco profundo para enterrar o lixo. Todas as pessoas que vi nesses lugares, e acima de tudo as crianças, eram indescritivelmente sujas, e não duvido que fossem ruins também. Impossível ser de outra maneira. O pensamento que me obcecava enquanto eu ia de carroça em carroça era: O que acontece nesses lugares tão superlotados quando alguém morre? Mas, naturalmente, é o tipo de pergunta que você não vai fazer.

Algumas dessas pessoas já moram nesses carroções há muitos anos. Teoricamente a prefeitura está acabando com as colônias de carroções e transferindo os moradores para novas moradias, mas, como elas não são construídas, os carroções continuam em pé. A maioria das pessoas com quem conversei já tinha desistido da ideia de algum dia conseguir uma moradia decente. Estavam todas desempregadas, e um emprego ou uma casa lhes pareciam coisas igualmente remotas e impossíveis. Algumas pareciam nem se importar; outras percebiam com clareza em que miséria viviam. O rosto de uma mulher me ficou na mente – um rosto esquálido como uma caveira, com uma expressão de intolerável miséria e degradação. Percebi que naquele chiqueiro horroroso, lutando para manter a filharada razoavelmente limpa, ela se sentia como eu me sentiria se estivesse coberto de excrementos dos pés à cabeça. Deve-se lembrar que esses moradores não são ciganos; são cidadãos ingleses decentes, e todos eles, exceto as crianças nascidas aqui mesmo, já tiveram sua casa; além disso, suas carroças são muito inferiores das dos ciganos, e eles não têm a grande vantagem de estar sempre mudando de um lugar para outro. Sem dúvida ainda há gente de classe média que pensa que as classes inferiores nem se importam com esse tipo de coisa, e, se por acaso passarem de trem por uma colônia de carroças, logo vão presumir que essas pessoas moram lá por opção. Hoje em dia nunca discuto com essa espécie de gente. Mas vale a pena notar que os moradores das carroças nem sequer economizam dinheiro morando ali, pois pagam mais ou menos o mesmo aluguel que pagariam por uma casa. Não fiquei sabendo de nenhum aluguel inferior a cinco xelins por semana (cinco xelins por duzentos pés cúbicos de espaço!), e há casos em que o aluguel chega a dez xelins. Alguém deve estar fazendo ótimos negócios com essas carroças! Mas não há dúvida que sua continuada existência se deve à falta de moradias, e não diretamente à pobreza.

Certa vez perguntei a um mineiro quando a falta de moradias começou a ficar aguda em seu distrito, e ele respondeu: "Quando nós ficamos sabendo disso" – isto é, até há pouco tempo o padrão das pessoas era tão baixo que elas achavam natural praticamente qualquer grau de superlotação. Ele acrescentou que, quando criança, sua família tinha onze pessoas dormindo em um só quarto e ninguém achava nada demais; e mais tarde, na vida adulta, ele e a mulher tinham morado em uma daquelas velhas casas geminadas pelos fundos, em que é preciso não só caminhar um par de cem jardas até o banheiro como também esperar na fila quando se chega lá, já que um único banheiro servia para 36 pessoas. E, quando sua mulher contraiu a doença que acabou por matá-la, mesmo assim tinha que fazer esse trajeto até o banheiro. Era o tipo de coisa que as pessoas toleravam "até que ficavam sabendo disso".

Não sei se é verdade. O que é certo é que hoje ninguém acha admissível onze pessoas dormirem em um quarto, e mesmo os que têm uma renda confortável ficam vagamente perturbados ao pensar nas favelas – daí todo o falatório sobre realojamento dos moradores e desocupação, que ressurge de tempos em tempos desde a I Guerra. Os bispos, políticos filantropos e sei lá mais quem gostam de falar caridosamente sobre a desocupação, pois assim podem desviar a atenção dos males mais sérios e fingir que se você abolir as favelas, vai abolir a pobreza. Mas todas essas conversas levaram a resultados surpreendentemente insignificantes. Pelo que se pode ver, a superpopulação não diminuiu nada – talvez esteja um pouco pior do que há dez ou doze anos. Decerto há muita variação na velocidade com que as diversas cidades estão atacando seus problemas de moradia. Em algumas, parece que as construções estão paradas; em outras, avançam rapidamente, e os senhorios vão sendo expulsos desse ramo de negócios. Liverpool, por exemplo, já foi bem reconstruída, sobretudo pelos esforços da prefeitura. Sheffield também está sendo demolida e reconstruída bem depressa – apesar de, considerando a bestialidade sem paralelo de suas favelas, ainda não ser bastante rápido.

E por que a tentativa de acabar com favelas avança tão lentamente? E por que algumas cidades conseguem dinheiro emprestado para construir moradias populares tão mais facilmente do que outras? Isso não sei. São perguntas que teriam que ser respondidas por alguém que conheça melhor que eu as da administração pública municipal de cada cidade. Uma casa do governo custa entre trezentas e quatrocentas libras; sai por um pouco menos quando é construída por trabalho direto do que por contrato. O aluguel dessas casas alcança, em média, mais de vinte libras por ano, sem contar as taxas; assim, poderíamos pensar que, mesmo computando as despesas fixas e os juros sobre os empréstimos, seria vantajoso para qualquer administração pública construir o máximo de moradias para alugar. Em muitos casos, naturalmente, as casas teriam que ser habitadas por pessoas dependentes da pensão social, de modo que os órgãos municipais estariam apenas tirando dinheiro de um bolso para colocar em outro – isto é, dando dinheiro sob a forma de assistência social e pegando de volta sob a forma de aluguel. Só que eles pagam a pensão social de qualquer modo e, no momento, parte desses pagamentos é engolida pelos senhorios privados. Os motivos apresentados para o ritmo lento das construções são a falta de dinheiro e a dificuldade de se conseguir áreas para construir. Isto porque as prefeituras não fazem casas individuais mas conjuntos residenciais, às vezes centenas de casas de uma só vez.

Uma coisa que fica difícil de entender é por que tantas cidades do Norte acham normal construir edifícios públicos imensos e luxuosos e ao mesmo tempo que têm uma falta desesperadora de imóveis para residência.

Vamos tomar como exemplo a cidade de Barnsley, que gastou perto de 150 mil libras em um novo prédio para a prefeitura, embora reconheça a necessidade de pelo menos 2 mil novas casas populares, sem falar em banhos públicos. Os banhos públicos em Barnsley têm apenas dezenove cabines com banheiras para homens – e isso em uma cidade de 70 mil habitantes, a maioria mineiros, dos quais nem um único tem banho em casa! Com essas 150 mil libras seria possível construir 350 casas populares e ainda sobrariam 10 mil libras para gastar em uma nova prefeitura.

Entretanto, como eu já disse, não tenho a pretensão de entender os mistérios da administração pública. Apenas registro o fato de que as moradias populares são desesperadamente necessárias, e de modo geral estão sendo construídas com uma lentidão paralisante.

Mas existem novas moradias sendo construídas, e os blocos residenciais da prefeitura, com suas fileiras e fileiras de casinhas vermelhas, todas muito mais iguais do que dois grãos de ervilha são comuns na periferia das cidades industriais. Aliás, de onde será que veio essa expressão? Até onde eu sei, as ervilhas têm grande individualidade. Quanto a saber como são essas casas e como se comparam às casas das favelas, posso dar uma ideia melhor transcrevendo mais dois extratos do meu diário. Como as opiniões dos inquilinos sobre suas casas variam muito, vou reproduzir uma favorável e uma desfavorável. As duas casas são de Wigan, ambas do tipo mais barato, sem sala de estar.

- **Casa no conjunto residencial de Beech Hill:** Térreo. Sala ampla com lareira, fogão, armários, guarda-louça, piso de linóleo. Corredor pequeno, cozinha bem grande. Fogão elétrico moderno, alugado da prefeitura por uma taxa igual à de um fogão a gás. Andar superior. Dois quartos mais ou menos grandes e um minúsculo – só serve como depósito ou quarto temporário. Banheiro e WC com água quente e fria. Pequeno quintal. Existem de vários tamanhos no loteamento, mas em geral são menores do que o terreno padrão que a prefeitura destina para as hortas familiares. Moram quatro na casa: pai, mãe e dois filhos. O pai tem um bom emprego. As casas parecem bem construídas e são agradáveis de se olhar. Há várias restrições; por exemplo: é proibido criar galinhas ou pombos, ter pensionistas, sublocar ou iniciar qualquer tipo de negócio sem licença da prefeitura. Essa licença é facilmente concedida no caso de pensionistas, mas não os outros. Os inquilinos estão muito satisfeitos com a casa e têm orgulho dela. As casas nesse loteamento são todas bem conservadas. O pessoal da prefeitura é bom para fazer manutenção, mas exige que os inquilinos mantenham o lugar limpo, arrumado etc. Aluguel: 11 xelins e 3 pence, incluindo as taxas. Passagem de ônibus até a cidade: 2 pence.

- **Casa no conjunto residencial de Welly:** Térreo. Sala de estar 14 por 10 pés, cozinha bem menor, despensa minúscula embaixo da escada, banheiro pequeno mas bastante bom. Fogão a gás, luz elétrica, WC externo. Andar superior. Um quarto de 12 por 10 pés com uma minúscula lareira, outro do mesmo tamanho sem lareira, outro de 7 por 6 pés. O melhor quarto tem um pequeno armário embutido. Jardim com cerca de 20 por 10 pés. Seis na família: pai, mãe e quatro filhos. O filho mais velho tem dezenove anos, a filha mais velha vinte. Ninguém tem emprego, exceto o filho mais velho. Inquilinos muito descontentes. Suas queixas são: a casa é fria, úmida e com muitas correntes de ar. A lareira da sala não oferece calor algum e solta fumaça demais – o motivo mencionado é que foi construída muito embaixo, sem ar suficiente para uma boa combustão. A lareira do quarto melhor é pequena demais para ter qualquer utilidade. Em cima as paredes estão rachadas. Como não se pode utilizar o quartinho minúsculo, cinco pessoas dormem em um quarto e o filho mais velho no outro. Os jardins e quintais desse quarteirão estão todos abandonados. Aluguel: 10 xelins e 3 pence, taxas inclusas. Distância até a cidade: quase dois quilômetros – não há ônibus por aqui.

Poderia dar muitos outros exemplos, mas esses dois são suficientes, por que as casas que o governo constrói não variam muito de lugar para lugar. Duas coisas ficam imediatamente óbvias. A primeira é que, por piores que sejam, as casas da prefeitura são melhores do que as favelas que antecederam. O simples fato de haver um banheiro e um quintalzinho quase compensa qualquer desvantagem. O outro ponto básico é que são muito mais caras para morar. É bem comum que um homem seja obrigado a sair de uma casa condenada, onde paga seis ou sete xelins por semana, e receba uma casa da prefeitura, onde tem que pagar dez. Isso só afeta os que estão empregados ou estiveram recentemente, pois quando alguém recebe auxílio do governo seu aluguel é avaliado em uma quarta parte desse benefício, e, se ultrapassar essa quantia ele recebe uma cota extra; e, de qualquer forma, há certos tipos de casas da prefeitura onde não se aceitam pessoas que estão por conta da assistência social.

Há outros detalhes que tornam a vida mais cara em um loteamento da prefeitura, tenha emprego ou não. Para começar, devido aos aluguéis mais altos, o comércio é menor e as lojas vendem tudo mais caro. Além disso, uma casa relativamente grande e isolada, longe do amontoado de favela é muito mais fria e exige muito mais combustível para aquecer. E há também o problema de distância e consequente despesa com transporte para quem tem um emprego na cidade. Este último fato é um dos problemas mais óbvios da relocação dos moradores de favelas. Eliminar as favelas significa diluir a população. Quando se constrói em grande escala, o que se faz, na verdade, é arrancar o centro da cidade e espalhá-lo pela periferia. Isso é bom, de certa forma – essas pessoas foram tiradas de um beco malcheiroso e levadas para um lugar onde há espaço para respirar; mas, do ponto de vista das próprias pessoas, o que você fez foi arrancá-las de lá e jogá-las a oito quilômetros de distância do local de trabalho delas. A solução mais simples são os apartamentos. Já que as pessoas vão morar numa cidade grande, devem aprender a viver uma em cima da outra. Mas os operários do Norte não simpatizam nem um pouco com os apartamentos; mesmo quando eles existem, são chamados com desprezo de "cortiços". Quase todo mundo lhe diz que deseja uma "casa própria" e, aparentemente, morar no meio de uma fileira ininterrupta de casinhas, em um quarteirão de cem metros, lhes parece mais morar em casa própria do que em um apartamento situado em pleno ar.

Retomando o caso da segunda das duas casas da prefeitura que exemplifiquei. O inquilino reclamou que a casa era fria, úmida, e assim por diante. Talvez a casa fosse mal construída, mas também é provável que ele estivesse exagerando. Tinha se mudado depois de relocado de um casebre imundo no centro de Wigan, que, por acaso, eu já havia examinado; quando morava ali, fez todos os esforços para conseguir uma casa da prefeitura, mas assim que se mudou para a casa da prefeitura já queria voltar para a favela. Isso parece simples implicância, porém revela uma queixa perfeitamente genuína. Em muitos casos – talvez na metade deles – descobri que as pessoas que moram nas casas da prefeitura realmente não gostam delas. Ficam contentes por sair do fedor da favela, sabem que é melhor para os filhos ter espaço para brincar, mas não se sentem realmente em casa. As exceções em geral são os que têm um bom emprego e podem gastar um pouquinho mais em aquecimento, móveis e transporte para o trabalho; enfim, pessoas do tipo superior. As outras, os favelados típicos, sentem falta do calor e da bagunça da favela. Eles reclamam que morando na periferia da cidade, estão passando fome, se congelando.

De fato, os loteamentos da prefeitura são muito tristes no inverno. Alguns que percorri, empoleirados nas encostas de colinas nuas, sem árvores, varridas por ventos gelados, seriam lugares tétricos para viver. A questão não é que os favelados desejam a sujeira e o aperto porque gostam de sujeira e aperto, como o burguês barrigudinho adora pensar. (Veja-se, por exemplo, o diálogo sobre a eliminação das favelas na peça O canto do cisne, de Galsworthy, onde a arraigada ideia do proprietário de imóveis de que é o favelado que faz a favela, e não vice-versa, vem da boca de um judeu filantropo.) Basta dar às pessoas uma casa decente e elas logo aprendem a mantê-la decente. Mais ainda – tendo que corresponder à boa aparência da casa, melhora a limpeza pessoal e o respeito próprio, e os filhos começam a vida com melhores chances. Mesmo assim, nos loteamentos da prefeitura há uma atmosfera desagradável, quase de prisão, e os moradores têm perfeita consciência disso.

Ao analisar as favelas enfumaçadas de Manchester, concluímos que a única solução razoável é derrubar essas aberrações e construir casas decentes em seu lugar. O problema é que quando se destrói uma favela, destroem-se outras coisas também. Há uma necessidade desesperada de moradias, e elas não são construídas com rapidez suficiente, mas, quando se faz uma desocupação, ela é feita – e talvez isso seja inevitável – de maneira terrivelmente desumana. Não quero dizer que as casas são novas e feias. Todas as casas são novas em algum momento, e na verdade o tipo de casa que o governo está construindo não ofende o olhar de ninguém. Na periferia de Liverpool há bairros que são verdadeiras cidades, constituídos inteiramente de casas da prefeitura com um aspecto bastante agradável.

Os blocos de apartamentos populares no centro da cidade, que seguem o modelo de Viena, são, sem dúvida, belos edifícios. Mas há nisso tudo algo de implacável, sem compaixão e sem alma. Veja, por exemplo, as restrições impostas nas casas da prefeitura. O inquilino não tem permissão de manter sua casa e seu quintal da maneira que quiser – em alguns blocos existe até uma norma ordenando que todos os jardins e quintais devem ter o mesmo tipo de cerca. Não é permitido criar aves. Os mineiros gostam de criar pombos-correios; criam as aves em gaiolas no quintal dos fundos, e aos domingos as levam para competir. Mas, como os pombos fazem muita sujeira, a prefeitura os proíbe, considerando que o motivo é óbvio. As restrições acerca das lojas são mais sérias. O número de lojas em um lote da prefeitura é rigidamente limitado, e dizem que a preferência vai para as lojas da cooperativa e das grandes redes; isso talvez não seja estritamente verdade, mas com certeza são essas as lojas que em geral vemos por lá. Isso já é bem ruim para o público em geral, no entanto, do ponto de vista do lojista independente, é um desastre. Muitos pequenos comerciantes ficam totalmente arruinados por um esquema de relocação que não leva em conta a sua existência.

Uma parte inteira da cidade é condenada em bloco; as casas são derrubadas e os moradores removidos para algum conjunto habitacional a quilômetros de distância. Dessa maneira, todos os pequenos comerciantes do bairro veem sua freguesia ser levada embora de um só golpe, sem receber nem um centavo de indenização. Não podem transferir seus negócios para o novo loteamento, pois, mesmo que pudessem custear essa mudança e pagar um aluguel muito mais caro, provavelmente não conseguiriam uma licença.

Além disso, os pubs, são quase que totalmente proibidos nos conjuntos habitacionais, e os poucos que permanecem são lugares tristes, seu interior em estilo falso Tudor adaptado pelas grandes fábricas de cerveja, e vendem tudo muito caro. Para uma população de classe média, isso seria um aborrecimento – poderia significar uma caminhada de um ou dois quilômetros para tomar uma cerveja. Mas para a classe operária, que usa o bar como uma espécie de clube, é um sério golpe para a vida da comunidade. É uma grande obra transferir os favelados para casas decentes, mas é lamentável que, devido ao caráter peculiar de nossa época, também seja considerado necessário roubar deles os últimos vestígios de liberdade. As próprias pessoas sentem isso, e é esse sentimento que elas racionalizam quando se queixam de que suas novas casas – tão boas, enquanto moradias, como as que tinham antes – são frias, desconfortáveis, lugares onde a gente "não se sente em casa".

Penso que o preço da liberdade não é tanto a eterna vigilância como a eterna sujeira. Há certos conjuntos da prefeitura em que os novos inquilinos passam obrigatoriamente por um exame para eliminar os piolhos antes de receberem licença de mudar para a nova residência. Todos seus bens, menos a roupa do corpo, são tirados e em seguida desinfetados e despachados para a nova casa. Isso acontece por que as pessoas poderiam levar piolhos e percevejos para uma casa novinha em folha. Com certeza, se tiver chance, algum vai junto com você, dentro da sua bagagem. Esse tipo de coisa faz a gente desejar que a palavra higiene fosse apagada do dicionário. Os insetos são ruins, mas um estado de coisas em que as pessoas se deixam ser desinfetadas com inseticida, como carneiros, é ainda pior. Quando se trata de eliminar uma favela, deve-se pensar que haverá restrições e certo grau de desumanidade. No fim das contas, o mais importante é que as pessoas morem em uma casa decente, e não em um chiqueiro.

Os loteamentos do governo são melhores do que as favelas, mas apenas por uma pequena diferença. Um lugar onde as crianças possam respirar ar puro, as mulheres ter alguns confortos que amenizem a sua labuta, e o homem um pedacinho de terra onde possa enfiar uma pá deve, com certeza, ser melhor do que os becos malcheirosos de Leeds e Sheffield

Visitei e examinei uma boa quantidade de casas, talvez cem ou duzentas ao todo, em várias cidades e vilarejos mineradores. Destaco, ao fechar este capítulo a incrível cordialidade e afabilidade com que fui recebido em toda parte. Eu não ia sozinho – sempre tinha algum amigo no local, algum desempregado que se oferecia para me mostrar o bairro.

Considero uma invasão de privacidade se enfiar na casa de gente desconhecida e pedir para ver o quarto e as rachaduras na parede. No entanto, todos foram de uma paciência espantosa e pareciam compreender, quase sem explicações, por que eu fazia aquelas perguntas e o que eu desejava ver. Se alguém entrasse na minha casa e começasse a me perguntar se há goteiras no teto, se sofro muito com os insetos e como é o senhorio, eu creio que certamente mandaria essa pessoa para o inferno. Isso só me aconteceu uma vez, e no caso a mulher era meio surda e achou que eu fosse um fiscal do serviço social do governo; mas depois de algum tempo até ela cedeu e me deu as informações que eu queria.

Não é comum e acham inadequado um escritor mencionar as críticas de seus livros, mas quero contestar o resenhista do Manchester Guardian, que disse acerca de um livro meu: “Quer esteja estabelecido em Wigan ou em Whitechapel, o Sr. Orwell continuaria a exercer seu poder infalível de fechar os olhos para tudo que é bom, a fim de prosseguir com sua total difamação da humanidade”.

Errado. O Sr. Orwell ficou estabelecido em Wigan por um bom tempo, e a cidade não lhe inspirou nenhum desejo de difamar a humanidade. Ele gostou muito de Wigan – das pessoas, não da paisagem. Na realidade, só encontrou um defeito ali, e é relativo ao célebre cais, que ele desejava ver. Infelizmente o cais foi demolido, e hoje não há mais certeza nem sequer do local onde ficava.

Capítulo 5

"O efeito mais cruel e maléfico do teste de prova de renda é a maneira como separa as famílias. Ele faz com que gente velha, às vezes inválida, seja expulsa de casa."

Ao sabermos pelas estatísticas que o desemprego atinge 2 milhões de pessoas, não devemos imaginar que isso significa que 2 milhões de pessoas estão desempregadas enquanto o resto da população está bem de vida. Admito que até há pouco tempo eu mesmo pensava assim. Se há 2 milhões de desempregados registrados, e se acrescentarmos os indigentes e outros que por algum motivo não estão registrados, então poderíamos calcular que o número de subnutridos na Inglaterra (pois todos os que recebem assistência social ou algo do gênero estão subnutridos) chegaria no máximo a 5 milhões.

É um número subestimado pois as únicas pessoas que aparecem nas estatísticas são as que de fato estão recebendo seguro-desemprego – ou seja, em geral o chefe da família. Os dependentes do desempregado não aparecem na lista, a menos que também recebam auxílio em separado. Um funcionário do ministério do Trabalho me disse que para saber o número real de pessoas que estão vivendo do seguro-desemprego (e não recebendo seguro-desemprego) é preciso multiplicar os números oficiais por três e pouco. Só isso já eleva o número de desempregados para cerca de 6 milhões. Há também um número elevado de pessoas que estão trabalhando, mas, do ponto de vista financeiro, é como se estivessem desempregadas, pois o que ganham está longe de ser um salário decente com que se possa realmente viver. Se contarmos todos os seus dependentes e acrescentarmos, como antes, os aposentados por idade, os indigentes e outros de qualificação incerta, teremos uma população subnutrida de mais de 10 milhões. Sir John Orr calcula em 20 milhões.

Vamos conferir os números de Wigan, cidade típica dos distritos industriais e mineiros. O número de trabalhadores segurados é de cerca de 36 mil (26 mil homens e 10 mil mulheres). Destes, os desempregados no início de 1936 somavam cerca de 10 mil. Mas isso era no inverno, quando as minas trabalham em tempo integral; no verão provavelmente chegariam a 12 mil. Multiplique por três, como explicado acima, e teremos 30 mil ou 36 mil. A população total de Wigan é de pouco menos de 87 mil habitantes; assim, a qualquer momento, mais de uma pessoa a cada três, de toda a população – não só os trabalhadores registrados –, está recebendo assistência social ou vivendo dela. Esses 10 mil ou 12 mil desempregados contêm um núcleo constante de 4 a 5 mil mineiros que estão desempregados, continuamente, há sete anos. E Wigan não se encontra em uma situação especialmente ruim em relação às cidades industriais de modo geral. Mesmo em Sheffield, que progrediu bastante no ano passado devido às guerras e aos rumores de uma próxima guerra, a proporção de desempregados é mais ou menos a mesma – um a cada três trabalhadores registrados.

Quando um trabalhador perde o emprego, recebe sua caderneta com os selos que comprovam seus pagamentos de seguro-desemprego. Enquanto durarem os selos, ele pode retirar o benefício pleno, com as seguintes quantias por semana:

Homem solteiro:....................................17 xelins
Esposa:..9 xelins
Cada filho menor de 14 anos:...................3 xelins

Dessa forma, a renda total seria de 32 xelins por semana, mais qualquer coisa que o filho mais velho conseguisse ganhar. Estamos considerando uma família típica com pai, mãe e três filhos, dos quais um teria mais de catorze anos, Quando acabam seus selos e seu direito ao seguro--desemprego, ele recebe 26 semanas de "benefícios temporários" da UAB (Unemployment Assistance Board, Junta de Assistência aos Desempregados), com as seguintes quantias por semana.

Homem solteiro:....................................15 xelins
Marido e mulher:...................................24 xelins
Filhos, 14-18:..6 xelins
Filhos, 11-14:..4 xelins e 6 pence
Filhos, 8-11 :..4 xelins
Filhos, 5-8:..3 xelins e 6 pence
Filhos, 3-5:..3 xelins

Isso significa que a renda de uma família típica de cinco pessoas seria de 37 xelins e seis pence por semana, se nenhum filho estivesse trabalhando, quando se vive da UAB Quando um homem está por conta da UAB, um quarto do seu benefício é considerado aluguel, com um mínimo de sete xelins e seis pence por semana.

Se seu aluguel é superior a um quarto do seguro-desemprego, ele recebe um dinheiro extra, mas, se for inferior a sete xelins e seis pence, a diferença é deduzida.

Os pagamentos do seguro assistencial do governo teoricamente provêm dos impostos imobiliários municipais, mas também contam com um fundo central. As quantias para o benefício são por semana:

Homem solteiro:................................12 xelins e 6 pence
Marido e mulher:...............................23 xelins
Filho mais velho:.................................4 xelins
Qualquer outro filho:............................3 pence

Os valores variam um pouco, porque estão sujeitas ao critério dos órgãos locais, e um homem solteiro pode ou não receber um extra de dois xelins e seis pence por semana, elevando o benefício para quinze xelins. Tal como acontece com a UAB, um quarto do benefício de um homem casado se destina ao aluguel. Assim, na família típica considerada acima, a renda total seria de 33 xelins por semana, sendo um quarto para o aluguel. Além disso, na maioria dos distritos há um benefício extra para o carvão, de um xelim e seis pence por semana (equivalente a cerca de cinquenta quilos de carvão), concedido durante seis semanas antes do Natal e seis semanas depois.

Constatamos que a renda de uma família que recebe assistência social normalmente fica por volta de trinta xelins semanais. Podemos descontar pelo menos um quarto dessa quantia para o aluguel; ou seja, a pessoa média, seja adulto ou criança, tem que ser alimentada, vestida, aquecida e cuidada com seis ou sete xelins por semana. Grupos enormes de pessoas – provavelmente um terço de toda a população das áreas industriais – vivem sob essas condições. O Teste de Meios é aplicado com todo o rigor, e você será rejeitado para o benefício se houver o mais leve indício de que está recebendo dinheiro de alguma outra fonte. Os estivadores, por exemplo, que em geral são contratados por meio dia, têm que assinar um registro no escritório do Ministério do Trabalho duas vezes por dia; do contrário, pressupõe-se que estão trabalhando, e seu benefício será reduzido de acordo.

Sei de casos de evasão do teste de comprovação de renda, mas devo dizer que nas cidades industriais, onde ainda há um pouco de vida comunitária e os vizinhos conhecem todo mundo, isso é muito mais difícil de fazer do que em Londres. O método mais comum é um rapaz que mora com os pais arranjar outro endereço, de modo que, para todos os efeitos, ele mora separado e assim recebe um benefício à parte. Mas existe muita espionagem e denúncias. Um homem que conheci, por exemplo, foi visto dando comida às galinhas do vizinho enquanto este estava fora de casa. Foi então relatado às autoridades que ele tinha uma renda para alimentar as galinhas, e ele enfrentou grande dificuldade para contestar essa afirmação. Como piada, corria em Wigan história sobre o homem que não conseguiu receber o benefício porque tinha um emprego de transportador de lenha. Ele tinha sido visto, assim disseram, carregando lenha à noite. Ele precisou explicar que não estava transportando lenha, e sim fugindo dos credores numa noite de luar. A lenha era a sua mobília.

O efeito mais cruel e maléfico do teste de prova de renda é a maneira como separa as famílias. Ele faz com que gente velha, às vezes inválida, seja expulsa de casa. Um aposentado por idade, por exemplo, se for viúvo, normalmente moraria com algum filho; seus dez xelins semanais vão para as despesas da casa, e sua situação não é tão ruim. Contudo, ele é computado como "pensionista" e, se continuar morando em casa, o benefício recebido pelos filhos será interrompido. Assim, com talvez 70 ou 75 anos de idade, ele tem que ir morar em uma pensão, entregar todo o dinheiro da aposentadoria ao dono da pensão e sobreviver à beira da miséria. Vi diversos casos assim. Está acontecendo em toda a Inglaterra por causa desse teste.

A miséria extrema fica menos evidente nas regiões industriais do Norte do que em Londres. No Norte tudo é mais pobre e mais maltratado, há menos carros e menos pessoas bem-vestidas, mas também há menos indigentes. Mesmo em uma cidade do tamanho de Liverpool ou Manchester, é impressionante ver como são poucos os mendigos. Londres, porém, é uma espécie de sorvedouro que atrai párias e indigentes, e é tão vasta que a vida lá é solitária e anônima. Se você não infringir a lei, ninguém presta a menor atenção na sua existência, e pode-se cair aos pedaços de uma forma que não seria possível em um lugar onde os vizinhos nos conhecem. Mas nas cidades industriais o velho modo de vida comunitária ainda não foi rompido, a tradição continua forte e quase todo mundo tem família – e portanto, potencialmente, um lar. Em uma cidade de 50 mil ou 100 mil habitantes, não existe uma população informal, que não entra nas estatísticas; não se vê ninguém dormindo nas ruas, por exemplo.

Tem só uma coisa positiva que se pode dizer a favor das normas relativas ao desemprego: elas não desencorajam as pessoas a se casarem. Um casal que viva com 23 xelins por semana ainda conseguem montar uma casa, seja lá como for, embora estejam perto de morrer de fome; e estão muito melhor do que um homem solteiro vivendo com quinze xelins. A vida de um solteiro desempregado é terrível. Com frequência mora numa pensão, em um quarto mobiliado que custa seis xelins por semana, sobrevivendo do jeito que conseguir com os outros nove (digamos, seis xelins semanais para a alimentação e mais três para roupas, cigarros e diversões.) É claro que ele não consegue se alimentar nem se cuidar direito, e quem paga seis xelins por semana por um quarto não tem incentivo para ficar dentro de casa mais do que o necessário. Assim, passa os dias ociosamente na biblioteca pública ou em qualquer outro lugar onde haja aquecimento. E isso – conseguir aquecimento – é praticamente a única preocupação de um homem solteiro e desempregado no inverno. Em Wigan, um refúgio favorito eram os cinemas, que ali são fantasticamente baratos. Pode-se entrar por quatro pence, e a matinê em alguns cinemas chega a custar dois pence. Até quem está passando fome se dispõe a pagar dois pence para fugir do frio implacável de uma tarde de inverno. Em Sheffield fui levado a um auditório público para assistir a uma palestra dada por um clérigo. Foi, de longe, a palestra mais idiota e mais mal ministrada que já ouvi ou espero ouvir na vida. Para mim foi fisicamente impossível ficar sentado até o fim; meus pés me levaram para fora, por conta própria, antes da metade. E, contudo, o auditório estava superlotado de homens desempregados que teriam aguentado ouvir baboseiras ainda piores em troca de um lugar aquecido para se abrigar.

Já vi homens solteiros que recebem o auxílio do governo e vivem na mais extrema miséria. Lembro-me de uma cidade onde há uma colônia inteira desses jovens, que tinham invadido, de forma mais ou menos ilegal, uma casa abandonada praticamente caindo aos pedaços. Tinham conseguido um ou outro móvel – suponho que nos depósitos de lixo, e lembro que a única mesa que havia era uma pia de mármore. Mas esse tipo de coisa é excepcional. Um homem solteiro da classe trabalhadora é uma raridade, e enquanto um homem continua casado o desemprego causa uma mudança relativamente pequena no seu modo de vida. Sua casa fica empobrecida, mas continua sendo o seu lar; e pode-se notar por toda parte que a situação anômala criada pelo desemprego – ou seja, o homem não faz nada, enquanto o trabalho da mulher continua como antes – não alterou o status relativo dos dois sexos. Na classe trabalhadora, o chefe da casa é o homem, e não, como acontece na classe média, a mulher ou o bebê. Praticamente nunca, por exemplo, você verá em uma casa operária um homem levantar um dedo para fazer alguma tarefa doméstica. O desemprego não mudou essa convenção, que parece um pouco injusta. O homem fica ocioso de manhã à noite, mas a mulher continua tão ocupada como sempre – até mais, na verdade, porque tem que dar conta de tudo com menos dinheiro. No entanto, pela minha experiência, as mulheres não protestam. Creio que elas também acham, assim como os homens, que um homem perderia sua virilidade se, só porque está desempregado se transforme no que se chama "Mary Ann".

Não há dúvida quanto ao efeito mortal, debilitante do desemprego sobre qualquer um, seja solteiro ou casado, e sobre os homens mais do que as mulheres. O melhor dos intelectos não consegue suportar a situação. Já me aconteceu uma ou duas vezes de conhecer um desempregado com uma genuína capacidade literária; há outros que não conheci, mas cujos trabalhos leio por vezes nas revistas.

Eventualmente um desses homens produz um artigo ou um conto que obviamente é melhor do que a maioria dos textos tão elogiados pelos críticos. Por que, então, aproveitam tão pouco seus talentos? Eles têm todo o tempo de lazer do mundo. Por que não se sentam e escrevem livros? É porque para escrever um livro é preciso ter não só conforto e solidão – e a solidão nunca é fácil de conseguir em uma casa da classe trabalhadora –, mas é preciso ter também paz de espírito. Você não consegue se fixar em nada, não consegue invocar o espírito da esperança, no qual qualquer coisa tem que ser criada, com a nuvem do desemprego, tediosa e maligna, pairando sobre sua cabeça. Apesar disso, um desempregado que gosta de livros pode se ocupar com a leitura. Mas o que dizer de um homem com dificuldade para ler? Um mineiro, por exemplo, que trabalha nas minas desde a infância e só foi treinado para ser mineiro e nada mais. Como diabos ele vai preencher seus dias vazios? É absurdo dizer que deveria procurar trabalho. Não há trabalho para se procurar, e todo mundo sabe disso. Não se pode continuar procurando emprego todos os dias, sete anos a fio. Existem as hortas, que ocupam o tempo e ajudam a alimentar a família, mas em uma cidade grande elas só são concedidas pela prefeitura a uma pequena parte da população.

Existem também os centros ocupacionais que foram criados há alguns anos para ajudar os desempregados. De modo geral esse movimento foi um fracasso, mas alguns desses centros continuam em pleno funcionamento. Já visitei um ou dois. Há abrigos onde os homens podem ficar aquecidos, e há cursos de carpintaria e outros que ensinam a fabricar botas, trabalhar com couro ou tear manual, fazer cestas de vime etc. etc. Acham que os homens, assim, poderiam fabricar móveis e outros objetos, não para vender, mas para sua própria casa, recebendo as ferramentas de graça e os materiais a baixo custo.

A maioria dos socialistas com quem conversei critica esse movimento, assim como o projeto – sempre comentado, mas nunca realizado – de dar pequenos lotes de terra para os desempregados cultivarem. Segundo eles, os centros ocupacionais não passam de uma maneira de manter os desempregados quietos e lhes dar a ilusão de que algo está sendo feito por eles. Sem dúvida esse é, de fato, o motivo subjacente. Faça com que um homem se mantenha ocupado consertando sapatos e ele provavelmente não vai ler jornais comunistas como o Daily Worker. Nesses lugares há também uma atmosfera desagradável do tipo YMCA (associação cristã), que a gente sente assim que entra ali. Os desempregados que os frequentam são em geral desses que cumprimentam tocando a pala do boné – aquele tipo que diz a você, com uma voz toda untuosa, que é da "Temperança", não bebe e vota nos conservadores. Contudo, mesmo aqui a gente se sente dividido. Pois provavelmente é melhor que um homem desperdice o tempo fazendo alguma coisa, mesmo que seja uma bobagem como cestos de vime, do que passar anos a fio sem fazer absolutamente nada.

O Movimento Nacional dos Trabalhadores Desempregados realiza o melhor trabalho para os desempregados. É uma organização que tem o objetivo de unir os desempregados, impedir que furem as greves e lhes dar aconselhamento legal contra o teste do governo que mede a renda. Foi um movimento surgido a partir do nada, juntando os centavos e os esforços dos próprios desempregados. Já vi a entidade em ação mais de uma vez, e admiro muito aqueles homens, esfarrapados e subnutridos como os outros, que mantêm a organização funcionando. E admiro mais ainda o tato e a paciência com que fazem o trabalho, pois não é fácil conseguir uma contribuição nem de um pêni por semana do bolso dos que vivem de ajuda social. Como já mencionei, a classe operária inglesa não mostra muita capacidade de liderança, mas tem um maravilhoso talento para a organização. Todo o movimento sindical evidencia isso, assim como os excelentes clubes para operários – na verdade, uma espécie de pub coletivo em versão luxo e com uma organização esplêndida – que são tão comuns em Yorkshire.

Em muitos lugares o movimento mantém abrigos e organiza palestras com oradores comunistas. Mesmo nesses abrigos, os homens que ali vão não fazem nada além de sentar em volta do aquecedor e de vez em quando jogar dominó. Se esse movimento pudesse se combinar com algo como os centros ocupacionais, ficaria mais próximo do que é necessário. É uma coisa terrível ver um homem hábil e capaz se deteriorando, ano após ano, em um ócio total e sem a menor esperança. Não deveria ser impossível lhe dar a chance de usar as mãos fabricando móveis e outras coisas para a sua própria casa, sem transformá-lo em um tipo desses que só bebem chocolate. Deveríamos enfrentar a realidade – o fato é que vários milhões de homens na Inglaterra, a menos que estoure outra guerra, jamais terão um emprego de verdade neste mundo. Uma coisa que provavelmente poderia ser feita, e que decerto deveria ser feita por princípio, sem dúvida nenhuma, é dar a cada desempregado um terreno e ferramentas grátis se ele as solicitasse. É uma desgraça que um homem obrigado a sobreviver com o dinheiro da ajuda social não tenha sequer a chance de plantar verduras para a família. Para entender o desemprego e seus efeitos, é preciso ir até as áreas industriais. No Sul, o desemprego existe mas é disperso e estranhamente discreto. Há muitas zonas rurais em que um homem sem trabalho é algo quase desconhecido, e não se vê em parte alguma o espetáculo de quarteirões inteiros da cidade vivendo do auxílio social e do seguro-desemprego. É só quando se mora em ruas onde ninguém tem emprego, onde conseguir um é tão provável quanto ser proprietário de um avião, e muito menos provável do que ganhar cinquenta libras na esportiva – é só aí que você começa a compreender as mudanças que estão ocorrendo na nossa civilização. Pois há uma mudança acontecendo, sem dúvida nenhuma. A atitude da classe operária que já afundou e está submersa é profundamente diferente do que era sete ou oito anos atrás.

Foi em 1928 que percebi o problema do desemprego. Tinha acabado de chegar da Birmânia, onde o desemprego era apenas uma palavra; eu tinha ido para a Birmânia ainda criança, e o período de alta econômica logo após a I Guerra Mundial ainda não havia terminado. Fiquei espantado e estarrecido saber que muitos tinham vergonha de estar desempregados. Eu era muito ignorante, mas não a ponto de imaginar que quando a perda de mercados externos tira o sustento de 2 milhões de homens, esses 2 milhões são culpados. Decerto eles não têm mais culpa do que quem entra num sorteio e tira um número sem valor algum. Mas na época ninguém reconhecia que o desemprego era inevitável, pois isso significava reconhecer que o problema provavelmente iria continuar.

"Vagabundos, preguiçosos, que vivem da assistência social" continuam alvo de crítica da classe média, que afirma o que "todos eles poderiam encontrar emprego, se quisessem" e, naturalmente, essas opiniões iam se infiltrando até a classe operária. Lembro-me do choque de espanto que senti quando pela primeira vez me misturei aos pedintes e andarilhos, ao descobrir que uma boa parte – talvez um quarto – desses seres que eu tinha aprendido a ver como cínicos e parasitas era, na verdade, de ex-mineiros e operários das fábricas têxteis – homens decentes, fitando seu destino com a surpresa de um animal preso numa armadilha. Não conseguiam compreender o que estava acontecendo com eles. Tinham sido criados e educados para trabalhar e – veja só! – parecia que nunca mais iriam ter a chance de arranjar um trabalho. Nessas circunstâncias, era inevitável que fossem perseguidos, no início, por um sentimento de degradação pessoal. Era essa a atitude para com o desemprego naquele tempo: era um desastre que acontecia com você, como indivíduo, e do qual você tinha a culpa.

No momento em que existem 250 mil mineiros desempregados, faz parte da ordem natural das coisas que Alf Smith, um mineiro que mora em uma das vielas traseiras de Newcastle, esteja desempregado. Alf é apenas um desses 250 mil, uma unidade estatística. Mas nenhum ser humano acha fácil ver a si mesmo como uma unidade estatística. Enquanto Bert Jones, do outro lado da rua, continuar trabalhando, Alf vai se sentir desonrado e fracassado. Daí vem aquela sensação horrível de impotência e desespero que é quase o pior dos males do desemprego – muito pior do que qualquer dificuldade, pior que a desmoralização do ócio forçado; só não é pior que a degeneração física dos filhos de Alf, nascidos na dependência de seguro social. Quem assistiu à peça de Greenwood, *Love on the dole* (Amor e desemprego), deve se lembrar da cena terrível em que o pobre, bondoso e obtuso operário dá um soco na mesa e grita: "Ó meu Deus, me mande algum trabalho!". Não era nenhum exagero dramático; era um tirado da vida real. Esse grito deve ter sido lançado, com essas mesmas palavras, em dezenas de milhares, talvez centenas de milhares de lares da Inglaterra nos últimos quinze anos.

Até mesmo a classe média está começando a perceber que existe realmente uma coisa chamada desemprego. Toda aquela conversa do tipo "Oh, meu querido, eu não acredito nessas bobagens de desemprego. Na semana passada queríamos alguém para tirar o mato do jardim, e não conseguimos ninguém. Eles não querem trabalhar, é isso!" que ouvíamos cinco anos atrás em todas as mesas de chá das cinco, está ficando sensivelmente mais rara.

Acredito que o Daily Worker conseguiu realizar grandes coisas: sua influência é muito maior do a circulação indica. E a própria classe operária ganhou imensamente em informações econômicas. Mas, de qualquer modo, aprenderam bem sua lição, não só porque o desemprego é generalizado como também vem persistindo há tanto tempo. Quando as pessoas vivem anos a fio do seguro-desemprego, elas se acostumam, e receber o benefício, embora continue desagradável, deixa de ser vergonhoso. Desse modo, aquela velha tradição do inglês independente de sempre temer o asilo dos pobres vai sendo minada, assim como o antigo medo de cair em dívidas vai sendo minado pelo sistema de compras a prestação. Nas vielas traseiras de Wigan e Barnsley, vi todo tipo de privação, mas provavelmente vi muito menos miséria consciente do que veria há dez anos. As pessoas já perceberam que o desemprego é uma coisa que elas não conseguem evitar. Não é só Alf que está sem trabalho; Bert Jones também não tem, e os dois estão parados há anos. Faz muita diferença quando as coisas são iguais para todos.

Constatamos que temos populações inteiras conformadas a passar a vida toda na dependência do auxílio do governo. E o que eu acho impressionante, e talvez até dê esperanças, é que elas conseguem fazer isso sem desmoronar espiritualmente. Um operário não se desintegra sob o estresse da pobreza, como acontece com uma pessoa de classe média. A classe operária não acha nada demais se casar enquanto recebe o seguro-desemprego. Isso incomoda as senhoras que tomam o chá das cinco em Brighton, mas demonstra um uma realidade importante. Para eles, perder o emprego não significa que você deixa de ser um ser humano. Dessa forma, por essa ótica as coisas não são tão ruins como poderiam ser nas regiões atingidas. A vida continua bastante normal – mais do que realmente teríamos o direito de esperar. As famílias empobreceram, mas o sistema familiar não se rompeu.

As pessoas estão vivendo uma versão reduzida de sua vida anterior. Em vez de enraivecer contra o destino, tornam as coisas aceitáveis diminuindo seu padrão de vida. Só que nem sempre elas diminuem o nível de vida eliminando os luxos e se concentrando nas necessidades; com frequência ocorre bem o contrário – e é a maneira mais natural, pensando bem. Daí vem o fato de que, em uma década de depressão sem paralelo, aumentou o consumo de todo tipo de luxos baratos. As duas coisas que provavelmente fizeram a maior diferença desde o fim da guerra são o cinema e a produção em massa de roupas bonitas e baratas.

O rapaz que para de estudar aos 14 anos arranja um empreguinho que é um beco sem saída e aos 21 anos já está desempregado, provavelmente para o resto da vida; mas por duas libras e dez xelins, ele pode comprar a prazo um terno que por algum tempo, e visto a certa distância, parece cortado por um bom alfaiate de Savile Row. Uma garota pode parecer uma artista por bem menos. Você pode ter só três moedas no bolso, nenhuma perspectiva no mundo e, ao voltar para casa, ter apenas um cantinho em um quarto cheio de goteiras, mas com suas roupas novas você pode parar na esquina e sonhar que é Clark Gable ou Greta Garbo, o que compensa muita coisa. E mesmo em casa, em geral a chaleira está no fogo para uma boa xícara de chá e o pai de família, desempregado desde 1929, está feliz por alguns momentos porque ficou sabendo de um bom palpite para as corridas de cavalo.

Depois da guerra, o comércio precisou se adaptar para satisfazer à demanda das pessoas malpagas e subnutridas, e o resultado é que hoje um luxo é quase sempre mais barato do que uma necessidade. Um par de sapatos simples e resistentes custa o mesmo que dois pares de sapatos chiques. Pelo preço de uma refeição decente se pode comprar um quilo de doces baratos. Não se pode comprar muita carne por três pence, mas dá para comprar várias porções de *fish and chips.* O leite custa três pence e mesmo a cerveja mais fraca custa quatro, mas as aspirinas custam sete por um pêni, e é possível fazer quarenta xícaras de chá com um pacote de cem gramas. E, acima de tudo, há os jogos de azar, o mais barato de todos os luxos. Mesmo quem está morrendo à míngua pode comprar alguns dias de esperança apostando um pêni na loteria. Hoje o jogo já alcançou quase o *status* de grande indústria. Veja o fenômeno da loteria esportiva, com um faturamento de 6 milhões de libras por ano – quase todo vindo do bolso da classe operária. Por acaso eu estava em Yorkshire quando Hitler ocupou a Renânia. Hitler, Locarno, o fascismo, e mesmo a ameaça da guerra mal despertavam uma centelha de interesse na região; mas, quando a Associação de Futebol decidiu parar de divulgar os jogos com antecedência (tentando matar a loteria esportiva), toda a cidade de Yorkshire se revoltou.

Existe ainda o estranho espetáculo da moderna ciência, com tecnologia espalhando milagres em cima de gente de barriga vazia. Pode-se passar a noite inteira tremendo de frio por falta de cobertor, mas de manhã se pode ir à biblioteca pública e ler as notícias que foram enviadas por telégrafo, para nosso benefício, de São Francisco ou Cingapura. Praticamente todo mundo na Inglaterra tem acesso a um rádio, mesmo com vinte milhões de pessoas subnutridas. O que perdemos em comida ganhamos em tecnologia. Fatias inteiras da classe operária que foram saqueadas e roubadas de tudo de que realmente necessitam estão sendo compensadas, em parte, pelos luxos baratos que vêm mitigar a superfície da vida.

Será que tudo isso é desejável? Não, eu não considero. Entretanto, é provável que a adaptação psicológica que a classe trabalhadora vem sofrendo a olhos vistos é a melhor que eles poderiam fazer nesta conjuntura. Eles não se transformaram em revolucionários, tampouco perderam o respeito por si mesmos; simplesmente conseguiram manter a calma e se acomodaram, fazendo as coisas da melhor maneira possível dentro dos padrões de *fish and chips*. Qual seria a alternativa? Sabe Deus que agonia, que interminável desespero; ou talvez tentativas de insurreição, que em um país de governo forte como a Inglaterra só poderiam levar a massacres fúteis e a um regime de feroz repressão.

É bem provável que o *fish and chips*, as meias de seda sintética, o salmão em lata, o chocolate barato (cinco barras de cinquenta gramas por seis pence), o cinema, o rádio, o chá forte, a loteria esportiva – tudo isso, em conjunto, já tenha evitado a revolução. São luxos baratos do pós-guerra, muito conveniente para nossos governantes. Portanto, às vezes nos dizem que tudo isso é uma manobra astuta da classe governante, uma espécie de "pão e circo" para controlar e subjugar os desempregados. O que já vi da nossa classe governante não me convence de que eles tenham tanta inteligência assim. A coisa aconteceu, mas por um processo inconsciente – a interação natural entre a necessidade dos fabricantes de ter mercado e a necessidade dos famintos de ter paliativos baratos.

Capítulo 6

"A I Guerra Mundial, por exemplo, nunca poderia ter acontecido se a comida em lata não tivesse sido inventada."

Quando eu era criança, um professor costumava vir uma vez por ano na escola dar uma palestra sobre batalhas famosas do passado, tais como Blenheim, Austerlitz etc. Ele gostava de citar a máxima de Napoleão: "Um exército marcha sobre o seu estômago". No fim da palestra, se virava para nós de repente e perguntava: "Qual é a coisa mais importante do mundo?". E tínhamos que gritar: "Comida!", do contrário ele ficava decepcionado.

De certa forma ele tinha razão. O ser humano é, em primeiro lugar, um saco para se colocar comida; as outras funções e faculdades podem ser mais divinas, mas, na ordem das prioridades, vêm depois. Um homem morre, é sepultado, todas as suas palavras e ações são esquecidas, mas a comida que ele comeu continua vivendo depois dele, nos ossos, sejam saudáveis ou podres, de seus filhos. Creio que se pode argumentar que as mudanças de alimentação são mais importantes do que as mudanças de dinastia, ou mesmo de religião. A I Guerra Mundial, por exemplo, nunca poderia ter acontecido se a comida em lata não tivesse sido inventada. E a história da Inglaterra dos últimos quatrocentos anos teria sido imensamente diferente não fosse a introdução de raízes e de vários outros vegetais no fim da Idade Média e, um pouco depois, a introdução de bebidas não alcoólicas (chá, café, chocolate) e também das bebidas destiladas, às quais os ingleses, adeptos da cerveja, não estavam acostumados. No entanto, é raro alguém reconhecer a suprema importância da alimentação. Vemos por toda parte estátuas de políticos, poetas, bispos, mas nenhuma dedicada aos cozinheiros, aos defumadores de toucinho ou aos agricultores. Dizem que o imperador Carlos V ergueu uma estátua ao inventor do *bloater*, o arenque defumado, mas esse é o único exemplo de que consigo me lembrar no momento.

Talvez o fator realmente importante para os desempregados é a alimentação. Como já citei, a família desempregada média vive com uma renda semanal de cerca de trinta xelins, dos quais pelo menos a metade vai para o aluguel. Vale a pena considerar, com algum detalhe, de que maneira o restante do dinheiro é gasto. Tenho aqui um orçamento que me foi feito por um mineiro desempregado e sua mulher. Eu lhes pedi que fizessem uma lista que represente, o mais exatamente possível, seus gastos em uma semana. A renda semanal desse homem era de 32 xelins, e além da mulher ele tinha dois filhos, um de dois anos e cinco meses e outro de dez meses. Eis a lista:

Aluguel:..9 xelins e ½ pence
Cooperativa de roupas:...3 xelins
Carvão:...2 xelins
Gás:...1 xelim e 3 pence
Leite:...10½pence
Imposto:...3 pence
Seguro (para as crianças):......................................2 pence
Carne:..2 xelins e 6 pence
Farinha – 13 kg:....................................3 xelins e 4 pence
Fermento para pão:..4 pence
Batatas:..1xelim
Gordura:..10 pence
Margarina:...10 pence
Toucinho:..1 xelim e 2 pence
Açúcar:...1 xelim e 9 pence
Chá:...1 xelim
Geleia:..7½pence
Ervilhas e repolho:..6 pence
Cenouras e cebolas:...4 pence
Aveia Quaker:...4 ½ pence
Sabão, sabão em pó, anil etc.:.............................10 pence

---

Total: 1 libra e 12 pence

Três pacotes de leite em pó eram também disponibilizados semanalmente ao bebê pela Clínica de Bem-Estar Infantil.

Precisamos observar aqui alguns detalhes importantes. Por exemplo, a lista deixa de fora muita coisa: graxa, sal, pimenta, vinagre, fósforos, madeira para acender o fogo, lâminas de barbear, substituição de utensílios, mobília e roupas de cama desgastadas pelo uso, só para citar as primeiras que me vêm à mente. Qualquer dinheiro gasto com esses itens resulta na redução de algum outro.

Os clubes de roupas, para as quais os desempregados pagam um tanto por semana, são iniciativas de grandes fabricantes de tecidos em todas as cidades industriais. Sem elas seria impossível um desempregado comprar roupas. Um gasto bem relevante é com o cigarro. Esse homem por acaso fumava pouco, mesmo assim o cigarro lhe custa no mínimo um xelim por semana, ou seja, mais uma redução na comida.

Colocando mais um xelim para o cigarro e tirando os outros itens que não são de alimentação, sobram dezesseis xelins e cinco pence. Digamos dezesseis xelins, e deixemos o bebê fora das contas – pois o bebê estava recebendo seus pacotes semanais de leite em pó da Clínica de Assistência. Esses dezesseis xelins têm que dar para a alimentação integral, inclusive o combustível para cozinhar, para três pessoas, sendo dois adultos. A primeira pergunta é saber se é possível, mesmo em teoria, alimentar três pessoas decentemente com dezesseis xelins semanais. Quando ocorreu o debate sobre a ajuda assistencial, houve uma revoltante discussão pública acerca da quantia semanal mínima com que um ser humano pode se manter vivo. Uma escola de nutricionistas chegou ao resultado de cinco xelins e nove pence, enquanto outra escola, mais generosa, chegou a cinco xelins e nove pence e meio. Depois disso, jornais receberam cartas de diversas pessoas que afirmavam estar se alimentando com quatro xelins por semana. Eis aqui um orçamento semanal (foi impresso no New Statesman e também no News of the World), que escolhi entre diversos outros:

3 filões de pão integral:	1 xelim
250 gramas de margarina:	2½ pence
250 gramas de gordura:	3 pence
½ kg de queijo:	7 pence
½ kg de cebolas:	1 ½ pence
½ kg de cenouras:	1 ½ pence
½ kg de biscoitos quebrados:	4 pence
1 kg de tâmaras:	6 pence
1 lata de leite em pó:	5 pence
10 laranjas:	5 pence
	Total: 3 xelins e 11½ pence

Repare que esse orçamento não inclui. O autor da lista esclareceu que não tinha condições de comprar combustível para cozinhar e que comia toda a sua comida crua. Se essa carta foi genuína ou uma brincadeira, não importa no momento. Mas há que se reconhecer, creio, que a lista representa o gasto mais sensato que se pode conceber; se você tivesse que viver com três xelins e onze pence e meio por semana, não seria possível extrair dessa quantia mais valor nutritivo do que temos nessa lista. Assim, talvez seja possível alimentar-se adequadamente com o dinheiro assistencial se você se concentrar nos alimentos essenciais; de outra forma, não.

Agora vamos confrontar com a lista com o orçamento do mineiro desempregado que mostrei antes. A família do mineiro gasta apenas dez pence por semana em verduras, dez e meio em leite (lembre-se, a família tem uma criança de menos de três anos) e nada em frutas; mas gasta um xelim e nove pence em açúcar (cerca de quatro quilos de açúcar) e um xelim de chá. A verba para carne talvez represente um pedaço pequeno de carne para assar e os ingredientes para um cozido, mas, provavelmente, muitas vezes representa quatro ou cinco latas de carne processada. Assim, vemos que a base da alimentação dos mineiros é pão branco, margarina, carne enlatada, chá com açúcar e batatas – uma alimentação péssima, paupérrima. Não seria melhor se eles gastassem mais em coisas mais saudáveis, como laranjas e pão integral? Poderiam também seguir o exemplo do autor da carta para o jornal e economizassem combustível comendo cenouras cruas? Sim, seria, mas a questão é que nenhum ser humano comum jamais faria uma coisa dessas. Uma pessoa normal preferiria morrer de fome a viver de pão preto e cenoura crua. Problema típico dessa situação é que quanto menos dinheiro você tem, menos quer gastar em comida saudável. Um milionário pode saborear seu café da manhã com suco de laranja e biscoitos integrais; o desempregado não. Aqui vemos em ação a tendência que mencionei no fim do último capítulo.

Quem está desempregado, ou seja, está subnutrido, escorraçado, entediado e muito infeliz, não quer comer uma comida saudável e sem graça. Quer alguma coisa um pouquinho saborosa. Há sempre alguma tentação agradável e barata. Vamos comer três pence de batata frita! Corra lá fora e compre para nós um sorvete de dois pence! Ponha a chaleira no fogo e vamos tomar uma bela xícara de chá! É assim que a cabeça da gente funciona quando se está no nível assistencial. Pão branco com margarina e chá com açúcar não alimentam nada, mas são mais gostosos (ou pelo menos é o que acha a maioria) do que pão preto lambuzado com gordura de carne, acompanhado de água fria. Uma xícara de chá, ou mesmo uma aspirina, estimula mais temporariamente do que um pedaço de pão preto. O desemprego é uma infelicidade sem fim que precisa ser amenizada a todo tempo, e especialmente com chá, o ópio do povo inglês.

Essa situação tem como consequência uma decadência física que se pode constatar com os próprios olhos ou consultando as estatísticas vitais. A forma física média nas cidades industriais é terrivelmente baixa, mais baixa ainda do que em Londres. Em Sheffield a gente tem a sensação de andar em meio a uma população de trogloditas. Os mineiros são homens vistosos, mas em geral são baixos, e o fato de seus músculos se enrijecerem com o trabalho constante não significa que seus filhos comecem a vida em melhores condições físicas. Mas os mineiros são, fisicamente, a nata da população. O sinal mais óbvio de subnutrição é o mau estado geral dos dentes. Em Lancashire seria preciso procurar muito tempo até encontrar alguém da classe operária com bons dentes naturais. Na verdade, vemos muito pouca gente com dentes naturais, além das crianças; e mesmo os dentes das crianças têm uma aparência frágil e azulada que significa deficiência de cálcio. Dentistas informam que, nas regiões industriais, pessoas com mais de trinta anos que ainda conservam seus dentes estão se tornando uma raridade. Em Wigan várias pessoas me disseram que o melhor é "se livrar" dos dentes o mais cedo possível. "Os dente é só sofrimento", me disse uma mulher. Em uma casa onde fiquei havia, além de mim, cinco pessoas, sendo o mais velho de 43 anos e o mais jovem um rapaz de 15. De todos, o rapaz era o único que ainda tinha dentes próprios, e obviamente não iam durar muito. Quanto às estatísticas de mortandade, a situação dispensa comentários. Sabe-se que em qualquer grande cidade industrial os índices de mortandade, tanto geral como infantil, nos bairros mais pobres são sempre mais ou menos o dobro do que se constata em bairros ricos – em alguns casos, muito mais que o dobro.

Não podemos concluir que as más condições físicas se devem apenas ao desemprego, pois é provável que estejam decaindo em toda a Inglaterra há muito tempo, e não só entre os desempregados das áreas industriais. É difícil provar isso pelas estatísticas, mas é uma conclusão óbvia se você usar seus olhos até nas zonas rurais, e mesmo em uma cidade próspera como Londres. No dia em que o féretro do rei George V atravessou Londres a caminho de Westminster, por acaso fiquei preso durante uma ou duas horas na multidão em Trafalgar Square.

A decadência da moderna Inglaterra é estarrecedora. A maioria das pessoas ao meu redor não era da classe operária; eram do tipo lojista ou caixeiro-viajante, com uma ou outra mais próspera. Mas que quadro elas compõem! Que pernas e braços magrinhos, que rostos doentios sob a chuva e o céu de Londres! Raro era o homem de boa estrutura ou a mulher de aparência razoável, e em parte alguma um rosto rosado. Quando passou o caixão do rei, os homens tiraram o chapéu, e um amigo que estava na multidão do outro lado do Strand me disse depois: "O único toque de cor eram as carecas". Até mesmo os guardas – havia um esquadrão da Guarda Nacional marchando ao lado do caixão – não eram como antes. Cadê aqueles homens fortes, com o peito como um barril e bigodes como asas de águia, que desfilavam pelo meu olhar de criança vinte ou trinta anos antes? Creio que foram soterrados na lama de Flandres. No lugar deles estão esses garotos de rosto pálido, escolhidos pela altura, parecendo uns varapaus vestidos de casaco, pois a verdade é que na Inglaterra moderna um homem com mais de um metro e oitenta em geral é pele e osso, nada mais.

A I Guerra Mundial contribuiu muito para essa decadência física pois escolheu cuidadosamente 1 milhão de homens entre os melhores da Inglaterra e os massacrou, em geral antes que tivessem tempo de se reproduzir. Mas o processo deve ter começado antes, e decerto se deve, em última análise, a um modo de vida insalubre, isto é, ao industrialismo. Não me refiro ao hábito de morar em cidades – provavelmente a cidade é mais saudável que o campo em vários aspectos –, e sim à técnica industrial moderna, que oferece substitutos baratos para tudo. A longo prazo, podemos concluir que a comida em lata é uma arma mais mortal do que a metralhadora.

É impressionante que a classe trabalhadora inglesa e, aliás, o país de modo geral sejam tão ignorantes em relação a alimentação e desperdício de comida. Já apontei, em outro livro, como é civilizada a ideia que um trabalhador braçal francês tem de uma refeição em comparação com um inglês; não posso crer que em uma casa francesa se veria tal desperdício, como se vê por aqui. É claro que nas casas mais pobres, onde todos estão desempregados, não se encontra muito desperdício, mas os que podem se dar ao luxo de jogar comida fora fazem isso com frequência. Posso citar exemplos espantosos. Até mesmo o hábito que se tem no Norte de fazer pão em casa é um desperdício, pois uma mulher sobrecarregada de trabalho pode assar pão uma, ou no máximo duas vezes por semana, e como é impossível prever o consumo, acaba jogando as sobras fora. Assam normalmente de uma só vez seis pães grandes e doze pequenos. Tudo isso faz parte da velha e generosa atitude inglesa perante a vida, e é uma qualidade agradável, mas desastrosa no presente momento.

Operários ingleses não comem pão integral; em geral é impossível comprar pão integral em um bairro de classe baixa. Às vezes se explicam dizendo que o pão preto é sujo. Desconfio que o motivo real é que no passado o pão integral era associado ao catolicismo, ao papismo e aos tamancos de madeira. O paladar do inglês, em especial o paladar da classe operária, agora rejeita a boa alimentação quase automaticamente. O número de pessoas que preferem ervilha em lata e peixe em lata a ervilhas de verdade e peixe de verdade deve estar aumentando a cada ano, e muita gente que poderia comprar leite de verdade para pôr no chá prefere leite em lata – até mesmo aquele leite enlatado horroroso, feito só de açúcar e farinha e milho, com a lata dizendo “adequado para bebês “em letras enormes. Em alguns bairros há esforços para ensinar aos desempregados um pouco mais sobre o valor nutritivo dos alimentos e sobre o uso inteligente do dinheiro. Quando você ouve algo assim, se sente muito dividido, em conflito. Já vi um bom orador comunista, discursando no palanque, ficar muito zangado por causa disso. Em Londres, disse ele, agora há grupos de madames têm a ousadia de entrar em casas do East End e dar lições sobre compras de alimentos às mulheres dos desempregados. Mencionou isso como exemplo da mentalidade da classe governante inglesa: primeiro você condena uma família a viver com trinta xelins por semana e depois se atrevem a dizer como devem gastar seu dinheiro. Ele tinha toda a razão – concordo plenamente. Contudo, é mesmo uma pena que, somente por falta de uma informação melhor, as pessoas despejem na garganta uma porcaria como o leite enlatado, sem nem saber que é um produto inferior ao leite de vaca.

Os desempregados dificilmente se beneficiariam se aprendessem a gastar seu dinheiro de forma mais econômica. Pois é justamente o fato de eles não serem econômicos que mantém seus benefícios tão altos. Um inglês que depende do benefício recebe quinze xelins por semana porque esta é a quantia mínima concebível que lhe permite se manter vivo. Se ele fosse, digamos, um pobre trabalhador indiano ou japonês, capaz de viver só com arroz e cebola, não receberia quinze xelins por semana – teria a sorte de receber quinze xelins por mês. Nosso auxílio da assistência social, embora miserável, foi pensado para se adequar a uma população de padrões muito altos e pouca noção de economia. Se os desempregados aprendessem a se administrar melhor, estariam melhor de vida, e imagino que não demoraria muito para o auxílio ser reduzido.

O combustível barato ameniza muito o desemprego no Norte da Inglaterra.. Em qualquer área carbonífera o preço do carvão por atacado é de apenas um xelim e seis pence por cinquenta quilos; no Sul do país é de cerca de cinco xelins. Além disso, os mineiros que estão trabalhando em geral podem comprar o carvão diretamente na mina, por oito ou nove xelins a tonelada. E os que têm porão em casa às vezes guardam uma tonelada de cada vez e vendem (ilegalmente, suponho) para os que estão desempregados. Mas além disso existe um imenso e sistemático roubo de carvão pelos desempregados. Chamo de roubo porque tecnicamente é o que é, embora não faça mal a ninguém. No resíduo e no pó de carvão que sobram nas galerias, a chamada "sujeira", que é enviada à superfície, sempre há carvões quebrados, e os desempregados passam um tempo enorme catando esses pedaços nos montes de escória. O dia inteiro, nas encostas dessas estranhas colinas cinzentas, se vê gente andando para lá e para cá levando sacos e cestas, em meio à fumaça sulfurosa (muitos desses montes ficam fumegando sob a superfície), extraindo as minúsculas pepitas de carvão enterradas aqui e ali. Vemos homens vindo de lá empurrando estranhas e maravilhosas bicicletas de fabricação caseira – feitas de peças enferrujadas catadas nos montes de lixo, sem selim, sem corrente, quase sempre sem pneus – levando de atravessado um saco contendo talvez uns 25 quilos de carvão, fruto de meio dia de busca. Em épocas de greve, quando há falta geral de combustível, os mineiros aparecem com pás e picaretas e vão cavar nos montes de escória – causa dos buracos e montículos que se veem nessas encostas. Durante as greves longas, em lugares onde há afloramentos de carvão na superfície, eles vão escavando ao longo do veio, afundando a mina dezenas de metros para dentro da terra.

Os desempregados disputam tanto os resíduos de carvão em Wigan que surgiu a "corrida do carvão", um fenômeno que vale a pena assistir. Aliás, não sei por que ela nunca foi filmada. Um mineiro desempregado me levou para vê-la certa tarde. Chegamos ao local, uma verdadeira cordilheira de antigos montes de escória, com uma linha férrea passando pelo vale que elas formam. Uns duzentos homens esfarrapados, cada um levando um saco e um martelo de quebrar carvão amarrado ao peito debaixo do casaco, esperavam em um desses montes, que eles chamam de "broo". Quando o refugo da mina é levado à superfície, primeiro é despejado em vagonetes; uma locomotiva os leva então até o topo de outro monte de sobras, a quinhentos metros de distância, e os deixa lá. A "corrida do carvão" consiste em subir no trem em movimento; qualquer vagão onde você consiga subir passa a ser "seu". Vi quando o trem surgiu. Numa correria desabalada, cem homens desceram a encosta gritando como selvagens para apanhar o trem na curva a trinta quilômetros por hora. Os homens se atiraram sobre o trem, agarraram os anéis de ferro na traseira dos vagões e subiram em atropelo, pisando nos para-choques, cinco ou dez homens em cada vagão. O maquinista não tomou conhecimento. Subiu até o topo do monte de resíduos, desengatou os vagões e voltou só com a locomotiva, rumando para a mina; em breve já estava aparecendo outra vez, trazendo uma nova fileira de vagonetes. Novamente a mesma correria louca das figuras esfarrapadas. No fim, apenas uns cinquenta homens não conseguiram subir em nenhum dos dois trens.

Fomos até o alto do monte. Os homens tiravam com as pás os resíduos dos vagões, enquanto lá embaixo suas esposas e filhos, ajoelhados, remexiam o pó de carvão molhado, com rápidos movimentos das mãos, apanhando pedaços de carvão do tamanho de um ovo, ou ainda menores. Você vê uma mulher agarrar um fragmento minúsculo de carvão, limpá-lo no avental, examiná-lo bem para garantir que era mesmo carvão e enfiá-lo com ganância em seu saco.

Quando se sobe no vagão, não se sabe com antecedência o que há lá dentro; pode ser apenas sobra do chão das galerias, ou xisto do teto da mina. Se for um vagão de xisto, não haverá carvão nenhum; mas ocorre no meio do xisto o carvão de esporos, que se parece com o xisto comum, porém é um pouco mais escuro, e reconhecível por se dividir em camadas paralelas, como a ardósia. Essa variante é um combustível tolerável, não o bastante para ter valor comercial, mas suficiente para ser buscado ansiosamente pelos desempregados. Os mineiros nos vagões de xisto apanhavam a pedra desse carvão de esporos e a partiam com seus martelos. Lá embaixo, ao pé do "broo", os que não tinham conseguido subir em nenhum dos dois trens catavam as minúsculas lascas de carvão que caíam rolando lá de cima – fragmentos não maiores que uma avelã, mas as pessoas ficavam felizes de apanhá-los.

Ficamos ali até o trem se esvaziar. No espaço de umas duas horas, todos já haviam remexido e explorado os resíduos até o último grão. Jogaram os sacos nas costas, ou em suas bicicletas, e partiram para a longa caminhada de três quilômetros de volta para Wigan. A maioria das famílias tinha catado uns 25 quilos, em conjunto devem ter juntado umas cinco ou dez toneladas de combustível. Esse negócio de furtar os trens que trazem o refugo ocorre todos dias em Wigan, pelo menos no inverno, e em mais de uma mina. É óbvio que é extremamente perigoso. Na tarde que passei ali ninguém se feriu, mas algumas semànas antes um homem teve as duas pernas cortadas e uma semana depois outro perdeu vários dedos das mãos. Tecnicamente é furto, mas, como todo mundo sabe, se o carvão não fosse furtado, seria simplesmente desperdiçado. De vez em quando, só por formalidade, as mineradoras processam alguém por catar carvão, e no jornal local daquele dia havia um parágrafo dizendo que dois homens tinham sido multados em dez xelins. Mas ninguém toma conhecimento desses processos – aliás, um dos homens citados no jornal estava ali naquela tarde –, e os catadores fazem uma coleta para pagar as multas. É uma coisa normal, que faz parte da vida. Todo mundo sabe que os desempregados precisam arranjar carvão de alguma forma. Assim, toda tarde centenas de homens arriscam a vida e centenas de mulheres remexem na lama negra durante horas – e tudo isso por vinte e poucos quilos de combustível de qualidade inferior, que vale nove pence.

Esta cena ficou gravada em minha mente como uma das minhas imagens mais fortes de Lancashire: mulheres atarracadas, embrulhadas em xales, com aventais feitos de saco e pesados tamancos negros, ajoelhadas nos resíduos pretos e lamacentos, em um frio cortante, procurando ansiosamente minúsculas lascas de carvão. E sentem-se bem felizes de poder fazer isso. No inverno ficam desesperadas para conseguir carvão; chega a ser quase mais importante do que a comida. E enquanto isso, ao redor, até onde a vista alcança, veem-se os montes de resíduos e os guindastes, e nenhuma dessas mineradoras consegue vender todo o carvão que é capaz de produzir. Isso deveria interessar muito ao Major Douglas.

Capítulo 7

"Mesmo quando um monte de escória cede e afunda, como costuma acontecer, nele só cresce uma grama marrom, maligna, e a superfície continua toda cheia de protuberâncias."

À medida que segue para o Norte, os olhos acostumados ao Sul e ao Leste do país não notam muita diferença, até que se passa de Birmingham. Em Coventry parece que estamos em Finsbury Park, o Bull Ring de Birmingham não é muito diferente do Norwich Market e, em meio a todas as cidades da região de Midlands, espraia-se uma civilização feita de boas casas espaçosas, parecidas com o que se vê no Sul. É apenas quando se chega um pouco mais ao norte, nas cidades produtoras de cerâmica, e mais além, que começamos a encontrar a verdadeira feiura do industrialismo – uma feiura tão assustadora, tão arrebatadora, que somos praticamente obrigados a aceitá-la de algum jeito.

Um monte de resíduos é uma coisa repulsiva, sem planejamento e sem função. É algo que foi simplesmente despejado em cima da terra, como se alguém tivesse entornado ali uma gigantesca lata de lixo. Na periferia das cidades que vivem da mineração, há paisagens medonhas, onde o horizonte visual é completamente delimitado por um círculo de colinas cinzentas, com a superfície toda esburacada; no sopé há lama e cinzas, e lá em cima cabos de aço onde os vagonetes de escória percorrem lentamente uma área de quilômetros e quilômetros. Muitas vezes esses montes fumegantes se incendeiam, e à noite vemos riachos vermelhos de fogo serpenteando para lá e para cá, e as chamas azuladas de enxofre se movendo devagar, sempre parecendo a ponto de sumir, mas sempre ressurgindo. Mesmo quando um monte de escória cede e afunda, como costuma acontecer, nele só cresce uma grama marrom, maligna, e a superfície continua toda cheia de protuberâncias. Um deles, usado como playground nas favelas de Wigan, parece um mar revolto que de repente tivesse congelado; um "colchão de flocos", como dizem. Mesmo daqui a séculos, quando o arado passar por cima de lugares onde outrora se extraía carvão, os antigos montes de escória continuarão perfeitamente visíveis, ainda que vistos de avião.

Lembro-me de uma tarde de inverno nos terríveis arredores de Wigan. Parecia uma paisagem lunar, com montes e mais montes de escória; ao norte, quando olhava por entre eles, chaminés de fábricas lançando nuvens de fumaça. O caminho à margem do canal era uma mistura de lama congelada com escória de carvão, cortada em ziguezague pelas marcas de incontáveis tamancos;

e à toda volta, até os montes à distância, se esparramavam os flashes, poças de água estagnada que se formam nas depressões criadas pelo afundamento de antigas minas. O frio era terrível. As poças estavam recobertas de gelo cor de ferrugem. Os barqueiros embrulhados até os olhos em sacos de aniagem, as comportas com barbas de gelo. Um mundo de onde toda a vegetação tinha sido expulsa; nada existia exceto fumaça, xisto, gelo, lama, cinzas e água suja.

Mas Wigan é bonita quando se compara a Sheffield. Acho que Sheffield pode reivindicar o título de cidade mais feia do Velho Mundo; creio que seus habitantes, que querem que ela se destaque em tudo, devem afirmar isso mesmo. Possui uma população de meio milhão de habitantes, mas contém menos casas decentes do que um vilarejo médio do Sudeste do país com quinhentos habitantes. E o fedor! Se em raros momentos você para de sentir cheiro de enxofre, é porque começou a sentir cheiro de gás. Até o rio que corta a cidade é de um amarelo-vivo, por causa desse ou daquele produto químico. Certa vez parei na rua para contar quantas chaminés de fábrica eu conseguia ver; contei 33, mas teria visto muito mais se o ar não estivesse tão sujo de fumaça.

Fiquei com uma cena especial na memória: um terreno baldio desolado, horrível (por algum motivo, lá no Norte um terreno baldio atinge um grau de feiura que seria impossível em Londres), tão pisoteado que já não havia grama nem vegetação alguma, juncado de jornais e panelas velhas. À direita, uma fileira de casas esquálidas de quatro cômodos, de um vermelho-escuro enegrecido de fuligem. À esquerda, uma paisagem interminável de chaminés de fábricas, uma atrás da outra, desaparecendo longe na neblina cinzenta. Atrás de mim, o leito da linha férrea, feito com a escória das fornalhas. Em frente, do outro lado do terreno baldio, um edifício cúbico de tijolos vermelhos e amarelos, com a placa "Thomas Grocock, Transportes e Carretos".

Uma cidade como Sheffield assume um aspecto tão sinistro que chega a ser magnífico durante a noite, quando não se veem a forma horrorosa das casas e o negrume que recobre tudo. Às vezes a fumaça das chaminés sai rosada com o enxofre; há também labaredas serrilhadas, como serras circulares, que se esgueiram por baixo dos capelos das chaminés das fundições.

Pelas portas abertas das fábricas, vemos serpentes de ferro em brasa, carregadas de lá para cá por garotos iluminados pelo clarão vermelho; ouvem-se os zumbidos, os golpes dos martelos a vapor e os gritos do ferro sob as marteladas. As cidades da cerâmica são quase igualmente feias, de uma feiura mais modesta. Bem no meio das fileiras de casinhas enegrecidas de fumaça, fazendo parte da rua, por assim dizer, estão os chamados *pot banks*, chaminés cônicas de tijolo, como gigantescas garrafas de vinho enterradas no chão, arrotando fumaça quase na cara da gente. Veem-se enormes ravinas de argila, com dezenas de metros de comprimento e quase outro tanto de largura, com vagonetes enferrujados avançando devagar pelo teleférico, e do outro lado os trabalhadores se agarrando à encosta, como os catadores de *perrexil* do Rei Lear, escavando a face do penhasco com suas picaretas. Quando passei por ali, estava nevando, e até mesmo a neve era preta. A melhor coisa que se pode dizer sobre essas cidades é que são bem pequenas e terminam abruptamente. A uns quinze quilômetros dali já se pode ver uma paisagem ainda virgem, com as colinas quase nuas, e a cidade da cerâmica é apenas uma mancha cinzenta à distância.

Quando se contempla uma feiura tão grande, duas perguntas nos ocorrem. A primeira: É inevitável? E a segunda: Será que isso tem importância?

Não penso que exista uma feiura inerente e inevitável no industrialismo. Uma fábrica ou mesmo um gasômetro não são obrigados, por natureza, a serem feios, assim como um palácio, um canil ou uma catedral. Tudo depende das tradições arquitetônicas da época. As cidades industriais do Norte são feias porque foram construídas em uma época em que os métodos modernos de construção, de emprego do aço e de mitigação da fumaça eram desconhecidos, e todo mundo estava ocupado demais ganhando dinheiro para pensar em qualquer outra coisa. E elas continuam sendo feias sobretudo porque a população do Norte se acostumou a esse tipo de coisa e nem repara mais.

Se cheirassem o ar dos penhascos da Cornualha, muitas pessoas de Sheffield ou Manchester diriam que é um ar sem gosto nem cheiro. No entanto, depois da guerra veio a tendência das indústrias de se mudarem para o Sul, e com isso elas se tornaram quase bonitas. A típica fábrica do pós-guerra não é um barracão esquálido ou um medonho caos de fuligem e chaminés cuspindo fumaça; é uma estrutura de concreto, vidro e aço, branca e reluzente, rodeada por gramados verdes e canteiros de tulipas. Veja as fábricas por onde você passa quando sai de Londres de trem; talvez não sejam triunfos da estética, mas com certeza não são feias como os gasômetros de Sheffield.

Mesmo que a aparência ruim seja a coisa mais óbvia do industrialismo, aquilo que todo recém-chegado ataca com veemência, duvido que tenha uma importância fundamental. E talvez nem seja desejável, considerando bem o que é o industrialismo, que ele aprenda a se disfarçar de alguma outra coisa.

Aldous Huxley observou com muita propriedade, que "uma negra e satânica fábrica" deveria se parecer mesmo com uma negra e satânica fábrica, e não com um templo de deuses misteriosos e esplêndidos. Sem falar que, mesmo nas piores cidades industriais se vê muita coisa que não é feia, do ponto de vista estritamente estético. Uma chaminé fumegante ou uma favela fedorenta são detalhes considerados repugnantes porque sugerem vidas deformadas e crianças doentes. Observadas do ponto de vista puramente estético, podem ter uma atração macabra. Noto que qualquer coisa que seja absurdamente estranha em geral acaba me fascinando, mesmo que eu deteste. As paisagens da Birmânia, que eu achava tão feias e desoladas quando estive lá, impressionantes como um pesadelo, ficaram tão gravadas em minha mente que fui obrigado a escrever um romance a respeito para me livrar delas. (Em todos os romances sobre o Oriente, a paisagem é o verdadeiro tema.)

Certamente seria bem fácil extrair uma espécie de beleza, como fez Arnold Bennett, do negrume das cidades industriais; podemos facilmente imaginar Baudelaire, por exemplo, escrevendo um poema sobre uma montanha de escória. Mas pouco importa a beleza ou feiura do industrialismo. Seu verdadeiro mal reside muito mais fundo, e é impossível de erradicar. É importante lembrar disso, pois sempre existe a tentação de pensar que o industrialismo é inofensivo contanto que seja limpo e bem organizado.

Quando chegamos a regiões industriais do Norte do país você se dá conta não só da paisagem desconhecida como também de estar entrando em uma terra estranha. Isso se deve em parte às diferenças que de fato existem, porém mais ainda à antítese Norte-Sul que nos foi incutida por tanto tempo.

Existe na Inglaterra um curioso culto de tudo que é do Norte do país, uma espécie de esnobismo do Norte. Um cidadão de Yorkshire quando está no Sul sempre faz questão de mostrar que considera você inferior. E se você lhe perguntar por que, ele vai explicar que é apenas no Norte que a vida é uma vida verdadeira, que o trabalho industrial feito no Norte é o único trabalho real, que o Norte é habitado por pessoas de verdade e o Sul apenas por gente que vive de rendas e seus parasitas. O homem do Norte tem fibra, é severo, seco, durão, valente, de coração quente e democrático; o homem do Sul é esnobe, efeminado e preguiçoso – ou pelo menos é o que diz a teoria. Assim, o sulista vai para o Norte, pelo menos na primeira vez, com aquele vago complexo de inferioridade do homem civilizado que se aventura no meio dos selvagens, ao passo que o homem de Yorkshire, assim como o escocês, vem para Londres com o espírito de um bárbaro decidido a pilhar e saquear. E os sentimentos desse tipo, que resultam da tradição, não são decorrentes de fatos visíveis. Assim como um inglês com um 1,65 m de altura e 75 centímetros de circunferência no peito sente que, como inglês, é fisicamente superior ao Carnera (italiano), o mesmo acontece com o nortista e o sulista. Certa vez um homenzinho de Yorkshire, miúdo, que provavelmente fugiria correndo se um fox terrier latisse para ele, disse que no Sul da Inglaterra ele se sentia “como um selvagem invasor”. Mas esse culto também é adotado por muitas pessoas que não nasceram no Norte. Um ou dois anos atrás, atravessei a região de Suffolk, no Sudeste, de carona com um amigo meu criado no Sul mas que agora mora no Norte. Passamos por uma cidadezinha muito bonita. Ele lançou um olhar cheio de censura aos chalés e disse:

– Em Yorkshire a maioria das cidades é horrorosa; mas os homens de lá são vistosos. Aqui no Sul é bem o contrário: cidades lindas e pessoas podres. Todas as pessoas aí nesses chalés não valem nada, absolutamente nada.

Perguntei se por acaso ele conhecia alguém naquela cidadezinha. Não, não conhecia, mas como ali era East Anglia, o Sudeste do país, era óbvio que não valiam nada. Outro amigo meu, também sulista de nascimento, não perde a oportunidade de elogiar o Norte em detrimento do Sul. Eis um trecho de uma carta que me enviou:

"Estou em Clitheroe, Lancashire... Penso que a água corrente é muito mais agradável numa região de charnecas e montanhas do que aí no Sul, essa terra gorda e preguiçosa.... 'O rio Trent, prateado e presunçoso', disse Shakespeare; e quanto mais para o Sul, mais presunçoso, digo."

Não só você, eu e todas as outras pessoas do Sul da Inglaterra somos rebaixados a obesos e sedentários, mas até mesmo a água, mais ao norte de certa latitude, não é mais H2O e se transforma em algo misticamente superior. É uma situação interessante do culto ao Norte. O curioso, porém, dessa passagem é que o autor da carta é um homem extremamente inteligente, de opiniões avançadas, que não teria nada mais que desprezo por qualquer forma de nacionalismo. Se lhe fosse apresentada uma afirmação como "Um inglês vale por três estrangeiros", ele iria repudiá-la com horror. Mas quando se trata de Norte versus Sul, ele está pronto para generalizar. Todas as distinções nacionalistas – afirmando que você é melhor do que alguém porque você tem o crânio de certo formato ou fala outro dialeto – são inteiramente espúrias; mas são importantes na medida em que as pessoas acreditam nelas. Não há dúvida acerca da convicção inata do cidadão inglês de que os que vivem no Sul são inferiores; até mesmo nossa política externa é governada até certo ponto por esse conceito. Vale a pena observar quando e por que surgiu essa ideia.

A partir do momento em que o nacionalismo começou a se tornar uma religião, o inglês olhou para o mapa e, notando que sua ilha fica bem ao norte no Hemisfério Norte, criou a espantosa teoria de que quanto mais ao norte você vive, mais virtuoso se torna. As histórias que me contavam quando eu era pequeno em geral começavam explicando, da maneira mais ingênua, que o clima frio torna as pessoas cheias de energia, enquanto o clima quente as torna preguiçosas, e vem daí a derrota da Invencível Armada. Esses absurdos sobre a energia superior dos ingleses circulam há pelo menos cem anos. Mas na verdade, é o povo mais preguiçoso da Europa. "É melhor para nós", escreve um colunista da Quarterly Review em 1827, "sermos condenados a trabalhar pelo bem do nosso país do que cair na luxúria em meio a oliveiras, vinhedos e vícios." "Oliveiras, vinhedos e vícios" – isso resume a atitude habitual do inglês em relação às raças latinas. Na mitologia de Carlyle, Creasy etc., o homem do Norte (o "teutônico", depois "nórdico") é representado como um sujeito robusto, vigoroso, de bigode loiro e moral pura, ao passo que o sulista é dissimulado, covarde e licencioso. Essa teoria nunca foi levada ao extremo, pois pela lógica deveria assumir que as melhores pessoas do mundo são os esquimós; mas ela realmente admitia que quem vive mais ao norte é superior a nós. Esse também é um dos motivos do culto da Escócia e de tudo que é escocês, que marcou tão profundamente a vida inglesa durante os últimos cinquenta anos. Mas foi a industrialização do Norte que deu à antítese Norte-Sul seu viés peculiar.

Até há pouco tempo, o Norte da Inglaterra era a parte atrasada e feudal, enquanto o pouco de indústria que existia se concentrava em Londres e no Sudeste. Na Guerra Civil, por exemplo – que foi, em termos gerais, uma guerra do dinheiro versus feudalismo –, o Norte e o Oeste do país eram a favor do rei; o Sul e o Leste, a favor do Parlamento. Mas com o uso crescente do carvão a indústria foi passando para o Norte, e ali surgiu um novo tipo de homem – o homem de negócios do Norte, o "self made man", como Mr. Rouncewell ou o Mr. Bounderby de Charles Dickens. O homem de negócios do Norte, com sua odiosa filosofia do tipo "Quem pode mais chora menos", foi a figura dominante do século XIX; e, como uma espécie de cadáver tirânico, continua nos dominando até agora. Esse é o tipo endeusado por Arnold Bennett – aquele que começa com dois xelins e acaba com 50 mil libras, e cujo principal orgulho é ser ainda mais grosseirão depois de ter ganhado dinheiro. Analisando bem, sua única virtude é o talento para ganhar dinheiro. Fomos instados a admirá-lo porque, embora possa ser um sujeito de mentalidade estreita, sórdido, ignorante, ganancioso e rústico, ele tinha "tutano", ele "subiu na vida"; em outras palavras, sabia ganhar dinheiro.

Essa ideia se tornou anacrônica pois o comerciante do Norte deixou de ser próspero. Mas os fatos não eliminam as tradições, e a tradição do nortista com "tutano" continua viva. Ainda se sente, vagamente, que o homem do Norte vai "subir na vida", isto é, ganhar dinheiro, enquanto o homem do Sul vai fracassar. Lá no fundo da sua cabeça, cada homem de Yorkshire e cada escocês que vem para Londres é uma espécie de Dick Whittington, um garoto que começa vendendo jornal na rua e acaba prefeito da cidade. E é isso, na verdade, que está no fundo da sua arrogância.

Quando fui pela primeira vez a Yorkshire, há alguns anos, pensei que estava indo para uma terra de gente caipira e rústica. Estava acostumado a ver o homem de Yorkshire em Londres, com seu falatório interminável e orgulhoso do seu dialeto, supostamente pitoresco e original, e esperava encontrar muita grosseria. Mas não encontrei nada disso, sobretudo entre os mineiros.

De fato, os mineiros de Lancashire e Yorkshire me trataram com uma gentileza e uma cortesia que chegavam a ser embaraçosas; pois se há um tipo de homem a quem me sinto inferior, é apenas ao mineiro de carvão. Ninguém jamais manifestou nenhum indício de me desprezar pelo fato de eu vir de outra parte do país. Isso tem sua importância quando nos lembramos que o esnobismo regional dos ingleses é um nacionalismo em miniatura, pois sugere que ser esnobe em relação ao local de nascimento não é uma característica da classe trabalhadora.

Há uma diferença real entre o Norte e o Sul, e há pelo menos um veio de verdade naquela imagem do Sul da Inglaterra como uma enorme Brighton, habitada por gente deitada em cadeiras reclináveis de praia. Por razões climáticas, a classe parasita que vive de rendas costuma morar no Sul. Em uma cidade têxtil de Lancashire, é possível, creio, passar meses sem ouvir um sotaque culto; já em qualquer cidade do Sul da Inglaterra, não se pode atirar um tijolo sem bater na cabeça da sobrinha de um bispo. Por consequência, como não há uma pequena aristocracia para ditar o ritmo das mudanças, a transformação da classe operária em burguesia, embora esteja ocorrendo no Norte, ocorre mais devagar lá. Todos os sotaques do Norte, por exemplo, continuam firmes e fortes, ao passo que os sotaques do Sul estão sucumbindo perante o cinema e a BBC. Assim, seu sotaque "instruído" cola em você um rótulo de estrangeiro, mais do que de pequeno aristocrata, e essa é uma vantagem imensa, pois torna muito mais fácil entrar em contato com a classe operária.

Será que algum dia conseguiremos ser realmente íntimos da classe operária? Aqui direi apenas que não creio que seja possível. Discutiremos isso depois. Mas sem dúvida é mais fácil no Norte do que no Sul se encontrar com gente da classe operária em temos mais ou menos iguais. É bem fácil viver na casa de um mineiro e ser aceito como uma pessoa da família; com um trabalhador rural do Sul, digamos, seria quase impossível. Já vi o bastante da classe operária para evitar idealizá-la, mas sei, com certeza, que se pode aprender muito em uma casa operária, se você conseguir entrar lá. O essencial é que seus ideais e seus preconceitos de classe média serão testados no contato com outras pessoas que não são, necessariamente, melhores, mas com certeza são diferentes.

Reparem, por exemplo, a diferença de atitude em relação à família. Na família operária, todos ficam juntos, tal como na classe média, mas o relacionamento é muito menos tirânico. O operário não tem aquele fardo mortal do prestígio da família pesando como uma pedra amarrada no pescoço. Já mencionei que uma pessoa de classe média cai literalmente aos pedaços sob a influência da pobreza; e isso em geral se deve ao comportamento de sua família ao fato de ter dezenas de parentes o amolando e infernizando dia e noite por não conseguir "subir na vida". Se a classe operária sabe como se unir e a classe média não sabe, deve ser motivado por diferentes conceitos de lealdade familiar. Não pode haver um sindicato eficiente de trabalhadores de classe média, pois numa época de greve quase toda esposa de classe média iria atiçar o marido a furar a greve e ficar com o emprego do colega. Outra peculiaridade da classe operária é seu modo franco de falar com qualquer pessoa que considere seu igual. Se você der de presente a um operário algo que ele não quer, ele vai lhe dizer que não quer; uma pessoa de classe média aceitaria o presente para não ofender. Observe a atitude da classe operária em relação à educação. Bem diferente da nossa atitude e bem mais sensata! Muitos operários têm uma vaga reverência pela cultura alheia, mas no momento em que a educação diz respeito a suas próprias vidas eles enxergam muito bem o que há por trás e a rejeitam por um instinto saudável.

Tinha o hábito de me lamentar em cima de imagens totalmente imaginárias de garotos de catorze anos sendo arrastados, sob protestos, de suas aulas, e postos para trabalhar em tarefas horríveis. Considerava terrível que a fatalidade de um emprego caísse em cima de alguém aos catorze anos de idade. Hoje sei que não há nenhum garoto de classe operária, nem um em mil, que não veja a hora de sair da escola. Ele quer ter uma atividade produtiva e não desperdiçar seu tempo em besteiras ridículas como história e geografia. Para a classe operária, a ideia de ir à escola até ser quase um adulto parece simplesmente desprezível, e nada viril. Consideram ridícula a ideia de um rapaz de dezoito anos, que já deveria trazer para casa uma libra por semana, indo à escola com um uniforme ridículo, e até levando uma surra de vara do professor por não ter feito a lição! Imagine se um jovem operário de dezoito anos permitiria que alguém lhe desse surras! Ele já é um homem, enquanto o outro ainda é um bebê. Ernest Pontifex, em The way of all flesh, de Samuel Butler, depois de ver um pouco como é a vida real, relebra sua educação na public school e na universidade, e conclui que aquilo tudo foi "uma depravação doentia e debilitante". Há muita coisa na vida da classe média que parece doentia e debilitante do ponto de vista da classe operária.

Em uma casa da classe operária a gente respira uma atmosfera cálida, decente, profundamente humana, que não é tão fácil de encontrar em outras partes. E não penso, neste momento, nos desempregados, mas em uma casa até certo ponto próspera. Penso que um trabalhador braçal, se está com emprego fixo, recebendo um bom salário tem mais chances de ser feliz do que um homem instruído E esse se vai ficando cada vez maior. A vida doméstica parece se acomodar melhor a um esquema sadio e belo. Já fiquei espantado com a sensação de algo completo, confortável e natural, da simetria perfeita, por assim dizer, de uma casa operária em seu melhor aspecto. Principalmente nas noites de inverno, depois do chá, com o fogão aceso e as labaredas dançando, refletidas no guarda-fogo de aço, quando o pai, em mangas de camisa, senta na cadeira de balanço de um lado do fogo, procurando no jornal as corridas de cavalo, e a mãe senta do outro lado com suas costuras, e a crianças estão felizes com um pacotinho de um pêni de balinhas de hortelã, e o cachorro rola no tapete de trapos para se esquentar. É uma bela cena, desde que você possa não só estar lá, mas também fazer parte do lugar, o suficiente para ser aceito com naturalidade.

Tal cena continua se repetindo na maioria das casas inglesas, embora não em tantas como antes da guerra. Sua felicidade depende sobretudo de um fator – se o pai tem trabalho ou não. Mas note que essa imagem que descrevi, a família de classe operária sentada em volta do fogo, depois do seu arenque defumado e seu chá forte no jantar, pertence apenas à nossa própria época, e não poderia pertencer nem ao futuro nem ao passado. Se saltarmos duzentos anos em um futuro utópico, a cena será totalmente diferente. Quase nada do que imaginei continuará ali. Nessa época em que não haverá mais trabalho mecânico e todo mundo será instruído, não é provável que o pai continue sendo o homem rústico de mãos agigantadas que gosta de sentar em casa em mangas de camisa e falar coisas do tipo: “Nóis tava chegando no serviço...”. E não haverá carvão ardendo na lareira, apenas algum tipo de aquecedor invisível. Os móveis serão feitos de borracha, vidro e aço. Se ainda existir o jornal da tarde, com certeza não haverá notícias de corridas, pois os jogos de azar não terão sentido em um mundo onde não há pobreza, e o cavalo já terá sumido da face da Terra. Os cães também terão sido eliminados por motivos de higiene. E também não haverá tantas crianças, se os defensores do controle da natalidade conseguirem se impor. Mas basta voltar até a Idade Média e estaremos em um mundo quase igualmente estrangeiro. Uma pequena cabana sem janelas, o fogo a lenha soltando fumaça na sua cara porque não há chaminé, o pão mofado, o peixe mais barato, escorbuto, piolhos, um parto todo ano, uma criança morta todo ano, e o padre aterrorizando a todos com suas descrições do inferno.

O curioso é que não são os triunfos da engenharia moderna, nem o rádio, nem o cinema, nem os cinco mil romances publicados a cada ano, nem o público das corridas de Ascot e do jogo entre Eton e Harrow, e sim a lembrança do interior das casas da classe operária que me faz lembrar que o nosso tempo não tem sido tão mau assim para se viver. Especialmente as casas que vi muitas vezes na infância, antes da guerra, quando a Inglaterra ainda era próspera.

Segunda parte

Capítulo 8

"Nesse tipo de família pobre e gentil há muito mais consciência da pobreza do que em qualquer família operária acima do nível do seguro-desemprego."

A estrada de Mandalay para Wigan é longa e as razões para percorrê-la não são claras de imediato.

Nos primeiros capítulos deste livro, fiz uma descrição bem fragmentada de várias coisas que presenciei nas áreas de carvão de Lancashire e Yorkshire. Fui para lá porque queria conferir como é o desemprego em massa em seu pior aspecto, em parte para ver de perto a camada mais típica da classe operária inglesa. Foi necessário para minha abordagem do socialismo. Isto porque antes de ser a favor do socialismo, devo ver se a situação atual é tolerável ou não. Vou fazer explicar a evolução da minha atitude quanto à questão das classes. É óbvio que isso implica escrever um pouco de autobiografia, coisa que eu não faria se não pensasse que sou bem típico da minha classe, ou melhor, da minha subcasta, de modo que tenho certa importância sintomática.

Eu nasci em uma camada social que poderia classificar como meio-baixo da classe média alta. A classe média alta, que viveu seu auge nos anos 1880 e 1890, tendo Kipling como seu mais famoso poeta consagrado, era uma espécie de destroços deixado para trás quando a prosperidade vitoriana decaiu. Ou talvez seria melhor mudar a metáfora e descrevê-la como uma camada da sociedade situada entre 2.000 e 300 libras por ano. Minha família não ficava longe desse limite inferior. Defino em termos de renda pois é sempre a maneira mais rápida de se fazer compreender. Mesmo assim, o essencial do sistema inglês de classes é que ele não se explica inteiramente em termos de dinheiro. De modo geral, é uma estratificação monetária, mas também é interpenetrado por uma espécie de sistema de castas que atua nas sombras; mais ou menos como um bangalô moderno meio desconjuntado, assombrado por fantasmas medievais. Por isso a classe média alta abrange, ou abrangia, uma renda que começa com trezentas libras por ano – até rendas muito inferiores às de pessoas apenas de classe média, sem pretensões sociais. Deve haver países onde se pode prever as opiniões de um homem avaliando sua renda, mas na Inglaterra nunca se pode fazer isso com segurança; sempre é preciso levar em conta também as tradições desse homem. O oficial da Marinha e o dono do armazém provavelmente têm a mesma renda, mas não são pessoas equivalentes; e só estariam do mesmo lado em questões muito amplas, tais como uma guerra ou uma greve geral – e talvez nem mesmo em casos assim.

É óbvio que a classe média alta está acabada. Em todas as cidades do interior do Sul da Inglaterra, isso para não falar nos ermos de Kensington e Earl's Court, os que a conheceram em seus dias de glória estão morrendo, vagamente amargurados por um mundo que não se comportou como deveria. Não posso abrir um livro de Kipling, nem entrar em uma daquelas lojas imensas e insípidas que outrora eram locais prediletos da classe média alta, sem pensar: "Mudança e decadência em toda a volta, é o que vejo".* Mas antes da guerra a classe média alta, embora já não tão próspera, ainda se sentia segura de si. Antes da guerra, ou você era um cavalheiro ou não era; e se fosse um cavalheiro, se esforçava para comportar-se como tal, qualquer que fosse a sua renda. Entre os de 400 libras por ano e os de 2.000 ou mesmo 1.000, havia um grande abismo, mas um abismo que os de quatrocentos faziam o possível para ignorara.

A maior marca da classe média alta é que suas tradições não eram comerciais, em absoluto, mas sobretudo militares, administrativas e profissionais. As pessoas dessa classe não possuíam terras, porém sentiam-se proprietários rurais perante os olhos de Deus e mantinham uma postura meio aristocrática partindo para as profissões liberais e entrando nas Forças Armadas, e não no comércio. Os menininhos contavam os caroços de ameixa no prato para prever o seu destino, recitando: "Exército, Marinha, Igreja, Medicina, Direito"; e, mesmo entre estas, a medicina era ligeiramente inferior, e só entrava para completar a simetria. Pertencer a essa classe ganhando só quatrocentas libras por ano era algo esquisito, pois a sua fidalguia era mais teórica. Vivia-se, por assim dizer, em dois níveis ao mesmo tempo. Teoricamente você sabia tudo sobre os criados e como lhes dar gorjeta, embora na prática só tivesse um, ou no máximo dois criados residentes. Teoricamente você sabia como se vestir e como pedir um jantar, embora na prática nunca pudesse pagar um alfaiate decente ou um restaurante decente. Teoricamente você sabia atirar e montar a cavalo, embora na prática não tivesse cavalo algum, e nem uma polegada de terra onde pudesse atirar. Por esse motivo a Índia (e mais recentemente o Quênia, a

Nigéria etc.) serviu de atração para a camada inferior da classe média alta. Os ingleses que para lá iam como soldados e oficiais não iam para ganhar dinheiro, pois um soldado ou oficial não ganha grande coisa; iam porque na Índia, com os cavalos baratos, livre acesso à caça e hordas de criados negros, era fácil brincar de ser cavalheiro.

Nesse tipo de família pobre e gentil há muito mais consciência da pobreza do que em qualquer família operária acima do nível do seguro-desemprego. O que parece um pequeno luxo, como um copo de cerveja, é uma extravagância impossível pois o aluguel, as roupas, as mensalidades escolares são um pesadelo sem fim, e praticamente toda a renda familiar vai para manter as aparências. Claro que gente assim está no anonimato, e poderíamos ficar tentados a considerar como exceções sem maior importância. Na verdade, porém, eles são, ou eram, bastante numerosos. A maioria dos clérigos e dos mestres-escolas, por exemplo; quase todos os oficiais anglo-indianos; alguns soldados e marinheiros, e um bom número de profissionais liberais e artistas entram nessa categoria. Mas a verdadeira importância dessa classe é que ela é o amortecedor da burguesia. Para a verdadeira burguesia, os que estão na faixa dos 2 mil por ano ou mais, seu dinheiro é um acolchoado, uma grossa camada que os separa da classe que eles exploram; se tomam conhecimento da existência das ordens inferiores, é só como seus funcionários, empregados e quitandeiros. Mas é muito diferente para o coitado lá embaixo, que luta para levar uma vida de cavalheiro com uma renda praticamente de operário. Esses são obrigados a ter um contato próximo, e de certa forma até íntimo, com a classe trabalhadora, e desconfio que é deles que deriva a atitude tradicional da alta-roda em relação à plebe

Mas que atitude é essa? Atitude de superioridade e desprezo, com explosões de ódio feroz. É só dar uma olhada em qualquer exemplar da revista Punch dos últimos trinta anos. A revista mostra que a pessoa da classe trabalhadora, enquanto tal, é uma figura ridícula – exceto quando dá sinais de ser demasiado próspera, quando então deixa de ser ridícula e se torna endiabrada. Não adianta gastar tempo denunciando essa atitude. Precisamos refletir sobre como ela surgiu, e para isso é preciso compreender como se apresenta a classe operária para alguém que vive no meio dela mas tem diferentes hábitos e tradições.

Uma família pobre e chique está em posição bem parecida à família de pobres brancos que mora em uma rua onde todos os outros são negros. Em tais circunstâncias você tem que se agarrar à sua condição de cavalheiro, porque é a única coisa que você tem; e enquanto isso você é odiado porque anda de nariz para cima, pelo seu sotaque e pelas suas maneiras, que o marcam como alguém da classe dos patrões. Era criança, devia ter uns seis anos, quando pela primeira vez tive consciência das distinções de classe. Até essa idade meus maiores heróis eram pessoas da classe operária, pois sempre pareciam fazer coisas tão interessantes, como ser pescador, ferreiro ou pedreiro. Lembro-me dos lavradores trabalhando em uma fazenda na Cornualha, que me deixavam montar no utensílio para espalhar sementes, quando estavam plantando os nabos; às vezes ordenhavam uma ovelha e me deixavam beber seu leite. Lembro-me dos operários construindo a casa ao lado, que me deixavam brincar com o cimento fresco, e com quem aprendi a palavra b******; e do encanador mais acima na rua, cujos filhos iam comigo pegar ninhos de passarinhos. Mas não demorou muito e logo fui proibido de brincar com os filhos do encanador; eles eram vulgares, gentinha, ralé, e me mandaram ficar longe deles. Parece coisa de esnobe. Certamente foi motivado pela ideia de que pessoas da classe média não podem, realmente não podem, permitir que seus filhos adquiram um sotaque vulgar. Assim, desde muito cedo, a classe operária parou de ser um grupo de pessoas amigáveis, maravilhosas, e se tornou um grupo de inimigos. Percebíamos que eles nos odiavam, mas não conseguíamos entender por que motivo; e, naturalmente, atribuíamos isso a uma pura perversidade. Para mim, na minha primeira infância, e para quase todos os filhos de famílias como a minha, as pessoas vulgares pareciam quase sub-humanas. Tinham uma expressão grosseira, um sotaque horrível e maneiras rudes; odiavam todo mundo que não fosse como eles; e, se tivessem a mínima chance, insultariam você brutalmente. Era essa a ideia que tínhamos deles e, embora fosse inadequada, era compreensível. Vamos lembrar que antes da guerra havia na Inglaterra muito mais ódio explícito entre as classes do que há agora. Naquele tempo era bastante provável você ser insultado simplesmente por aparentar ser membro da classe superior; hoje, em compensação, é mais provável que você seja adulado. Quem tem mais de trinta anos se lembra da época em que era impossível uma pessoa bem vestida andar na rua de uma favela sem levar vaias. Bairros inteiros das cidades grandes eram considerados inseguros por causa dos violentos hooligans, que hoje quase acabaram.

Um terror recorrente nas minhas férias, quando eu era pequeno, eram as gangues de cafajestes, que podiam cair em cima de você na base de cinco a dez contra um. Nos meses de aulas, por outro lado, éramos nós que ficávamos em maioria e os cafajestes eram os oprimidos; lembro-me de duas ou três ferozes batalhas campais no frio inverno de 1916-7. O menino de rua de Londres, que está por toda parte, com sua voz estridente e sua falta de escrúpulos intelectuais, podia tornar um inferno a vida de quem se achava digno demais para responder às suas provocações.

Essa tradição de hostilidade aberta entre a classe superior e a inferior existe há pelo menos um século. Uma piada típica da Punch nos anos 1860 é a imagem de um cavalheiro baixinho, com ar nervoso, andando a cavalo por uma rua de favela e um bando de meninos de rua correndo atrás e gritando: "Vamos espantá o cavalo do almofadinha!". Imagine se hoje os meninos de rua iriam assustar o cavalo dele! É muito mais provável que ficassem rondando em volta, na vaga esperança de ganhar umas moedinhas.

A classe operária inglesa foi se tornando servil com uma rapidez aterrorizante nos últimos doze anos. Isso tinha mesmo que acontecer, pois a temível arma do desemprego os deixou acovardados. Antes da guerra sua posição econômica era relativamente forte, pois embora não houvesse seguro-desemprego como rede de segurança, também não havia muito desemprego, e o poder da classe dos patrões não era tão óbvio como agora. Um homem não via a ruína confrontando-o cada vez que ia "peitar um bacana", e, naturalmente, aproveitava mesmo para "peitar os bacanas" sempre que pudesse fazer isso em segurança. G. J. Renier, em seu livro sobre Oscar Wilde, observa que os estranhos, obscenos arroubos de fúria popular que se seguiram ao julgamento de Wilde tiveram caráter essencialmente social.

A plebe londrina pegou no pulo um membro da classe superior; e fez de tudo para que ele continuasse "pulando". Tudo isso era natural e até apropriado. Se você tratar as pessoas como a classe operária inglesa foi tratada nos últimos dois séculos, só pode esperar que eles se ressintam. Por outro lado, os filhos das dessas famílias também não tinham culpa de terem sido criados com ódio à classe operária, cujo típico representante, para eles, eram as gangues de "cafajestes.

Existe uma verdadeira razão pela qual um europeu de educação burguesa, mesmo que se considere comunista, não consegue, sem muito esforço, pensar em um operário como seu igual. Essa é a dificuldade mais séria e resume-se em uma frase horrível que hoje as pessoas têm escrúpulos em dizer, mas que eram ditas com muita liberdade na minha infância. Essa frase é: "A classe baixa fede."Aprendemos que a classe baixa fede. E aqui, obviamente, estamos diante de uma barreira intransponível. Quando se trata de gostar ou não gostar, nenhuma sensação é tão fundamental como a sensação física. O ódio racial, o ódio religioso, as diferenças de educação, temperamento, intelecto, até as diferenças nos códigos morais – tudo isso pode ser superado, mas não a repugnância física.

Você consegue sentir afeto por um assassino ou um criminoso sexual, porém não consegue sentir afeto por um homem com um mau hálito. Por mais que você lhe queira bem, por mais que admire seu caráter, se tiver esse bafo, você, lá no fundo do seu coração, vai odiá-lo.

Provavelmente a criança de classe média é levada a acreditar que os operários são ignorantes, preguiçosos, bêbados, brutais e desonestos. O mal está feito quando é levada a acreditar que eles são sujos também.. E na minha infância nós realmente aprendemos a acreditar que eles eram sujos. Muito cedo na vida você assimilava a ideia de que há algo de sutilmente repulsivo nos trabalhadores, e se pudesse não chegava perto deles. Via um operário grandalhão, todo suado, andando pela rua com sua picareta no ombro; via a camisa desbotada, a calça de veludo endurecida com a sujeira de uma década;

pensava nas camadas de trapos ensebados lá por baixo, e, sob aquilo tudo o corpo sem lavar, todo marrom (era assim que eu imaginava), com um cheiro forte de toucinho de porco; você via um andarilho tirando as botas, sentado em alguma valeta – eca! –, e não lhe ocorria, seriamente, que esse homem talvez não gostasse de estar com os pés pretos de sujeira. E até mesmo as pessoas de classe baixa que sabíamos que eram limpas – os criados, por exemplo – eram ligeiramente desagradáveis. O cheiro do suor, a própria textura da pele deles era misteriosamente diferente da nossa.

Quem foi criado falando com dicção perfeita, em uma casa com banheiro e uma criada, provavelmente cresceu com esses sentimentos; vem daí esse abismo intransponível das distinções de classe no Ocidente. É estranho, mas raramente alguém reconhece isso. No momento só consigo me lembrar de um único livro onde isso é dito na cara dura. É *Biombo Chinês,* de Somerset Maugham, que descreve um alto funcionário chinês, uma autoridade, que chega a uma estalagem de beira de estrada e começa a gritar, berrar e xingar todo mundo, a fim de deixar bem claro que ele é um dignitário supremo, e todos eles não passam de vermes. Cinco minutos depois, tendo afirmado sua dignidade da maneira que julga adequada, ele está jantando em perfeita amizade com os carregadores de bagagem. Como autoridade, sente que precisa impor sua presença, mas não tem a sensação de que os carregadores são feitos de uma argila diferente da sua. Eu mesmo vi na Birmânia incontáveis cenas semelhantes a essa. Entre os mongóis – aliás, entre todos os asiáticos, que eu saiba – há uma espécie de igualdade natural, uma intimidade fácil entre um homem e seu próximo que é simplesmente impensável no Ocidente. E Maugham acrescenta:

"No Ocidente, somos divididos do nosso próximo pelo sentido do olfato. O operário é o nosso amo, e tende a nos dominar com mão de ferro, mas não se pode negar que ele fede; e ninguém pode se admirar com isso, pois tomar banho ao raiar do dia, quando é preciso correr para chegar ao trabalho antes que a fábrica toque o sino, não é nada agradável; tampouco o trabalho pesado costuma ser doce; e é claro que

se evita trocar de camisa quando toda a roupa da semana tem que ser lavada por uma esposa de língua afiada. Não condeno o operário porque ele fede, mas que ele fede, isso é verdade. É um fato que torna o contato social difícil para quem tem narinas sensíveis. Com efeito, é a banheira matinal que divide as classes, mais que o berço, a riqueza ou a educação."

E vem a pergunta: será que as classes inferiores fedem mesmo? É claro que, analisadas em conjunto, são mais sujas do que as classes superiores. E têm que ser, considerando as circunstâncias em que vivem, pois até hoje menos da metade das casas da Inglaterra tem banheiro. Fora isso, o costume de lavar o corpo inteiro todos os dias é muito recente na Europa, e a classe operária em geral é mais conservadora do que a burguesia. Mas os ingleses estão ficando visivelmente mais limpos, e podemos esperar que daqui a cem anos serão quase tão limpos como os japoneses. É uma pena que os que tanto idealizam a classe operária acham necessário elogiar todas as características que ela tem, e assim fingir que a sujeira é, de algum jeito, algo meritório. E eis aqui algo bem curioso: o socialista e o católico democrático sentimental, do tipo Chesterton, às vezes se dão as mãos; ambos lhe dirão que a sujeira é saudável e "natural", e a limpeza apenas uma moda ou, na melhor das hipóteses, um luxo. Eles parecem não ver que estão apenas dando um colorido à ideia de que as pessoas de classe operária são sujas por opção, e não por necessidade. Na verdade as pessoas que têm acesso ao banho em geral o utilizam. Mas o essencial é que as pessoas da classe média acreditam que a classe operária é suja – vemos na passagem acima que o próprio Maugham acredita – e, o que é pior, que essa sujeira deles é, de algum modo, inerente a eles.

Uma das coisas que eu mais tinha medo quando criança era beber de uma garrafa depois de uma pessoa que considerava de outro nível. Certa vez, quando eu tinha treze anos, estava em um trem vindo de um mercado, e o vagão de terceira classe estava abarrotado de pastores de ovelhas e criadores de porcos que tinham ido vender seus animais. Alguém ofereceu uma garrafa de cerveja. A garrafa foi passando em volta, de boca em boca, cada um tomando um gole. Não consigo descrever o horror que senti ao ver a garrafa avançando na minha direção. Se eu bebesse nela, depois de todas aquelas bocas de homens do povo, tinha certeza que iria vomitar. E se eles me oferecessem, eu não teria coragem de recusar, por medo de ofendê-los. Repare que a sensibilidade da classe média funciona em ambas as direções. Ainda bem que hoje não tenho mais sensações desse tipo. O corpo de um operário não me é mais repulsivo que o de um milionário. Continuo não gostando de beber de um copo ou garrafa depois de outra pessoa, isto é, de outro homem, pois com mulheres não ligo. Pelo menos aí não entra a questão da classe. O que me transformou foi viver ombro a ombro com os mendigos andarilhos. Na verdade, os mendigos não são tão sujos, segundo os padrões ingleses, mas têm fama de sujos, e quando você já dividiu uma cama com um deles, e já bebeu chá da mesma latinha de rapé, sente que já viu o pior, e o pior não tem mais terrores para você.

Resolvi estender esse tema porque é de suma importância. Para se livrar das distinções de classe, é preciso primeiro compreender de que modo uma classe aparece aos olhos da outra. É inútil dizer que a classe média é esnobe e deixar por isso mesmo. Você não passará daí se não perceber que o esnobismo está entrelaçado com uma espécie de idealismo. Isso provém do início do treinamento da criança de classe média, quando você aprende, quase simultaneamente, a lavar o pescoço, a estar pronto a morrer pela pátria e a desprezar as "classes inferiores".

Fui criança antes e durante a guerra. As crianças de hoje são educadas com ideias mais esclarecidas. Por isso pode ser que me considerem ultrapassado. Provavelmente é verdade que o sentimento de classe é, no momento, um pouquinho menos acirrado do que antes. Hoje a classe operária é submissa, quando antes era abertamente hostil; e no pós-guerra a fabricação de roupas baratas e o abrandamento geral das maneiras amenizaram as diferenças superficiais entre as classes. Mas o sentimento essencial permanece, sem dúvida. Toda pessoa de classe média tem um preconceito de classe adormecido que só precisa de qualquer coisinha para despertar; e, se tiver mais de quarenta anos, provavelmente tem a firme convicção de que sua classe social foi sacrificada em prol da classe mais inferior. Tente sugerir a um homem bem-nascido, do tipo que não pensa muito, e que luta para manter as aparências com quatrocentas ou quinhentas libras por ano, que ele pertence a uma classe de parasitas exploradores – ele vai achar que você está louco. Com perfeita sinceridade, vai apontar uma dúzia de aspectos em que ele está pior de vida do que um operário. Aos seus olhos, os operários não são uma raça submersa de escravos; são uma maré sinistra, isso sim, que vai subindo sorrateiramente até engolir a todos – a ele mesmo, seus amigos e sua família – e varrer do mapa toda cultura e toda a decência. Daí vem essa estranha ansiedade, esse temor de que a classe operária se torne muito próspera.

Em uma edição da Punch logo depois da guerra, quando o carvão ainda conseguia altos preços, há uma charge mostrando quatro ou cinco mineiros de cara feia e sinistra, andando em um carro barato. Um amigo que os vê na rua os chama e pergunta onde conseguiram aquele carro emprestado. Eles respondem: “A gente comprou este troço!”. E isso, veja, é suficiente para a Punch; pois que mineiros comprem um carro, mesmo que sejam quatro ou cinco em um carrinho, é uma aberração, uma espécie de crime contra a natureza. Era essa a atitude há doze anos, e não vejo mostras de nenhuma mudança fundamental.

A ideia de que a classe operária vem sendo absurdamente protegida e desmoralizada pelos auxílios do governo, a pensão para idosos, educação gratuita etc. continua generalizada. Foi apenas um pouquinho abalada, talvez, quando se reconheceu, recentemente, que o desemprego de fato existe. Para muita gente de classe média, talvez para a grande maioria dos de mais de cinquenta anos, o operário típico vai à Bolsa de Empregos de motocicleta, e usa a banheira para guardar carvão. “E você não vai acreditar, querida, mas eles têm a coragem de se casar, vivendo às custas da assistência social!”

Dá impressão de que o ódio de classe parece estar diminuindo. Mas é apenas porque hoje ele raramente se expressa por escrito. Isso acontece um pouco devido à hipocrisia reinante e também porque os jornais de hoje, e até os livros, precisam atrair o público de classe operária. De modo geral podemos perceber esse ódio bem melhor nas conversas privadas. Mas, se quiser alguns exemplos impressos, vale a pena dar uma olhada nos comentários do falecido professor Saintsbury. Ele era um homem muito culto e, sob certos parâmetros, um crítico literário de bom discernimento, mas, quando falava de assuntos políticos ou econômicos, só diferia do restante de sua classe por ter uma couraça muito grossa. Por ter nascido cedo demais, não via motivo algum para fingir ter um senso normal de decência. Segundo Saintsbury, o seguro-desemprego simplesmente contribuía para a "manutenção dos vagabundos", e todo o movimento sindical não passava de uma espécie de mendicância organizada:

"Indigente" hoje é uma palavra quase passível de um processo legal, não é verdade? Embora ser indigente, no sentido de ser inteira ou parcialmente sustentado por outras pessoas, é a aspiração ardente, e em boa medida já realizada, de grande parte da nossa população e de um partido político inteiro. (Segundo Livro de Rascunhos)

Repare que Saintsbury reconhece que o desemprego tem que existir, e de fato ele acha que deve existir, contanto que os desempregados sejam obrigados a sofrer o máximo possível:

Pois não é o trabalho "ocasional" a válvula de escape, muito secreta, de um sistema de trabalho de modo geral seguro e garantido?

...Em um complicado estado industrial e comercial, o emprego constante, com salário regular, é impossível; ao passo que o desemprego sustentado pelo auxílio governamental, com uma quantia minimamente semelhante aos salários dos que estão empregados, é desmoralizante já de início e traz a ruína quando chega, bem depressa, ao seu término. (Último Livro de Rascunhos)

Afinal, o que deveria acontecer aos "trabalhadores ocasionais" quando não há nenhum trabalho ocasional disponível? Isso não é esclarecido. Suponho (Saintsbury elogia as boas "Leis dos Pobres") que deveriam se recolher ao abrigo para indigentes ou dormir na rua. Quanto à noção de que todo ser humano deveria, como princípio básico, ter a chance de ganhar a vida e ter uma vida pelo menos tolerável, Saintsbury descarta essa ideia com desprezo:

Até mesmo o "direito de viver"... não vai além do direito de proteção contra o assassinato. A caridade certamente vai além, e a moralidade possivelmente pode ir além, e a utilidade pública talvez devesse acrescentar a essa proteção uma provisão adicional para a continuidade da vida; mas é questionável se a justiça comum exige isso.

Quanto à doutrina insana de que ter nascido em determinado país dá qualquer direito à posse do solo desse país, isso mal requer comentário.(Último Livro de Rascunhos)

Reflita um momento sobre as implicações desta última passagem. O interesse de passagens assim (e elas estão espalhadas por toda a obra de Saintsbury) reside no fato de terem sido impressas já de saída. A maioria das pessoas tem um pouquinho de vergonha de colocar esse tipo de coisa no papel. Mas o que Saintsbury está dizendo aqui é aquilo que pensa qualquer verme que tem a segurança de seus quinhentos por ano; portanto, de certa forma precisamos admirá-lo por dizer tudo isso. É preciso ter muita coragem para ser, abertamente, tão canalha.

Deve ser a visão de um reacionário confesso. Mas o que dizer do homem de classe média cujos pontos de vista não são reacionários, e sim "avançados"? Por baixo da sua máscara revolucionária, será que ele é, realmente, tão diferente do outro?

Talvez um homem de classe média abrace o socialismo e até entre no Partido Comunista. Que diferença real será que isso faz? É claro que, vivendo no esquema da sociedade capitalista, ele tem que continuar ganhando a vida, e não se pode culpá-lo se ele se apega a seu status econômico burguês. Mas será que há alguma mudança em seus gostos, em seus hábitos, em suas maneiras, no seu repertório imaginativo – em sua "ideologia", para usar o jargão comunista? Será que há nele alguma mudança, exceto que ele agora vota no Partido Trabalhista ou, quando possível, no Comunista? É visível que ele ainda tem hábitos de sua própria classe; fica imensamente mais à vontade com um membro de sua própria classe, que o considera um perigoso bolchevique, do que com um membro da classe trabalhadora, que, supostamente, concorda com ele; suas preferências em matéria de comida, vinhos, roupas, livros, quadros, música, balé, ainda são reconhecíveis como gostos burgueses; e o mais significativo: ele invariavelmente se casa dentro de sua própria classe. Veja qualquer socialista burguês. Veja o Camarada X, membro do Partido Comunista da Grã--Bretanha e autor de Marxismo para crianças. O Camarada X, na verdade, estudou em Eton. Estaria pronto para morrer nas barricadas, pelo menos na teoria, mas você nota que ele continua deixando o botão inferior do colete sem fechar. Ele idealiza os proletários, mas é notável como seus hábitos pouco se parecem com os deles.

Pode ser que alguma vez, por mera brincadeira, já fumou um charuto sem tirar o anel da marca; mas para ele seria quase fisicamente impossível colocar na boca um pedaço de queijo espetado na ponta da faca ou ficar dentro de casa de boné, ou mesmo beber chá no pires. Pode ser que as boas maneiras à mesa não sejam um mau teste de sinceridade. Já conheci muitos socialistas burgueses, já ouvi horas e horas suas tiradas contra sua própria classe; e contudo nunca, nem uma única vez, conheci algum que tenha assimilado as maneiras de o proletariado se portar à mesa. E, afinal de contas, por que não? Por que um homem que julga que todas as virtudes residem no proletariado deveria continuar fazendo tanto esforço para tomar sopa sem fazer barulho? Só pode ser porque, no fundo do coração, ele sente que as maneiras da classe baixa são repulsivas. Dessa forma, ele continua reagindo conforme o que aprendeu quando criança, isto é, a odiar, temer e desprezar a classe operária.

Capítulo 9

"Aqueles anos, durante e logo depois da guerra, foram uma época estranha para quem estava na escola, pois a Inglaterra chegou mais perto de uma revolução do que jamais havia estado em um século."

Aos catorze ou quinze anos eu era um esnobe detestável, mas não era pior do que outros jovens da minha idade e de minha classe social. Parece que não existe lugar no mundo onde o esnobismo esteja tão presente e seja tão encorajado de formas refinadas e sutis, como em uma escola pública inglesa. Nesse ponto, pelo menos não se pode dizer que a "educação" inglesa não cumpre seu papel. Você esquece o latim e o grego poucos meses depois de sair da escola mas seu esnobismo, a menos que você o arranque pela raiz, persistentemente, tratando-o como a erva daninha que ele de fato é, gruda em você e fica grudado até o túmulo. E estudei grego durante oito ou dez anos e agora, aos 33, não consigo sequer repetir o alfabeto grego.

Só estudei em uma escola caríssima porque ganhei uma bolsa. Eu estava numa posição difícil na escola pois estava entre garotos muito mais ricos do que eu. É uma experiência comum para garotos da faixa inferior da classe média alta – filhos de clérigos, funcionários anglo-indianos etc. –, e os efeitos que exerceu em mim provavelmente foram normais. Por um lado, acentuou em mim a consciência de minha condição de cavalheiro; por outro, me encheu de ressentimento contra os garotos cujos pais eram mais ricos que os meus e que faziam questão de mostrar isso claramente. Eu discriminava qualquer um que não se pudesse qualificar de "cavalheiro", mas também odiava os muito ricos, aqueles porcos gananciosos, sobretudo os que tinham enriquecido havia pouco tempo. A atitude correta e elegante, eu sentia, era ter nascido na elite mas não ter dinheiro algum. Isso faz parte do credo da faixa inferior da classe média alta. É algo com um sabor romântico de jacobino no exílio que é muito reconfortante.

Em quase todo o país corria, durante e logo depois da guerra, uma onda de sentimento revolucionário, que desde então foi revertida e esquecida, mas que deixou em sua esteira vários depósitos de sedimentos. Em essência – embora na época, naturalmente, não se pudesse enxergar isso de forma abrangente – era uma revolta da juventude contra a velhice, resultado direto da guerra. Foi uma época estranha para quem estava na escola, pois a Inglaterra chegou mais perto de uma revolução do que jamais havia estado em um século, mais perto do que jamais esteve desde então. Na guerra os jovens foram sacrificados e os velhos se comportaram de uma maneira que, mesmo vista depois de tanto tempo, é horrível de se contemplar; conservaram-se rigidamente patrióticos, em lugares bem seguros, enquanto seus filhos caíam como feixes de trigo ceifados pelas metralhadoras alemãs. E mais: a guerra fora conduzida sobretudo por velhos, e conduzida com suprema incompetência.

Ao chegar o ano de 1918, todos que tinham menos de quarenta anos sentiam uma irritação para com os mais velhos, e o espírito de antimilitarismo que naturalmente se seguiu depois do conflito se ampliou, tornando-se uma revolta generalizada contra a ortodoxia e a autoridade. Havia na época entre os jovens um curioso culto de ódio aos "velhos". O predomínio dos "velhos" era considerado responsável por todos os males conhecidos da humanidade, e todas as instituições estabelecidas, desde os romances de sir Walter Scott até a Câmara dos Lordes, eram ridicularizadas simplesmente porque os velhos eram a favor delas. Durante vários anos esteve no auge da moda ser um bolchevique, ou "Bolshie", como as pessoas diziam.

. Pacifismo, internacionalismo, humanitarismo de todos os tipos, feminismo, amor livre, reforma das leis do divórcio, ateísmo, controle da natalidade – coisas assim encontravam agora mais receptividade do que em épocas normais. A Inglaterra estava cheia de opiniões contraditórias, muito maldigeridas. E é claro que o estado de espírito revolucionário se estendia também aos que tinham sido jovens demais para lutar na guerra, até mesmo aos estudantes das public schools.

Todos nos considerávamos criaturas esclarecidas de uma nova era, jogando fora a ortodoxia que nos tinha sido imposta pelos detestados "velhos". Conservávamos, basicamente, a visão esnobe da nossa classe social, achávamos natural continuar a receber nossos dividendos ou cair em algum emprego confortável, mas também nos parecia natural ser contra o governo. Fazíamos pouco caso do treinamento militar para jovens escolares, da religião cristã e até mesmo dos esportes obrigatórios e da família real, e não percebíamos que estávamos apenas participando de um gesto, de âmbito mundial, de repulsa pela guerra.

Certo dia nosso professor de inglês nos deu uma espécie de teste de conhecimentos gerais, e uma das perguntas era: "Quais são os dez maiores homens vivos hoje?". Dos dezesseis garotos da classe, quinze incluíram Lênin nessa lista. Isso se passou em uma escola pública esnobe e muito cara, e o ano foi 1920, quando os horrores da Revolução Russa ainda estavam bem frescos na mente de todos. Houve também as chamadas comemorações de paz de 1919. Nossos mais velhos haviam decidido – tomado a decisão por nós – que deveríamos comemorar a paz da maneira tradicional, tripudiando sobre os inimigos tombados. Deveríamos entrar no pátio da escola marchando, levando tochas e cantando músicas patrióticas do tipo "Rule, Britannia". Os garotos – para sua grande glória, creio – caçoavam da coisa toda, cantando as melodias designadas com palavras de blasfêmia e insurreição. Duvido que hoje isso acontecesse dessa maneira. Com certeza os alunos de public schools que encontro atualmente, até os inteligentes, têm opiniões muito mais de direita do que eu e meus contemporâneos tínhamos quinze anos atrás. Esses incidentes são exemplos do estranho sentimento revolucionário da época.

Aos 17 ou 18 anos eu era, ao mesmo tempo, um esnobe e um revolucionário. Era contra qualquer autoridade. Já tinha lido e relido toda a obra publicada de Bernard Shaw, H. G. Wels e Galsworthy (na época, todos ainda considerados autores perigosamente "avançados"), e me definia vagamente como socialista. Só que eu não tinha muita compreensão do que significava o socialismo e nenhuma noção de que a classe trabalhadora era composta de seres humanos. À distância, e através dos livros – por exemplo O povo do abismo, de Jack London –, eu era capaz de ler e entrar em agonia pelos seus sofrimentos, mas continuava a odiá-los e os desprezava sempre que me aproximava deles. Continuava sentindo repulsa pelo seu jeito de falar e furioso com sua habitual grosseria.

Naquele período, imediatamente pós-guerra, a classe operária inglesa estava disposta a lutar. Foi época das grandes greves nas minas, quando se pensava que um mineiro era o próprio diabo. As velhinhas olhavam embaixo da cama todas as noites para se certificar que o líder sindicalista Robert Smillie não estava ali escondido. Durante toda a guerra, e por algum tempo depois, houve salários altos e emprego em abundância; agora as coisas começavam a voltar a um estado pior que antes e, naturalmente, a classe operária resistia. Os que lutaram na guerra tinham sido atraídos para o exército com promessas grandiosas e agora voltavam para casa encontrando um mundo onde não havia empregos nem moradias. Tinham lutado na guerra e agora voltavam para casa com a atitude de um soldado perante a vida, que é, basicamente, apesar da disciplina, a atitude de um homem sem lei. Havia uma sensação de turbulência no ar. É daquele tempo este pensamento memorável:

"Só existe uma certeza: O rico vai enchendo a barriga e o pobre ganha todo ano uma criança."

As pessoas ainda esperavam a utopia pela qual tinham lutado e, ainda mais do que antes, eram abertamente hostis para com a classe social que falava mal. Não tinham se acostumado a passar uma vida inteira de desemprego, com intermináveis xícaras de chá. Ainda Assim, para os moderadores da burguesia como eu, o povão continuava parecendo rude e desagradável. Quando me lembro desse período, a impressão é que passei a metade do tempo denunciando o sistema capitalista e a outra metade protestando contra a insolência dos motoristas de ônibus.

Fui para a Birmânia antes dos vinte anos, trabalhar na Polícia Imperial indiana. Nesse "posto avançado do Império", a questão das classes sociais parecia, à primeira vista, ter sido engavetada. Ali não havia nenhum atrito de classe óbvio, pois a coisa mais importante não era saber se você tinha estudado em uma das escolas de rico, mas, sim, se a sua pele era, tecnicamente falando, branca.

Na verdade, a maioria dos brancos na Birmânia não era do tipo que na Inglaterra mereceria o nome de "cavalheiro", mas, com exceção dos soldados rasos e de algumas outras pessoas meio indefinidas, viviam uma vida apropriada a um "cavalheiro" – isto é, tinham criados em casa e chamavam a refeição da noite de dinner, e não de tea; e oficialmente eram considerados como sendo todos da mesma classe. Eram "brancos", em nítido contraste com a classe inferior, a dos "nativos". Mas não sentíamos em relação aos nativos o mesmo que sentíamos em relação às "classes inferiores" do nosso país. O ponto essencial é que os "nativos", ou pelo menos os birmaneses, não davam a sensação de serem fisicamente repulsivos. Nós os olhávamos de cima para baixo, como "nativos", mas estávamos prontos a entrar em intimidade física com eles; e isso, como notei, acontecia até mesmo com os homens brancos que tinham o mais feroz preconceito de cor.

Adquirimos hábitos preguiçosos quando temos muitos empregados. Eu costumava, por exemplo, ser vestido e despido por meu criado. Isso porque era um rapaz birmanês e nada repugnante; eu não teria tolerado que um criado inglês me tocasse daquela maneira íntima.

Sentia pelos birmaneses quase o mesmo que sentia pelas mulheres. Tal como a maioria das outras raças, os birmaneses têm um cheiro característico que não sei descrever, mas que causa um arrepio nos dentes. Enfim, um cheiro que nunca me deu nojo.

Os orientais dizem que nós cheiramos mal. Parece que os chineses acham que o homem branco tem cheiro de cadáver. Os birmaneses dizem o mesmo, mas nunca ouvi nenhum cometer a grosseria de me falar. E de certa forma minha atitude se justifica pois a maioria dos povos mongóis tem o corpo muito mais bonito do que os brancos em geral.

Compare a pele firme e sedosa do birmanês, que não tem nenhuma ruga até os quarenta anos ou mais e a pele grosseira e flácida do homem branco. O branco tem as pernas cheias de pelos finos e longos, e também nas costas da mão e em uma área do peito. O birmanês tem apenas alguns tufos de pelos pretos e rígidos nos lugares apropriados, e de resto é totalmente sem pelos. E não costumam ter barba.

O branco quase sempre fica careca; o birmanês raramente ou nunca. Os dentes do birmanês são perfeitos, embora em geral descoloridos pelo suco de *betel;* s dentes do homem branco invariavelmente decaem. O homem branco quando engorda fica inchado em lugares inesperados; o mongol tem uma bela ossatura, e na idade avançada é quase tão bonito como na juventude. Sem dúvida as raças brancas também produzem alguns indivíduos que durante vários anos são de uma beleza suprema; mas em conjunto, digam o que disserem, são muito menos bonitos do que os orientais.

Não era nisso que eu estava pensando ao constatar que as "classes inferiores" inglesas são mais repugnantes que os nativos da Birmânia. Eu continuava pensando em termos do meu recém-adquirido preconceito de classe. Com pouco mais de vinte anos, entrei, por um curto período, em um regimento britânico. Naturalmente eu admirava e gostava dos soldados como qualquer rapaz de vinte anos iria admirar e gostar de jovens robustos, alegres, cinco anos mais velhos do que ele e com medalhas da I Guerra penduradas no peito.

Ainda assim, apesar disso, eles me causavam uma leve repugnância; eram pessoas do povo, e eu não fazia questão nenhuma de ficar muito perto deles. Nas manhãs quentes, quando a companhia marchava pela estrada, eu atrás com um dos subalternos, o vapor que exalava daqueles cem corpos suados na minha frente me virava o estômago. E isso, note bem, era puro preconceito, pois um soldado não deve ser nada repulsivo fisicamente, até onde isso é possível para um homem branco. Em geral é jovem, quase sempre saudável de tanto exercício e ar livre, e uma rigorosa disciplina o obriga a se manter limpo. Mas eu não conseguia ver as coisas assim. Só sabia que aquele cheiro era do suor da classe baixa, e só de pensar nisso me dava enjoo.

Mais tarde, quando me livrei do preconceito de classe, ou de parte dele, foi de uma maneira indireta e por um processo que levou vários anos. O que mudou minha atitude em relação às classes sociais foi algo que tinha pouca relação com o assunto – algo quase irrelevante.

Passei cinco anos na polícia indiana, e ao final desse período odiava o imperialismo ao qual eu estava servindo com uma amargura que nem consigo explicar de maneira muito clara. Para odiar o imperialismo, é preciso fazer parte dele. Quando se respira o ar de liberdade da Inglaterra, esse tipo de coisa não é plenamente compreensível. Visto de fora, o domínio britânico na Índia parece – e na verdade é – benévolo e até necessário; e assim também são, sem dúvida, o domínio francês no Marrocos e o domínio holandês em Bornéu, pois os povos costumam governar os estrangeiros melhor do que governam a si mesmos. Mas não é possível fazer parte de um tal sistema sem reconhecer que ele é de uma tirania injustificável. Até mesmo o anglo-indiano mais casca-grossa tem consciência disso. Cada rosto de "nativo" que ele vê na rua o faz lembrar sua monstruosa intromissão. E a maioria dos anglo-indianos, ao menos de modo intermitente, não é nem de longe tão complacente quanto à sua posição como creem as pessoas na Inglaterra. Já ouvi das mais inesperadas pessoas, desde velhos malandros até autoridades do serviço público, comentários como: "É claro que não temos nenhum direito de estar aqui neste maldito país. Só que agora, já que estamos aqui, pelo amor de Deus, vamos continuar por aqui". A verdade é que nenhum homem moderno, lá no fundo do seu coração, acha certo invadir um país estrangeiro e subjugar a população a força. A opressão estrangeira é um mal muito mais óbvio e compreensível do que a opressão econômica. Assim, na Inglaterra reconhecemos resignadamente que somos roubados a fim de manter no luxo meio milhão de preguiçosos que não valem nada; mas lutaremos até o último homem para não sermos dominados pelos chineses; assim também as pessoas que vivem de rendas que não ganharam com seu trabalho, sem o menor peso na consciência, veem claramente que é errado entrar num país estrangeiro e ficar ali dando ordens, num lugar onde você é indesejado.

O resultado é que cada anglo-indiano é perseguido por uma sensação de culpa que em geral ele esconde ao máximo, pois não há liberdade de expressão, e basta alguém ouvir você fazer um comentário que cheire a insubordinação e sua carreira pode estar em risco. Por toda a Índia há ingleses que odeiam secretamente o sistema de que fazem parte; e apenas uma vez ou outra, quando têm plena certeza de estar na companhia da pessoa certa, deixam transparecer sua amargura oculta.

Em uma noite que passei em um trem com um funcionário do Serviço de Educação, conversei com um estranho cujo nome nunca descobri. Fazia calor demais para dormir, depois de meia hora de perguntas cautelosas cada um concluiu que o outro não oferecia perigo; e então durante horas, enquanto o trem sacudia, avançando devagar pela noite negra como breu, sentados em nossos beliches com garrafas de cerveja na mão, nós dois amaldiçoamos o Império Britânico – e o amaldiçoamos a partir de dentro, com inteligência e intimidade. Fez bem para nós dois. Mas dissemos coisas proibidas, e na luz pálida da manhã, quando o trem foi se arrastando devagar até entrar em Mandalay, nos despedimos com tanta culpa como se fôssemos um casal adúltero.

Percebi que quase todos os funcionários públicos anglo-indianos têm momentos em que sua consciência os perturba. As exceções são os que fazem algum serviço útil, algo que teria de ser feito de qualquer modo, quer os ingleses estivessem na Índia ou não: os encarregados das florestas, por exemplo, e os médicos, os engenheiros. Mas eu estava na polícia, ou seja, fazia parte da própria máquina do despotismo. E mais: na polícia se vê bem de perto o trabalho sujo do Império, e há uma diferença apreciável entre fazer o trabalho sujo e apenas lucrar com ele. A maior parte das pessoas aprova a pena de morte, mas a maior parte não faria o trabalho do carrasco.

Até os outros europeus na Birmânia tinham certo desprezo pela polícia, devido ao trabalho brutal que éramos obrigados a fazer. Lembro-me que certa vez, quando eu estava inspecionando uma delegacia de polícia, um missionário americano que eu conhecia bastante bem chegou ali para fazer alguma coisa. Tal como a maioria dos missionários não conformistas, ele era um total idiota, mas um bom sujeito. Um dos meus subinspetores nativos estava torturando um suspeito. O americano assistiu à cena e, virando-se para mim disse, pensativo: “Eu não gostaria de ter o seu emprego”.

Isso me deixou com uma vergonha horrível. Então era esse o meu emprego! Até aquele cretino, um missionário americano virgem e abstêmio, vindo lá do Meio-Oeste dos Estados Unidos, tinha o direito de me olhar de cima para baixo e de ter pena de mim! Mas eu deveria ter sentido a mesma vergonha, ainda que não houvesse ninguém para me mostrar aquilo assim tão claramente.

Eu tinha começado a ter um ódio indescritível de toda a maquinaria da assim chamada justiça. Digam o que disserem, a nossa lei criminal (aliás, muito mais humana na Índia do que na Inglaterra) é uma coisa horrível. Ela precisa de gente muito insensível para administrá-la. Os infelizes prisioneiros agachados nas gaiolas fedorentas, o rosto cinzento e amedrontado dos presos com longas sentenças, as nádegas com cicatrizes dos homens que tinham sido açoitados com bambus. As mulheres e crianças gritando e berrando quando seus pais e maridos eram levados presos – coisas como essas são impossíveis de suportar quando você é, de alguma forma, diretamente responsável por elas. Um dia vi um homem ser enforcado; a mim pareceu pior do que mil assassinatos.

Nunca entrei em uma prisão sem sentir (e a maioria dos que visitam as prisões sente o mesmo) que meu lugar era do outro lado das grades. Eu pensava então – e, aliás, continuo pensando – que o pior criminoso que jamais houve na terra é moralmente superior ao juiz que ordena um enforcamento. Mas é claro que eu tinha que guardar essas ideias só para mim, devido ao silêncio quase absoluto que é imposto a todo cidadão inglês no Oriente.

Por fim acabei elaborando uma teoria anarquista que diz que todo e qualquer governo é maligno, que o castigo sempre prejudica mais do que o próprio crime, e que se pode confiar nas pessoas e em seu comportamento decente, desde que sejam deixadas em paz. Tudo isso, claro, eram devaneios sentimentais.

Vejo agora, como na época eu não via, que sempre é necessário proteger as pessoas pacíficas da violência. Em qualquer situação da sociedade em que o crime pode ser lucrativo, é preciso haver leis criminais severas e aplicá-las sem piedade; a alternativa é Al Capone.

O sentimento de que o castigo é um mal surge inescapavelmente para os que têm de aplicá-lo. Imagino que se possa descobrir que, mesmo na Inglaterra, muitos policiais, juízes, guardas de prisão e similares vivem atormentados por um horror secreto daquilo que fazem.

Na Birmânia praticávamos uma opressão dupla. Não só estávamos enforcando gente, colocando-os na cadeia e assim por diante; fazíamos tudo isso na condição de invasores estrangeiros indesejados. Os birmaneses jamais reconheceram nossa jurisdição. O ladrão que prendíamos não se considerava um criminoso que estava sendo punido com justiça; considerava-se vítima de um conquistador estrangeiro. O que estavam lhe fazendo era apenas uma crueldade aleatória e sem sentido. Seu rosto por trás das fortes grades de madeira da delegacia e das grades de ferro da prisão dizia isso com toda a clareza. E, infelizmente, eu não tinha treinado a mim mesmo para sentir indiferença pelas expressões do rosto humano.

Em 1927, quando voltei à Inglaterra, de licença, já estava meio decidido a abandonar meu emprego. Foi só dar uma cheirada nos ares londrinos para tomar a resolução: eu não voltaria a fazer parte daquele despotismo maléfico.

Minha ambição era muito mais do que apenas escapar do meu emprego. Durante cinco anos eu havia participado de um sistema opressivo, que me deixara com a consciência pesada. Eu me lembrava de muitos rostos – o rosto dos prisioneiros no tribunal, dos homens à espera nas celas dos condenados, dos subordinados que eu tratava com brutalidade, de camponeses idosos que eu desprezara com esnobismo, dos criados e trabalhadores braçais que eu tinha agredido a socos em momentos de raiva (quase todo mundo faz essas coisas no Oriente, pelo menos em algumas ocasiões: os orientais podem ser muito provocadores) –, tudo isso me obcecava de forma intolerável. Eu tinha consciência de um imenso sentimento de culpa que eu precisava expiar.

Pode ser que isso pareça exagerado, mas se você passa cinco anos fazendo um trabalho que desaprova por completo, provavelmente vai sentir o mesmo. Eu resumi tudo à simples teoria de que os oprimidos têm sempre razão e os opressores estão sempre errados. Era uma teoria errada, porém resultado natural de ser eu próprio um dos opressores.

Eu sentia que precisava escapar não apenas do imperialismo mas de toda e qualquer forma de domínio do homem sobre o homem. Eu queria submergir, entrar bem no meio dos oprimidos, ser um deles e ficar do lado deles contra seus tiranos. E, sobretudo, como eu tinha que pensar em tudo isso na solidão, levara meu ódio à opressão a um grau absurdo. Na época, o fracasso me parecia ser a única virtude. Qualquer suspeita de querer progredir, e até mesmo de subir na vida a ponto de ganhar algumas centenas de libras por ano, me parecia algo espiritualmente feio, uma espécie de violência contra os inferiores.

Foi por isso que meu foco se voltou para a classe operária inglesa. Pela primeira vez eu tinha me dado conta da existência da classe operária e, para começar, era só porque ela me oferecia uma analogia. Eram eles as vítimas simbólicas da justiça, fazendo na Inglaterra o mesmo papel que os birmaneses faziam na Birmânia. Lá na Birmânia a questão era muito simples: os brancos estavam por cima e os negros por baixo, e assim, naturalmente, nossa simpatia estava com os negros. Percebia que não era preciso ir até a Birmânia para encontrar tirania e exploração. Aqui mesmo na Inglaterra, bem debaixo dos nossos pés, estava a classe operária submersa, passando por sofrimentos que, à sua maneira, eram tão penosos como os que qualquer oriental jamais conheceu.

A palavra "desemprego" estava na boca de todos. Isso era mais ou menos novidade para mim depois da Birmânia, mas as bobagens que a classe média continuava dizendo ("Esses desempregados são todos inempregáveis" etc. etc.) não me enganavam.

Tenho dúvidas se esse tipo de coisa engana até mesmo os tolos que dizem isso. Não tinha nenhum interesse pelo socialismo ou por qualquer outra teoria política. Pensava que a injustiça econômica só vai parar no momento em que desejarmos que ela pare, e não antes; e, se desejarmos de verdade que ela pare, pouco importa o método adotado.

Eu desconhecia completamente as condições da classe operária. Já lera estatísticas sobre desemprego, porém não compreendia o que elas representavam. Acima de tudo, não sabia do principal: que a pobreza "respeitável" é sempre a pior. O terrível destino de um trabalhador decente que de repente é atirado na rua depois de toda uma vida de trabalho regular, suas lutas angustiadas contra leis econômicas que ele não compreende, a desintegração das famílias, a sensação de vergonha que acaba com todas as coisas – isso tudo estava fora do âmbito da minha experiência.

Quando eu pensava na pobreza, minha mente se voltava logo para os casos extremos – os banidos da sociedade, vagabundos, marginais, mendigos, criminosos, as prostitutas. Refletia em termos de morrer de fome de maneira violenta. Pensava nos párias, a escória da escória – e era com essas pessoas que eu queria ter contato. O que eu desejava profundamente nessa época era encontrar um jeito de sair por completo do mundo da respeitabilidade. Divaguei muito sobre isso e até planejei algumas partes com detalhes; era possível vender tudo, dar tudo, mudar de nome e começar do zero, sem dinheiro e sem nada além da roupa do corpo. Mas na vida real ninguém faz esse tipo de coisa. Além dos parentes e amigos que é preciso levar em consideração, não se sabe se um homem educado conseguiria fazer isso, se tivesse qualquer outra opção diante de si. Mas, pelo menos, eu poderia entrar no meio dessa gente, ver como era a vida deles e me sentir temporariamente parte do seu mundo. Uma vez entre eles e aceito por eles, eu teria tocado no fundo. E eis aqui o que eu sentia, e tinha consciência, mesmo na época, de que era irracional: sentia que minha culpa, ao menos em parte, iria se soltar de mim.

Refleti bastante e resolvi o que fazer. Usando um disfarce adequado, iria até Limehouse, Whitechapel e lugares assim, e passaria a dormir em hospedarias baratas, faria amizade com estivadores, camelôs, vagabundos, mendigos sem-teto e, se possível, criminosos. Eu descobriria tudo a respeito dos andarilhos – como fazer contato com eles, qual o procedimento certo para entrar nos abrigos da prefeitura. Quando sentisse que já conhecia bem o mecanismo da coisa toda, botaria o pé na estrada.

Não foi fácil no início. Tinha que disfarçar e fingir, e não tenho nenhum talento para ator. Não consigo, por exemplo, disfarçar meu sotaque por mais de alguns minutos. Eu imaginava – note a forte consciência de classe do inglês – que iria ser reconhecido como um "cavalheiro" no momento em que abrisse a boca; assim já tinha uma história pronta, sobre minha decadência e falta de sorte na vida, caso alguém perguntasse. Arrumei roupas certas e as sujei nos lugares apropriados.

Como sou muito alto, é difícil me disfarçar, mas pelo menos eu sabia qual é a aparência de um andarilho. Aliás, como são poucas as pessoas que sabem isso! Basta ver qualquer caricatura de mendigo na Punch. Eles estão sempre vinte anos atrasados. Certa noite, depois de me aprontar na casa de um amigo, saí para a rua e fui andando rumo ao leste, até chegar a uma pensão ordinária em Limehouse Causeway.

Era um lugar escuro e sujo. Vi que era uma pensão pela placa na janela: "Boas Camas para Homens Solteiros". Céus, como tive que juntar toda a minha coragem para entrar! Hoje parece ridículo, mas eu ainda temia a classe operária. Eu queria entrar em contato com eles, queria até me tornar um deles, porém ainda os considerava estranhos, diferentes e perigosos.

Entrar no corredor escuro daquela pensão me deu a sensação de descer para algum lugar subterrâneo – um esgoto cheio de ratos, por exemplo. Entrei já totalmente preparado para uma briga. Os homens iriam ver que eu não era um deles e poderiam concluir que eu viera espioná-los, e então iriam me atacar e me botar fora. Era isso que eu esperava. Eu sentia que precisava fazer aquilo, mas não gostava nada das perspectivas.

Um homem em mangas de camisa surgiu na porta. Era o chefe da pensão, e eu lhe disse que queria uma cama para passar a noite. Notei que meu sotaque não o fez me olhar duas vezes; apenas exigiu nove pence e então me indicou o caminho até uma cozinha subterrânea suja e bolorenta, iluminada pelo fogo. Havia estivadores, operários braçais e alguns marinheiros sentados por ali, jogando damas e tomando chá. Mal me dirigiram o olhar quando entrei.

Mas era sábado à noite, e um estivador jovem e forte estava bêbado, cambaleando por ali. Ele se virou, me viu e veio desabando por cima de mim, com a carona vermelha se projetando para a frente e um brilho perigoso em seus olhos de peixe. Eu me enrijeci todo. Quer dizer que a briga já vai começar! No momento seguinte o estivador caiu em cima do meu peito e me enlaçou pelo pescoço, dizendo: "Toma um chá, companheiro!". Continuou berrando entre lágrimas: "Toma uma xícara de chá,! Toma um chá!".

Tomei uma xícara de chá. Foi um tipo de batismo. Depois disso meus medos sumiram. Todos foram educados e gentis e me receberam com total naturalidade. Ninguém me fez perguntas, ninguém demonstrou uma curiosidade ofensiva. Fiquei dois ou três dias nessa pensão. Algumas semanas depois, já de posse de algumas informações sobre os hábitos dos indigentes e andarilhos, peguei a estrada pela primeira vez. Descrevo a situação em *Na Pior em Londres e Paris.*

Já dormi em pensões ordinárias durante meses seguidos.. Mas foi aquela primeira experiência que gravei com imagens mais vívas na minha mente, devido a toda a estranheza da situação – a estranheza de estar, por fim, em meio ao povão, a escória da escória, em termos de total igualdade com pessoas da classe operária. Um desocupado não é um operário típico; mesmo assim, quando você está entre os indigentes, está imerso em uma seção – em uma subcasta – da classe operária. E essa é a única maneira, que eu saiba, de fazer parte da classe operária, ou pelo menos em uma parte dela.

Passei vários dias andando sem rumo na periferia norte de Londres, junto com um andarilho irlandês. Por algum tempo fui seu companheiro de andanças. Compartilhamos o mesmo quartinho à noite, ele me contou a história da sua vida e eu lhe contei uma história inventada sobre da minha. Nos revezávamos para pedir esmolas em casas que pareciam propícias e repartíamos o que recebíamos. Fui muito feliz. Aqui estava eu, em meio à ralé das ralés, bem no pé da camada mais inferior do mundo ocidental! As barreiras de classe tinham caído.

Lá embaixo, naquele miserável e, aliás, terrivelmente tedioso submundo dos vagabundos, tive uma sensação de alívio, de aventura, que agora, quando olho para trás, parece absurda, mas que não aproveitei bem.

Capítulo 10

"Algumas pessoas ficavam obviamente surpresas com meu modo de falar culto; outras não o notavam em absoluto; eu estava sujo e maltrapilho, e isso era tudo que viam."

Infelizmente não resolvemos o problema das classes sociais fazendo amizade com vagabundos. No máximo você se livra de um pouco do seu preconceito social.

Os vagabundos, mendigos, criminosos e párias sociais são, de modo geral, seres excepcionais e não são mais típicos da classe operária do que, digamos, a *intelligentsia* literária é típica da burguesia. É muito fácil entrar em relações de intimidade com um intelectual estrangeiro, mas nada fácil entrar em relações de intimidade com um estrangeiro respeitável normal, de classe média. Quantos ingleses já viram de perto uma família francesa comum, burguesa? Deve ser completamente impossível fazer isso, exceto se casando com alguém dessa família. E algo semelhante acontece com a classe trabalhadora inglesa. Nada é mais fácil do que ser amigo do peito de um batedor de carteiras, se você souber onde encontrá-lo; porém é muito difícil ser amigo do peito de um pedreiro.

Por que é tão fácil estar pé de igualdade com os párias sociais? Muitas vezes já me disseram: "Com certeza quando você está junto dos mendigos, eles não aceitam você como um deles? Com certeza eles notam que você é diferente – percebem a diferença do jeito de falar" etc. etc. Na verdade uma boa parte dos mendigos, bem mais de uma quarta parte deles, eu diria, não nota nada disso. Para começar, muita gente não tem ouvido nenhum para os sotaques e julga você exclusivamente pelas roupas. Muitas vezes me impressionei com esse fato quando ia pedir esmola nas portas dos fundos. Algumas pessoas ficavam obviamente surpresas com meu modo de falar culto; outras não o notavam em absoluto; eu estava sujo e maltrapilho, e isso era tudo que viam. Outra coisa: os vagabundos vêm de todas as partes das ilhas britânicas, e a variação de sotaques no país é enorme. O morador de rua está acostumado a ouvir todo tipo de sotaque entre seus companheiros, alguns tão estranhos que ele mal consegue compreender, e quem vem, digamos, de Cardiff, Durham ou Dublin nem sempre sabe qual dos sotaques do Sul é o culto. E de qualquer forma os homens com sotaque culto, embora raros entre os vagabundos, não são desconhecidos. Mesmo quando eles têm consciência de que você provém de uma origem diferente da deles, isso não altera necessariamente a atitude que têm com você. Do ponto de vista deles, a única coisa que importa é que você, tal como eles, está na rua. E, nesse mundo, não é conveniente fazer muitas perguntas. Você pode contar aos outros a história da sua vida, se quiser, e a maioria faz isso assim que tem a menor chance, mas não há nenhuma obrigação de contar, e qualquer história que você conte será aceita sem questionamentos. Até um bispo poderia ficar à vontade entre os andarilhos se usasse as roupas adequadas; e, mesmo que soubessem que ele era um bispo, isso talvez não fizesse nenhuma diferença, desde que também soubessem que ele estava verdadeiramente na pior. Uma vez que você esteja naquele mundo, e pareça pertencer a ele, pouco importa o que você já foi no passado. É uma espécie de mundo dentro do mundo, onde todos são iguais, uma pequena e esquálida democracia – talvez a coisa mais próxima de democracia que existe na Inglaterra.

Porém, para chegar à classe trabalhadora normal, o caminho é bem diferente. Para começar, não existe um atalho que leve direto ao meio dela. É possível se tornar um mendigo itinerante simplesmente vestindo aquelas roupas e entrando no albergue mais próximo, mas não se pode virar operário braçal ou mineiro. Você não conseguiria um emprego para cavar valetas ou extrair carvão das minas, nem que aguentasse esse trabalho. Por meio da política socialista se pode entrar em contato com a *intelligentsia* da classe operária, mas eles também não são típicos, não mais que os mendigos e os ladrões. De resto você só pode se misturar com os trabalhadores hospedando-se em suas casas, algo que sempre tem uma semelhança perigosa com as visitas às favelas feitas por simples curiosidade. Durante alguns meses vivi em casas de mineiros. Comia junto com a família, fazia higiene na pia da cozinha; dormia no mesmo quarto com os mineiros, tomava cerveja com eles, jogava dardos com eles, conversava com eles horas a fio. Mas embora estivesse no meio deles – e espero, e confio, não ter sido um incômodo eu não era um deles, e eles sabiam disso até melhor do que eu. Por mais que você goste deles, por mais que ache a conversa deles interessante, sempre existe aquela maldita diferença de classes, tal como o grão de ervilha embaixo do colchão de que fala o conto de fadas. Não é uma questão de desagrado ou repulsa, mas apenas de diferença; no entanto é o que basta para tornar impossível uma verdadeira intimidade. Até com os mineiros que se consideravam comunistas descobri que era preciso ter muito tato nas manobras, para que não me chamassem de "senhor"; e todos eles, exceto em momentos de grande animação, suavizavam o sotaque nortista para que eu os compreendesse. Eu gostava deles, e esperava que também gostassem de mim, mas andei entre eles como um estrangeiro, e tanto eu como eles sabíamos disso. Para onde quer que você se vire, essa maldição da diferença de classes encara você, como uma muralha de pedra. Ou, melhor, não tanto como uma muralha de pedra, mas como a parede de vidro de um aquário; é tão fácil fingir que ela não existe quanto é impossível atravessá-la.

Lamentavelmente, hoje está na moda fingir que dá para atravessar esse vidro. Claro que todo mundo sabe que o preconceito de classe existe, mas ao mesmo tempo cada pessoa afirma que ela, de alguma maneira misteriosa, está isenta disso. O esnobismo é um desses vícios que a gente percebe em todo mundo, porém nunca em nós mesmos. Não apenas o socialista fiel e praticante, mas todo "intelectual" assume como algo óbvio que ele, pelo menos, está fora desse esquema de classes; ele, ao contrário de seus vizinhos, percebe o absurdo que é a riqueza, as categorias hierárquicas, os títulos etc. Hoje, dizer "Eu não sou esnobe" é uma espécie de credo universal. Quem será que nunca zombou da Câmara dos Lordes, da casta militar, da família real, das public schools, dos aristocratas com sua caça à raposa, das velhas damas nas pensões de Cheltenham, dos horrores da sociedade do interior e da hierarquia social de modo geral? Fazer isso se tornou uma atitude automática, que se nota especialmente nos romances. Cada autor com pretensões sérias adota uma atitude irônica em relação a seus personagens de classe alta. De fato, quando um romancista precisa colocar em cena alguém que decididamente seja da classe alta – um duque, um baronete ou seja lá o que for –, ele o ridiculariza, mais ou menos instintivamente. Isso tem uma importante causa subsidiária, que é a pobreza do moderno dialeto da classe alta. A fala das pessoas "educadas" é hoje tão sem vida e sem personalidade que um romancista não pode fazer nada com ela. A maneira mais fácil de tornar a coisa divertida é fazê-la burlesca, ou seja, fingir que toda pessoa de classe superior é um idiota que não vale nada. Esse truque vai sendo imitado de romancista em romancista, e no fim se torna quase uma ação reflexa.

E, contudo, intimamente todo mundo sabe que isso é uma farsa. Todos nós criticamos as distinções de classe, mais muito pouca gente deseja seriamente que elas acabem. Aqui você se depara com um fato importante: todas as opiniões revolucionárias extraem sua força, em parte, da secreta convicção de que nada pode ser mudado.

Veja um bom exemplo disso nos romances e peças de John Galsworthy. É um belo tipo humanitário sensível e lacrimoso do pré-guerra. Ele começa com um mórbido complexo de piedade, que chega até a julgar que toda mulher casada é um anjo acorrentado a um sátiro. Vive em um perpétuo tremor de indignação com o sofrimento dos pequenos funcionários explorados, dos trabalhadores rurais mal pagos, das mulheres decaídas, dos criminosos, das prostitutas, dos animais. O mundo, tal como ele o vê em seus primeiros livros (The man of property, Justice etc.), se divide em opressores e oprimidos, com os opressores sentados lá em cima como um monstruoso ídolo de pedra, que nem toda a dinamite no mundo consegue derrubar. Mas será tão certo assim que ele deseja mesmo derrubá-lo? Pelo contrário, na sua luta contra uma tirania inabalável ele é sustentado pela consciência de que ela é realmente inabalável. Quando acontecem coisas inesperadas e a ordem mundial bem conhecida começa a ruir, ele já se sente um pouco diferente a respeito de tudo isso. Assim, embora decidido, de início, a ser o paladino dos fracos e oprimidos contra a tirania e a injustiça, ele acaba defendendo a ideia (veja A colher de prata) de que a classe operária inglesa, para se curar dos seus males econômicos, deveria ser deportada para as colônias, tal como um rebanho de gado. Se ele tivesse vivido mais dez anos, provavelmente chegaria a uma versão aristocrática do fascismo. É esse o destino inevitável dos sentimentalistas. Cada opinião sua se transforma no seu exato oposto assim que dá a primeira topada com a realidade.

A mesma linha dessa farsa morna e mal alinhavada perpassa todas as opiniões "avançadas". A questão do imperialismo, por exemplo. Todo intelectual de esquerda é, por princípio, anti-imperialista. Ele afirma estar fora desse negócio de expansão do Império, tão automaticamente e com tanta convicção como está fora da divisão de classes. Até mesmo o "intelectual" de direita, que decerto não está revoltado contra o imperialismo britânico, finge vê-lo com uma espécie de distanciamento divertido. É muito fácil ser espirituoso acerca do Império Britânico. "O fardo do homem branco", "Rule, Britannia", os livros de Kipling, os anglo-indianos tão enfadonhos – quem poderia mencionar tais coisas sem uma risadinha de escárnio? E será que existe alguma pessoa culta que nunca fez, pelo menos uma vez na vida, uma piada sobre aquele velho coronel indiano que disse que se os ingleses saíssem da Índia não sobraria nenhuma rupia e nenhuma virgem entre Peshawar e Delhi (ou seja lá onde for)? É essa a atitude do esquerdista típico em relação ao imperialismo, e é uma atitude totalmente flácida, sem espinha dorsal. Pois, em última análise, a única pergunta importante é: Você quer que o Império Britânico continue firme ou quer que ele se desintegre? E intimamente nenhum inglês, muito menos o tipo que faz piadas sobre coronéis indianos, realmente deseja que ele se desintegre. Pois à parte qualquer outra consideração, o nível de vida de que desfrutamos na Inglaterra depende de segurarmos bem firmes as rédeas do Império, em especial suas regiões tropicais, como Índia e África. No sistema capitalista, para que a Inglaterra possa viver em relativo conforto, 100 milhões de indianos têm que viver à beira da inanição – um estado de coisas perverso, mas você consente com tudo isso cada vez que entra num táxi ou come morangos com creme. A alternativa é jogar fora o Império e reduzir a Inglaterra a uma pequena ilha gélida e sem importância, onde todos teríamos que trabalhar muito duro e sobreviver, basicamente, à base de arenque com batatas. Essa é a última coisa que qualquer esquerdista deseja. E, contudo, o esquerdista continua sentindo que não tem nenhuma responsabilidade moral pelo imperialismo. Está perfeitamente disposto a aceitar os produtos do Império e, ao mesmo tempo, salvar sua alma ridicularizando aqueles que seguram o Império.

É aí que verificamos como é real a atitude da maioria das pessoas em relação ao problema de classes. Enquanto se trata apenas de melhorar o destino do proletário, toda pessoa decente está de acordo. Veja o mineiro de carvão, por exemplo. Todas as pessoas, com exceção dos tolos e dos canalhas, gostariam de ver o mineiro melhorar de vida. Se, por exemplo, o mineiro pudesse chegar até o veio de carvão sentado em um vagão confortável, em vez de avançar engatinhando, se pudesse fazer um turno de três horas, e não de sete horas e meia, se pudesse morar em uma casa decente, com cinco cômodos e um banheiro, e ganhar dez libras por semana – esplêndido! Mais ainda, qualquer pessoa que use o cérebro sabe muito bem que isso está dentro dos limites do possível. O mundo, pelo menos em potencial, é imensamente rico; basta desenvolvê-lo como ele poderia ser desenvolvido, e todos poderíamos viver como príncipes, se assim desejássemos. E, considerando com um olhar muito superficial, o lado social da questão parece igualmente simples.

Em certo sentido, é verdade que quase todo mundo gostaria de ver as distinções de classe abolidas. É óbvio que esse perpétuo mal-estar que há entre um homem e seu próximo que sofremos na Inglaterra de hoje é uma maldição e um aborrecimento. Daí vem a tentação de acreditar que ele poderia desaparecer com apenas alguns gritos cheios de boa vontade, como se dados por um chefe de escoteiros. Parem de me chamar de "senhor", pessoal! Pois não somos todos homens? Vamos nos unir, enfrentar o trabalho juntos e lembrar que somos todos iguais, e que importa se eu sei qual gravata usar e vocês não, e se eu tomo sopa em relativo silêncio e vocês tomam fazendo um barulho de água descendo pelo encanamento – e assim por diante. Tudo isso é uma besteira das mais perniciosas, porém muito atraente quando bem expressa.

Porém, infelizmente, não se vai muito longe apenas desejando que as distinções de classe desapareçam. Mais exatamente: é necessário, sim, desejar que elas desapareçam, mas esse desejo não tem eficácia se você não compreender bem tudo que ele implica. O fato que precisa ser encarado é que abolir as divisões de classe significa abolir uma parte de você mesmo. Aqui estou eu, um membro típico da classe média. Para mim é fácil dizer que desejo que as distinções de classe desapareçam, mas quase tudo que penso e faço é resultado das distinções de classe. Todos as minhas ideias – meus conceitos sobre o bem e o mal, o agradável e o desagradável, o engraçado e o sério, o feio e o bonito – são, essencialmente, conceitos de classe média; meu gosto para livros, comida, roupas, meu senso de honra, minhas boas maneiras à mesa, as expressões que uso ao falar, meu sotaque, até mesmo os movimentos característicos do meu corpo, são produtos de certo tipo de educação e de certo nicho que fica mais ou menos na metade da hierarquia social. Quando me dou conta disso, percebo que não adianta dar tapinhas nas costas de um proletário e dizer que ele é um bom homem, tanto quanto eu; se eu desejar ter contato real com ele, tenho que fazer um esforço para o qual, muito provavelmente, estou despreparado. Pois para sair do esquema de classes eu teria que suprimir não apenas meu esnobismo particular, mas também a maior parte dos meus demais gostos e preconceitos. Tenho que modificar a mim mesmo tão completamente que no fim mal serei reconhecido como a mesma pessoa. O que está implícito aí não é simplesmente melhorar as condições da classe proletária nem evitar as formas mais estúpidas de esnobismo, e sim abandonar por completo as atitudes da classe superior e da classe média em relação à vida. E quanto a isso, direi sim ou não? Provavelmente depende de até que ponto eu percebo o que se exige de mim.

Muitos pensam que conseguem abolir as distinções de classe sem fazer nenhuma mudança desconfortável em seus próprios hábitos e na sua ideologia. Vêm daí as impetuosas iniciativas para romper as barreiras de classe que podemos ver por todo lado. Em toda parte há pessoas de boa vontade que acreditam sinceramente que estão trabalhando para derrubar as distinções de classe. O socialista de classe média se entusiasma com o proletariado e organiza "escolas de verão" onde o proletário e o burguês arrependido devem cair um no braço do outro e se tornar irmãos para sempre; e os visitantes burgueses saem de lá dizendo como tudo aquilo é tão maravilhoso e inspirador (os proletários saem dizendo coisas bem diferentes).

Há também aquele tipo de burguês piedoso e benemérito, relíquia do período de William Morris e do socialismo cristão, mas ainda surpreendentemente comum, que vive dizendo: "Mas por que deveríamos nivelar por baixo? Por que não nivelar por cima?", e propõe subir o nível da classe trabalhadora (até alcançar o seu próprio) por meio de higiene, suco de frutas, controle da natalidade, poesia etc. Até mesmo o duque de York (hoje rei George VI) organiza um acampamento anual onde se espera que jovens das public schools e garotos da favela se misturem em termos exatamente iguais – e, aliás, de fato se misturam nesse período –, mais ou menos como os animais nessas gaiolas do tipo "Família Feliz", onde um cachorro, um gato, duas doninhas, um coelho e três canários mantêm uma trégua armada enquanto o olho do treinador está bem firme em cima deles.

Todos esses esforços deliberados e conscientes para quebrar as divisões de classe são, creio, um erro muito sério. Às vezes são apenas fúteis, mas, quando apresentam um resultado definido, em geral só servem para intensificar o preconceito de classe. E isso, pensando bem, é o que se poderia esperar. Você forçou o ritmo e armou uma igualdade incômoda, e nada natural, entre uma classe e a outra; o atrito resultante traz à superfície todo tipo de sensação que sem isso teriam permanecido enterrados, talvez para sempre. Como eu já disse a respeito de Galsworthy, as opiniões do sentimentalista se transformam em seus opostos ao primeiro toque da realidade. Basta arranhar a superfície do pacifista comum e você encontra um chauvinista pronto para a briga. O sujeito de classe média que vota no ILP e o barbudo que toma suco de frutas são totalmente a favor de uma sociedade sem classes, contanto que enxerguem o proletariado pela outra ponta do telescópio; basta forçá-los a ter algum contato real com um proletário – entrar em uma briga com um estivador bêbado em um sábado à noite, por exemplo – e eles são capazes de voltar bem rápido a um esnobismo de classe média do tipo mais vulgar. A maioria dos socialistas de classe média, porém, não tem a menor probabilidade de entrar em brigas com estivadores bêbados; e quando fazem algum contato genuíno com a classe trabalhadora, em geral é com a intelligentsia da classe trabalhadora. Mas a intelligentsia da classe trabalhadora pode ser dividida nitidamente em dois tipos. Há o tipo que continua sendo da classe trabalhadora, que vai trabalhar como mecânico, operário braçal, ou seja lá o que for, e não se dá ao trabalho de mudar seu sotaque e seus hábitos proletários, mas que trata de "educar a mente" em seu tempo livre e milita no ILP ou no Partido Comunista; e há o tipo que de fato modifica seu modo de vida, pelo menos exteriormente, e que, por meio de bolsas de estudo do Estado, consegue subir para a classe média. O primeiro é um dos melhores tipos de homens que temos por aqui. Lembro-me de alguns que conheci; nem mesmo o torm mais rígido e conservador poderia deixar de admirar esses homens e gostar deles. O outro tipo, com exceções – D. H. Lawrence, por exemplo –, é menos admirável.

Para começar é uma pena, embora seja um resultado natural do sistema de bolsas de estudo, que o proletariado venha a interpenetrar a classe média via intelligentsia literária. Sim, pois não é fácil se enfiar no mundo da intelligentsia literária, se você for um ser humano decente. O mundo literário da Inglaterra de hoje, ou pelo menos sua parte mais intelectual, é uma espécie de floresta venenosa onde só as ervas daninhas podem florescer. Talvez seja possível ser um cavalheiro de profissão literária e manter a decência, se você for um escritor decididamente popular – um escritor de histórias de detetive, por exemplo; mas se for um alto intelectual, bem plantado nas revistas mais pretensiosas, terá que se entregar a abomináveis campanhas para trabalhar seus contatos e mexer os pauzinhos nos bastidores. No mundo da alta intelligentsia você consegue "vencer", se é que consegue, não tanto pela sua habilidade literária como por ser a alma das festas e coquetéis e beijar a bunda de uns sujeitinhos abjetos que se acham muito importantes. É esse o mundo que mais prontamente abre as portas ao proletário que quer subir e sair de sua classe social. O garoto "esperto" de família trabalhadora, o tipo que ganha uma bolsa de estudos e obviamente não serve para o trabalho braçal, pode encontrar outras maneiras de ascender para a classe superior – por exemplo, um tipo ligeiramente diferente sobe fazendo política no Partido Trabalhista –, mas a via literária é, de longe, a mais comum. Hoje a cena literária de Londres está fervilhando de jovens de origem proletária educados por meio de bolsas de estudo. Muitos são pessoas desagradáveis, nada representativas de sua classe social; e é uma pena que quando alguém de origem burguesa consegue, por fim, encontrar um proletário cara a cara, em pé de igualdade, é esse o tipo que ele encontra com mais frequência. Pois o resultado é empurrar o burguês, que idealizava o proletário enquanto não sabia nada sobre ele, de volta para trás, para um frenesi de esnobismo. É um processo às vezes cômico de se assistir, quando observado de fora. O pobre burguês bem-intencionado, ansioso para abraçar seu irmão proletário, dá um salto à frente, de braços abertos; e logo depois já está em retirada, com cinco libras a menos que o outro pegou emprestado, e se queixa, todo lamentoso: "Mas, caramba, esse cara não é um cavalheiro!".

O que deixa o burguês desconcertado num contato desse tipo é descobrir que certos princípios que ele mesmo professa são levados a sério. Já observei que as opiniões esquerdistas do "intelectual" médio são, em geral, espúrias. Por puro espírito de imitação, caçoa de coisas nas quais ele, na verdade, acredita. Como um exemplo entre muitos, está o código de honra da escola pública, com seu "espírito de equipe", "Não se chuta cachorro morto" e todo aquele palavreado altissonante, tão bem conhecido. Quem nunca riu disso? Quem, que se considera um "intelectual", se atreveria a não rir disso? Mas é um pouco diferente quando você encontra alguém de fora rindo de tudo isso; da mesma forma como passamos a vida desancando a Inglaterra, mas ficamos muito zangados quando ouvimos um estrangeiro dizer exatamente as mesmas coisas. Ninguém fazia tantas piadas sobre as public schools como as colunas de "Beachcomber", do Daily Express. Esse articulista caçoava, com toda a razão, do código ridículo para o qual o pior dos pecados é trapacear nas cartas. Mas será que "Beachcomber" ficaria feliz se ele, ou um amigo seu, fosse apanhado roubando no jogo? Duvido. É apenas quando encontramos alguém de uma cultura diferente da nossa que começamos a perceber quais são, realmente, as nossas próprias convicções. Se você for um "intelectual" burguês, logo imagina que se tornou, de alguma forma, não burguês porque acha fácil rir do patriotismo, da Igreja da Inglaterra, da "velha gravata da escola, do Coronel Blimp e tudo o mais. Mas do ponto de vista do "intelectual" proletário, alguém que, pelo menos pela origem, está genuinamente fora da cultura burguesa, nossas semelhanças com o Coronel Blimp podem ser mais importantes do que as diferenças. É bem provável que ele considere você e o Coronel Blimp pessoas praticamente equivalentes; e de certa forma tem razão, apesar de que nem você nem o Coronel Blimp aceitariam isso. E, assim, o encontro do proletário com o burguês, quando conseguem se encontrar, nem sempre é um abraço de irmãos há longo tempo separados; com muita frequência é um choque de culturas extremamente diferentes, que só podem se encontrar em tempos de guerra.

Penso do ponto de vista do burguês que descobre que suas convicções secretas estão sendo desafiadas e é empurrado de volta para um conservadorismo amedrontado. Mas também é preciso considerar o antagonismo que é despertado no "intelectual" proletário. Com seu próprio esforço, e às vezes com terríveis dificuldades, ele lutou para sair de sua própria classe e entrar em outra, onde espera encontrar uma liberdade mais ampla e maior refinamento intelectual; e tudo que encontra, com frequência, é uma espécie de vazio, algo morto, onde falta qualquer sentimento humano caloroso – qualquer tipo de vida genuína. Às vezes os burgueses lhe parecem apenas bonecos com dinheiro e água nas veias em vez de sangue. Ou, pelo menos, é o que ele diz, e há muito jovem intelectual de origem proletária que vai lhe apresentar essa linha de conversa. Vem daí o palavreado "proletário" a que estamos sujeitos agora. Todo mundo já conhece esses clichês, ou nesta altura já deveria conhecer: a burguesia está "morta" (xingamento predileto de hoje, muito eficiente porque não quer dizer nada); a cultura burguesa está falida, os "valores" burgueses são desprezíveis, e assim por diante. Se quiser exemplos, basta ver qualquer exemplar da Left Review ou qualquer dos autores comunistas mais jovens, como Alec Brown, Philip Henderson etc. A sinceridade de grande parte desse falatório é suspeita, mas D. H. Lawrence, que era sincero, ainda que lhe faltassem outras qualidades, expressa esse pensamento vezes sem conta. É curioso ver como ele insiste na ideia de que a burguesia inglesa está totalmente morta ou pelo menos castrada. Mellors, o guarda-caça de O amante de Lady

Chatterley (na verdade, o próprio Lawrence), teve a oportunidade de sair de sua classe social e não tem muita vontade de voltar a ela, pois os trabalhadores ingleses têm vários "hábitos desagradáveis"; por outro lado a burguesia, com a qual ele também já se misturou até certo ponto, lhe parece meio morta, uma raça de eunucos. O marido de Lady Chatterley, simbolicamente, é impotente no sentido físico real. E há também um poema sobre o jovem (de novo o próprio Lawrence) que "subiu até o alto da árvore", mas desceu dizendo:

Oh, você tem que ser como um macaco se subir no alto da árvore!
Você não tem mais utilidade para a terra firme, nem o rapaz que você já foi.
Você se senta nos galhos e fica ali falando com superioridade.
Eles todos tagarelam, tagarelam e tagarelam e nem uma palavra que dizem sai de suas tripas. Eles inventam tudo isso no meio do caminho...
Eu lhe digo, fizeram alguma coisa com eles,
com os franos lá de cima;
Não há nenhum galo entre eles... etc. etc.

Dificilmente dá para dizer isso em termos mais claros. É possível que Lawrence se referisse, ao falar das pessoas no alto da árvore, apenas à verdadeira burguesia, aos que ganham mais de 2 mil libras por ano; mas duvido. É mais provável que se refira a todos que estão mais ou menos dentro da cultura burguesa – todo mundo que foi educado com um sotaque afetado, numa casa com uma ou duas criadas. E é nesse ponto que você percebe o perigo dos clichês "proletários" – isto é, percebe o terrível antagonismo que essa conversa é capaz de despertar. Pois ao encontrar uma acusação como essa, ficamos diante de uma parede inabalável. Lawrence me diz que, como estudei numa public school, sou eunuco. Bem, e agora? Posso apresentar um atestado médico em contrário, mas de que adiantaria? A condenação de Lawrence permanece. Se você me disser que sou um canalha, ainda posso me corrigir; porém, se me disser que sou um eunuco, estará me tentando a revidar o golpe de qualquer maneira viável. Se quiser fazer de um homem seu inimigo, basta lhe dizer que os males dele são incuráveis.

É este o resultado da maioria dos encontros entre proletário e burguês; eles deixam a nu um antagonismo real, intensificado pelos clichês do "proletariado", os quais também são produto de contatos forçados entre as classes. O único procedimento sensato é ir devagar e não forçar o ritmo. Se você se considera, secretamente, um cavalheiro e, enquanto tal, superior ao garoto de entregas do armazém, é muito melhor dizer isso às claras do que mentir. No fim você vai ter que largar mão do esnobismo; mas é fatal fingir que largou mão dele antes de estar realmente pronto para isso.

Paralelamente, pode-se observar por todo lado o fenômeno horroroso da pessoa de classe média que aos 25 anos é um ardente socialista e aos 35 um conservador cheio de empáfia. De certa forma, sua aversão é bastante natural – ou, pelo menos, pode-se perceber seu raciocínio. Talvez uma sociedade sem classe não signifique um estado de coisas beatífico, em que todos vamos continuar nos comportando exatamente como antes, só que não haverá ódio de classes nem esnobismo; talvez signifique um mundo árido, em que todos os nossos ideais, nossos códigos, nossos gostos – nossa "ideologia", na verdade – não terão significado. Talvez esse negócio de quebrar as barreiras de classe não seja tão simples como parecia! Pelo contrário, é uma louca viagem no escuro, e talvez no final haja um sorriso na cara do tigre. Com sorrisos carinhosos, embora ligeiramente condescendentes, partimos para cumprimentar nossos irmãos proletários e – veja só! nossos irmãos proletários –, até onde os compreendemos, não estão nos pedindo cumprimentos, estão nos pedindo para cometer suicídio. Quando um burguês vê as coisas dessa forma, ele foge correndo, e se a fuga for muito rápida, pode levá-lo para o fascismo.

Capítulo 11

"O que me preocupa é o fato de que o socialismo está perdendo terreno, exatamente onde deveria ganhar."

Enquanto isso, e o socialismo?

Nem é preciso salientar que neste momento estamos em uma situação de confusão séria, tão séria que até as pessoas mais estúpidas acham difícil permanecer inconsciente disso. Vivemos em um mundo em que ninguém é livre, em que quase ninguém tem segurança, em que é quase impossível ser honesto e continuar vivo. Para enormes blocos da classe trabalhadora, as condições de vida são como descrevi nos capítulos iniciais deste livro, e não há chance de que essas condições mostrem qualquer melhoria fundamental. O melhor que a classe trabalhadora inglesa pode esperar é uma redução ocasional e temporária do desemprego, quando esta ou aquela indústria é estimulada artificialmente, como o rearmamento, por exemplo.

Até a classe média, pela primeira vez na sua história, está sentindo o aperto. Ainda não conheceram a fome de verdade, porém mais e mais gente dessa classe se vê tropeçando em uma espécie de rede mortal de frustração, em que fica cada vez mais difícil para alguém se convencer de que é uma pessoa feliz, ativa ou útil. Mesmo os sortudos lá do topo, a verdadeira burguesia, são perseguidos periodicamente pela consciência da miséria que há lá embaixo e, mais ainda, pelos temores de um futuro ameaçador. E esse é apenas um estágio preliminar, em um país que ainda continua rico depois de cem anos de saques e pilhagens. Agora talvez venham sabe Deus que horrores – horrores que, nesta ilha protegida, não conhecemos nem sequer pela tradição.

Quem usa o cérebro sabe que o socialismo, como sistema mundial posto em prática com entusiasmo, é uma saída. Garantiria, pelo menos, que conseguíssemos o suficiente para comer, mesmo que nos privasse de tudo o mais. De fato, desse ponto de vista o socialismo é de uma sensatez tão elementar que às vezes fico espantado ao ver que ele ainda não se estabeleceu. O mundo é uma jangada navegando pelo espaço, que tem, em potencial, provisões em abundância para todos; e a ideia é que todos precisamos cooperar e cuidar para que cada um faça sua parte justa do trabalho e ganhe sua porção justa das provisões. É uma ideia que parece tão óbvia e evidente que se poderia dizer que ninguém deixaria de aceitá-la, a menos que tenha algum motivo corrupto para se aferrar ao sistema atual. Contudo, o fato que devemos encarar é que o socialismo não está se estabelecendo. Em vez de avançar, a causa do socialismo está retrocedendo visivelmente.

Socialistas em quase toda parte estão em retirada diante do avanço do fascismo, e os acontecimentos estão se sucedendo com uma velocidade terrível. Enquanto escrevo estas linhas, as forças fascistas na Espanha estão bombardeando Madri, e é bem possível que antes que o livro seja impresso todos nós tenhamos mais um país fascista para acrescentar ao rol – sem falar em um controle fascista do Mediterrâneo, que pode resultar em entregar a política externa britânica nas mãos de Mussolini.

Não quero discutir aqui questões políticas mais amplas. O que me preocupa é o fato de que o socialismo está perdendo terreno, exatamente onde deveria ganhar. Com tanta coisa a seu favor – pois cada barriga vazia é um argumento favorável ao socialismo –, a ideia do socialismo, hoje, é aceita de modo menos amplo do que dez anos atrás. Hoje, a pessoa comum que faz suas reflexões não apenas não é socialista como é ativamente hostil ao socialismo. Isso se deve, sobretudo, aos métodos errados de propaganda. Significa que o socialismo, na forma como nos é apresentado, tem em si, de forma inerente, algo de repulsivo – algo que afasta justamente as pessoas que deveriam estar acorrendo para apoiá-lo. Há alguns anos isso poderia parecer sem importância.

Socialistas, em especial os marxistas ortodoxos, me diziam, parece que foi ontem, com sorrisos de superioridade, que o socialismo viria por si só, ou por meio de um processo chamado necessidade histórica. É possível que essa convicção continue existindo, mas foi abalada, para dizer o mínimo. Vêm daí as repentinas tentativas dos comunistas em vários países de se aliar com forças democráticas, as quais eles vêm sabotando há anos. Em um momento como este, há uma necessidade desesperada de descobrir exatamente por que o apelo socialista fracassou. E não adianta atribuir a atual repulsa pelo socialismo à burrice humana ou a motivações desonestas.

Para eliminar essa repulsa, é preciso compreendê-la, o que significa entrar dentro da cabeça do opositor comum do socialismo, ou pelo menos considerar seus pontos de vista com simpatia. Nenhum argumento pode ser rebatido se não tiver a justa oportunidade de ser ouvido. Portanto, de forma um tanto paradoxal, para defender o socialismo é necessário começar por atacá-lo.

Nos três últimos capítulos, observo as dificuldades criadas pelo nosso anacrônico sistema de classes. Toco de novo nesse tema pois acredito que a maneira atual, intensamente estúpida, de lidar com a questão de classes pode empurrar para o fascismo hordas de pessoas potencialmente socialistas.

Quero discutir certos princípios subjacentes que afastam do socialismo as mentes mais sensíveis. Neste capítulo, lido com as objeções comuns, preliminares – o tipo de coisa que quem não é socialista sempre fala logo de início, quando a gente o pressiona sobre o assunto. E não me refiro a quem pergunta "Mas de onde virá o dinheiro?"

Muitas dessas questões podem parecer superficiais ou contraditórias, mais isso é irrelevante, pois estou apenas discutindo sintomas. Qualquer coisa é significativa desde que ajude a esclarecer por que o socialismo não é aceito. E note, por gentileza, que estou argumentando a favor do socialismo, não contra. Mas agora vou fazer o papel de advogado do diabo.

Vou fazer a sustentação típica daquela pessoa que simpatiza com os objetivos fundamentais do socialismo, que tem cabeça para perceber que o socialismo iria funcionar, mas que na prática sempre sai correndo quando se menciona o socialismo.

Pergunte a alguém desse tipo e pode obter uma resposta assim: "Não tenho nada contra o socialismo, e sim contra os socialistas".

É uma explicação com uma lógica fraca, mas que tem peso para muita gente. Tal como acontece com o cristianismo, a pior propaganda para o socialismo são seus seguidores.

O que espanta qualquer observador externo é que o socialismo, em sua forma desenvolvida, é uma teoria inteiramente restrita à classe média. O típico socialista não é, como imaginam as velhinhas trêmulas, um trabalhador com ar feroz, macacão sujo de graxa e um voz de trovrão. Ou ele é um jovem bolchevique esnobe que daqui a cinco anos provavelmente vai casar com uma moça rica e se converter ao catolicismo, ou é um homenzinho empertigado com emprego em um escritório, em geral secretamente abstêmio e muitas vezes com tendências vegetarianas, uma história de não conformismo e, acima de tudo, com uma posição social que ele não tem intenção alguma de abandonar. Este último tipo é o mais típico, admiravelmente comum nos partidos socialistas de todas as colorações; talvez tenha sido pego, em bloco, do antigo Partido Liberal. Além disso, existem os malucos e excêntricos onde quer que os socialistas se reúnam.

Todos os adeptos do suco de fruta e das sandálias, nudistas, viciados em sexo, quakers, charlatães que pregam a "cura pela natureza", pacifistas e feministas que existem na Inglaterra parecem ser atraídos pelas palavras socialismo e comunismo, com uma força magnética.

Um dia, neste verão, eu estava viajando por Letchworth quando o ônibus parou e subiram dois idosos de aparência horrível. Ambos tinham por volta de sessenta anos, eram bem baixinhos, gordinhos, de bochechas rosadas e não usavam chapéu. A careca de um deles era indecente, enquanto o outro tinha uma longa cabeleira grisalha e cacheada, em estilo Lloyd George. Usavam camisas verde-pistache e shorts bege, onde seus enormes traseiros ficavam tão apertados que dava para a gente estudar cada dobra. Essa dupla aparição gerou um leve abalo de horror no ônibus. O homem sentado ao meu lado, um típico caixeiro-viajante, deu uma olhada para mim, depois para eles, de novo para mim, e murmurou: "Socialistas", como se dissesse "Índios peles-vermelhas". Provavelmente tinha razão: havia um curso de verão do ILP em Letchworth. Para ele, que é um homem comum, "maluco" quer dizer "socialista" e "socialista" quer dizer "maluco". Para ele, qualquer socialista tem algo de excêntrico. E parece que existe uma ideia semelhante até mesmo entre os próprios socialistas.

Por exemplo, tenho aqui um folheto de outro curso de verão que dá a relação de preços por semana e pergunta se minha alimentação "é comum ou vegetariana". Veja bem, eles acham necessário fazer essa pergunta. Só esse tipo de coisa basta para afastar muita gente decente. E esse afastamento instintivo é perfeitamente sensato, pois um maluco que tem mania de alimentação é, por definição, uma pessoa disposta a se isolar da sociedade humana na esperança de acrescentar mais cinco anos de vida à sua carcaça; ou seja, é uma pessoa fora de contato com os seres humanos comuns.

A maioria dos socialistas de classe média se agarra como cola aos seus miseráveis fragmentos de prestígio social. Isso apesar de teoricamente almejar uma sociedade sem classes, É um fato muito desagradável. Lembro-me da minha sensação de horror quando fui pela primeira vez a uma reunião em uma sede do ILP em Londres. Talvez as coisas fossem um tanto diferentes no Norte, onde a burguesia não está tão concentrada, mas será possível que esses animaizinhos raquíticos, fossem defensores da classe trabalhadora? Pois cada pessoa que havia lá, homem ou mulher, mostrava os piores estigmas da superioridade e esnobismo da classe média. Se um verdadeiro trabalhador, um mineiro coberto de pó de carvão, por exemplo, fosse até eles de repente, teriam ficado constrangidos, zangados e enojados. Alguns, creio, fugiriam tapando o nariz.

Constatamos a mesma tendência na literatura socialista: quando não é escrita abertamente de cima para baixo, está sempre totalmente afastada da classe trabalhadora na linguagem e na maneira de pensar. Veja escritores como G. D. H. Cole, John Strachey, Beatrice & Sidney Webb etc. – eles não são exatamente proletários. É duvidoso que exista alguma coisa que se possa chamar de literatura proletária – até mesmo o Daily Worker é escrito na linguagem padrão do Sul da Inglaterra –, mas um bom comediante de cabaré chega mais perto de produzi-la do que qualquer escritor socialista que conheço. Quanto ao jargão técnico dos comunistas, fica tão distante da fala comum como um livro de matemática.

Certa vez ouvi um orador comunista profissional dirigindo--se a um público de classe operária. Sua preleção foi aquela costumeira bobajada livresca, cheia de sentenças longas e parênteses, e “Contudo”, e “Seja como for”, além do jargão comum: “ideologia”, “consciência de classe”, “solidariedade proletária” e tudo mais. Depois dele um operário de Lancashire se levantou e falou no linguajar próprio da plateia. Não há dúvida sobre qual dos dois se aproximou mais do seu público, mas não imagino, nem por um momento, que esse operário de Lancashire fosse um comunista ortodoxo.

Enquanto um operário continua sendo um genuíno trabalhador, raramente, ou nunca, é um socialista no sentido completo, consistente e lógico da palavra. É bem provável que vote no Partido Trabalhista, ou mesmo no Comunista, se tiver chance, mas sua concepção de socialismo é muito diferente da que tem o socialista mais acima, treinado nos livros.

Para o trabalhador comum, do tipo que se encontra em qualquer bar no sábado à noite, socialismo não significa muito mais do que um salário maior, menos horas de trabalho e ninguém mandando em você. Para o tipo mais revolucionário, o tipo que participa da Marcha da Fome e está na lista negra dos patrões, a palavra "socialismo" é uma espécie de grito de guerra contra as forças da opressão, uma vaga ameaça de violência futura. Entretanto, pela minha experiência, nenhum trabalhador genuíno capta as implicações mais profundas do socialismo.

Ele pode ser quase sempre um socialista mais verdadeiro do que o marxista ortodoxo, porque ele se lembra muito bem daquilo que o outro costuma esquecer: que socialismo significa justiça e condições decentes. Mas o que ele não percebe é que o socialismo não pode ser reduzido à mera justiça econômica e que uma reforma dessa magnitude decerto vai operar mudanças imensas na nossa civilização e no modo de vida dele próprio. Sua visão de um futuro socialista é uma visão da sociedade atual sem os piores abusos, mas com os interesses centrados nas mesmas coisas de hoje – a vida familiar, o bar, o futebol, a política local.

Nunca vi um operário que tivesse o mínimo interesse pelo lado filosófico do marxismo – aquele que faz seus malabarismos, como quem esconde a ervilha debaixo de um copinho, com aquelas três entidades misteriosas, a tese, a antítese e a síntese. Até hoje, porém, nunca encontrei um trabalhador, alguém que esteja trabalhando – seja mineiro, operário de siderúrgica ou de fábrica de tecidos, estivador, carregador ou algo assim – que fosse "ideologicamente" correto.

Sei que muita gente de origem trabalhadora é socialista do tipo teórico e livresco. Mas eles nunca continuaram sendo trabalhadores; isto é, não trabalham com as mãos. Pertencem ou àquele tipo que mencionei no capítulo anterior, o que consegue se infiltrar na classe média por meio da intelligentsia literária, ou ao tipo que se torna deputado do Partido Trabalhista ou uma autoridade sindical. Este último é um dos espetáculos mais desoladores que há no mundo. Ele foi escolhido para lutar por seus companheiros, e para ele tudo o que isso significa é um emprego confortável e a chance de "melhorar de vida". E não só enquanto luta contra a burguesia, mas por meio dessa luta, ele próprio se torna um burguês. E enquanto isso é bem possível que ele tenha continuado a ser um marxista ortodoxo.

Uma das analogias entre o comunismo e o catolicismo é que apenas os mais cultos são totalmente ortodoxos. A coisa que de imediato mais impressiona nos católicos ingleses – e não falo dos católicos de verdade, e sim dos convertidos: Ronald Knox, Arnold Lunn e similares – é sua profunda autoconsciência. Parece que eles nunca pensam, e com certeza nunca escrevem, sobre mais nada além do fato de que são católicos; esse único fato, e os autoelogios que daí resultam formam todo o repertório do homem de letras católico. Mas o que há de mais curioso nessa gente é a maneira como eles elaboraram as supostas implicações da ortodoxia até envolver os menores detalhes da vida. Até os líquidos que bebemos, aparentemente, são ortodoxos ou então heréticos; vêm daí as campanhas de Chesterton, do "Beachcomber" etc. contra o chá e a favor da cerveja. Segundo Chesterton, tomar chá é "pagão", ao passo que tomar cerveja é "cristão", e o café é "o ópio do puritano".

É lamentável para essa teoria que haja tantos católicos no movimento a favor da temperança e que e os maiores bebedores de chá do mundo sejam os católicos irlandeses; mas o que me interessa aqui é a atitude mental que pode transformar até mesmo a comida e a bebida em um motivo para a intolerância religiosa. O católico de classe operária nunca atingiria esse grau absurdo de coerência. Ele não passa os dias meditando sobre ser católico nem tem uma aguda consciência de ser diferente de seus vizinhos não católicos.

Fale para um estivador irlandês das favelas de Liverpool que o chá que ele toma é sinal de "paganismo" – ele vai chamar você de idiota. E, mesmo em assuntos mais sérios, nem sempre ele percebe as implicações de sua fé. Nos lares católicos de Lancashire é comum ter um crucifixo na parede e o Daily Worker na mesa. É apenas o homem "instruído", em especial o literato, que sabe como ser um fanático intransigente. E, mutatis mutandis, o mesmo acontece com o comunismo. Nunca se encontra esse credo em sua forma pura em um proletário genuíno.

Já o socialista teórico, formado em livros, mesmo não sendo ele próprio um operário, pelo menos é motivado pelo amor à classe operária. Está se esforçando para abandonar seu status de burguês e lutar ao lado do proletariado – é óbvio que deve ser esse o seu motivo. Mas será mesmo?

Olho para um socialista – aquele tipo intelectual que escreve panfletos, com seu suéter, cabelo desalinhado e suas citações de Marx – e fico me perguntando que raio de motivo ele realmente tem. É difícil acreditar que seja o amor por qualquer um, menos ainda pela classe operária, da qual ele está mais distanciado do que qualquer pessoa. O motivo subjacente de muitos socialistas, creio, é simplesmente um senso de ordem hipertrofiado. O atual estado de coisas os ofende, não porque causa miséria e infelicidade, e menos ainda porque torna a liberdade impossível, mas porque é desorganizado; o que eles desejam, basicamente, é reduzir o mundo a algo semelhante a um tabuleiro de xadrez. Vejam as peças teatrais de alguém que foi socialista a vida inteira, como Bernard Shaw. Que compreensão, ou mesmo consciência da vida operária, essas peças mostram? O próprio Shaw declara que só se pode levar um operário ao palco "como objeto de compaixão", e na prática ele não o leva nem sequer dessa forma, mas apenas como uma espécie de figura divertida do tipo W. W. Jacobs – aquele sujeito cômico do East End, como os que vemos em Major Bárbara e A conversão do capitão Brassbound. Na melhor das hipóteses, sua atitude para com a classe operária é a mesma atitude de desprezo da revista Punch; em momentos mais sérios. O jovem que simboliza as classes despossuídas em Misallianc é um exemplo. Ele os considera simplesmente desprezíveis e repulsivos.

A pobreza e, mais ainda, os hábitos mentais criados pela pobreza são algo que deve ser abolido de cima para baixo, pela violência, se necessário; talvez até preferivelmente pela violência. Daí sua admiração pelos "grandes" homens e seu apetite pelas ditaduras, sejam fascistas ou comunistas, pois para ele, aparentemente (vide seus comentários sobre a guerra ítalo-abissínia e as conversações Stálin-Wells), Stálin e Mussolini são pessoas quase equivalentes. Vemos a mesma coisa, de forma mais atenuada, na autobiografia da sra. Sidney Webb, que fornece, inconscientemente, uma imagem muito reveladora do socialista nobre e puro do tipo que visita favelas.

Para muita gente que se define como socialista, a revolução não significa, na realidade, um movimento de massas ao qual eles esperam se associar; significa um conjunto de reformas que "nós", os inteligentes, vamos impor a "eles", as ordens inferiores. Por outro lado, seria um erro considerar o socialista treinado nos livros uma criatura sem sangue, totalmente incapaz de emoções. Embora quase nunca dê provas de afeto pelos explorados, é perfeitamente capaz de demonstrar ódio – uma espécie de ódio estranho, teórico, que existe no vácuo – contra os exploradores. Vem daí o velho e grandioso esporte socialista de acusar a burguesia. É estranho ver com que facilidade quase todo escritor socialista consegue entrar num frenesi de raiva contra essa classe à qual, seja por nascimento, seja por adoção, ele próprio invariavelmente pertence. Por vezes, o ódio contra os hábitos burgueses e a "ideologia" burguesa é tão abrangente que alcança até os personagens burgueses dos livros. Segundo Henri Barbusse, os personagens dos romances de Proust, André Gide etc. são "personagens que adoraríamos ter do outro lado de uma barricada". Uma "barricada", veja bem. A julgar por Le Feu, eu poderia imaginar que as experiências de Barbusse sobre as barricadas o teriam deixado cheio de repulsa por elas. Só que a proeza imaginária de furar com uma baioneta um "burguês", que provavelmente não vai revidar, é um pouco diferente na vida real.

A inteligentsia da Grã-Bretanha, de Mirsky é um grande exemplo de obra que ataca os burgueses. Um livro interessante e bem escrito, que deveria ser lido por todos que desejam compreender a ascensão do fascismo. Mirksy (antes príncipe Mirsky) era um russo branco emigrado que veio para a Inglaterra e por alguns anos foi professor de literatura russa na Universidade de Londres. Mais tarde se converteu ao comunismo, voltou para a Rússia e produziu esse livro como uma espécie de acusação da inteligentsia britânica de um ponto de vista marxista. É um livro feroz e maligno, com um tom inequívoco de "agora que estou fora do alcance de vocês posso dizer o que quiser sobre vocês" que domina o livro inteiro, e, salvo uma deturpação geral, contém afirmações inverídicas bem definidas, e provavelmente intencionais; por exemplo, declarar que Conrad "não é menos imperialista do que Kipling"; ou caracterizar D. H. Lawrence como um "escritor de pornografia nudista" que "conseguiu apagar todos os indícios de sua origem proletária" – como se Lawrence fosse um açougueiro que ascendeu até a Câmara dos Lordes! Esse tipo de coisa é muito perturbador quando a gente se lembra que é dirigido ao público russo, que não tem como verificar a exatidão de tudo isso. Mas agora estou pensando no efeito de um livro como esse sobre o público inglês.

Trata-se de um literato de origem aristocrática, um homem que provavelmente jamais na vida havia falado com um operário de igual para igual, nem de longe, gritando calúnias venenosas contra seus colegas burgueses. E por quê? Aparentemente, por puro espírito maligno. Ele está lutando contra a *inteligentsia* britânica, mas está lutando a favor de quê? No livro não há nenhuma indicação. Por aí se vê que o efeito de livros assim é dar a quem está de fora a impressão de que não há nada no comunismo senão ódio. E aqui, mais uma vez, chegamos àquela estranha semelhança entre o comunismo e o catolicismo (dos convertidos). Se você quiser encontrar um livro de espírito tão diabólico como A *inteligentsia* da Grã-Bretanha, o melhor lugar para procurá-lo seria entre os apologistas católicos populares. Ali você encontrará o mesmo veneno e a mesma desonestidade – apesar de que, para ser justo com os católicos, em geral você não vai encontrar a mesma falta de boas maneiras.

É bem estranho que o irmão espiritual do camarada Mirsky seja padre! O comunista e o católico não estão dizendo a mesma coisa; em certo sentido, estão até dizendo coisas opostas, e cada um iria fritar o outro em óleo quente, com rara alegria, se as circunstâncias permitissem; mas, do ponto de vista de quem está de fora, os dois são muito parecidos.

Na forma como é apresentado hoje, na realidade o socialismo, apela sobretudo para tipos insatisfatórios ou mesmo desumanos. Por um lado, temos o socialista de coração cálido e que não pensa, o típico socialista da classe trabalhadora, que apenas deseja abolir a pobreza e nem sempre capta tudo o que isso implica. Por outro, há aquele socialista intelectual, treinado nos livros, que compreende que é necessário jogar a nossa civilização atual pelo ralo, e está plenamente disposto a fazer isso. E esse tipo é extraído, para começar, inteiramente da classe média, e, aliás, de uma faixa da classe média sem raízes, criada nas cidades. E, o mais lamentável, inclui também – e para quem está de fora até parece que inclui apenas – o tipo de gente que venho descrevendo aqui: os que desancam a burguesia, espumando pela boca; os reformadores do tipo cerveja aguada, dos quais Shaw é o protótipo; os jovens alpinistas social-literários que são comunistas agora, assim como serão fascistas daqui a cinco anos, porque é o que está na moda; e ainda toda aquela tribo horrorosa de mulheres que se acham tão superiores, e os barbudos de sandálias que tomam suco de frutas e acorrem em bandos ao cheiro do "progresso" como moscas-varejeiras em cima de um gato morto. A pessoa decente normal, que tem simpatia pelos objetivos essenciais do socialismo, fica com a impressão de que não há lugar para um tipo como o seu em nenhum partido socialista sério. Pior ainda: é levada à cínica conclusão de que o socialismo é uma espécie de fatalidade que provavelmente vai chegar, mas que deve ser evitado enquanto é possível.

Estou ciente que não é justo julgar um movimento por seus adeptos; mas a questão é que as pessoas quase sempre fazem isso, e a concepção popular do socialismo é influenciada pela concepção do socialista como uma pessoa chata ou desagradável. O "socialismo" é visto como um estado de coisas em que nossos socialistas mais abertos e declarados se sentiriam inteiramente à vontade. Isso é muito prejudicial à causa. O homem comum pode não se esquivar de uma ditadura do proletariado se você apresentar com tato; mas basta lhe oferecer uma ditadura dos presunçosos e ele estará pronto para lutar.

Nós vivemos, sem dúvida, em meio às ruínas de uma civilização, mas ela foi uma grande civilização na sua época, e em certos lugares continua florescendo quase sem ser perturbada. Ainda tem o seu buquê, por assim dizer; ao passo que o futuro socialista imaginado, tal como o vinho colonial, só tem gosto de ferro e água. Mas há uma ideia generalizada de que qualquer civilização em que o socialismo fosse realidade teria a mesma relação para com a nossa que uma garrafa novinha de vinho colonial tem com algumas colheres de Beaujolais de primeira classe. Por isso artistas de alguma importância nunca podem ser convencidos a entrar no rebanho socialista. É especialmente o caso do escritor, cujas opiniões políticas estão mais direta e obviamente vinculadas ao seu trabalho do que as de um pintor, por exemplo. Se formos encarar a realidade, precisamos reconhecer que quase tudo que se pode descrever como literatura socialista é chato, insosso e de má qualidade. É só ver a situação da Inglaterra neste momento.

Há uma geração que cresceu com certa familiaridade com a ideia do socialismo, e mesmo assim o ponto alto da literatura socialista é W. H. Auden, uma espécie de Kipling sem entranhas* e os poetas ainda mais fracos associados a ele. Todo escritor de alguma importância e todo livro que vale a pena ler estão do outro lado. Estou inclinado a acreditar que as coisas sejam diferentes na Rússia – sobre a qual, porém, nada sei –, pois imagino que na Rússia pós-revolucionária a mera violência dos acontecimentos poderia gerar uma literatura vigorosa.

Na Europa Ocidental o socialismo não produziu nenhuma literatura que valha a pena ler. Pouco tempo atrás, quando as questões não eram tão claras, havia escritores de alguma vitalidade que se definiam como socialistas, mas usavam a palavra como um rótulo vago. Assim, se Ibsen e Zola se definiam como socialistas, isso não significava muito mais do que dizer que eram "progressistas"; no caso de Anatole France, significava apenas ser anticlerical. Os verdadeiros autores socialistas, os escritores propagandistas, sempre foram sacos vazios cheios de ar – Bernard Shaw, Henri Barbusse, Upton Sinclair, William Morris, Waldo Frank etc. etc. Não estou sugerindo, é claro, que o socialismo deva ser condenado porque não atrai os cavalheiros literatos; não estou sequer sugerindo que ele deveria necessariamente produzir uma literatura própria, embora creia que é um mau sinal não ter produzido nem uma canção que mereça ser cantada.

Constato apenas que autores de um talento genuíno costumam se mostrar indiferentes ao socialismo, e às vezes ativa e deliberadamente hostis. E isso é um desastre, não só para os próprios escritores como também para a causa do socialismo, que precisa muito deles.

É esse o lado superficial da repulsa do homem comum pelo socialismo. Conheço toda essa tediosa argumentação de cabo a rabo, pois a conheço de ambos os lados. Tudo que eu digo aqui já disse para socialistas ardentes que tentavam me converter, e também já me foi dito por não socialistas entediados, a quem eu tentava converter. Tudo acaba numa espécie de mal-estar produzido pela antipatia a alguns socialistas, sobretudo aquele tipo arrogante que vive citando Marx. Será que é infantil ser influenciado por esse tipo de coisa? Será tolice? Será até mesmo desprezível? É tudo isso, mas o importante é que tal coisa realmente acontece e, portanto, o essencial é não perder isso de vista.

CAPÍTULO 12

"EXISTE UMA LENDA ANTIGA QUE DIZ QUE O COMUNISMO LEVA AO FASCISMO..."

No entanto, há uma dificuldade muito mais séria do que os locais e as objeções temporárias que discuti no último capítulo.

Pelo fato de as pessoas inteligentes estão do outro lado, em muitos casos, o socialista pode atribuir isso a motivos corruptos (conscientes ou inconscientes) ou a uma crença ignorante de que o socialismo não iria "funcionar", ou ao simples temor dos horrores e desconfortos do período revolucionário que antecede o estabelecimento do socialismo. Sem dúvida todos esses pontos são importantes, mas há muita gente que não é influenciada por nenhum deles e mesmo assim é hostil ao socialismo.

O socialismo é espiritual ou "ideológico". Eles se opõem a ele, não porque não funcionaria, mas precisamente porque também funcionaria bem. O que eles têm medo não são as coisas que vão acontecer no sua própria vida, mas as coisas que vão acontecer em um remoto futuro quando o socialismo for uma realidade.

Raramente encontrei um socialista convicto capaz de entender que as pessoas pensantes possam sentir antipatia pelo objetivo que o socialismo está perseguindo. Os marxistas, em especial, classificam esse tipo de coisa como sentimentalismo burguês. Os marxistas não costumam ser muito bons quando se trata de ler os pensamentos de seus adversários; se fossem, a situação da Europa poderia ser menos desesperadora do que é no momento. Donos de uma técnica que parece explicar tudo, não costumam se preocupar em descobrir o que se passa na cabeça dos outros. Veja um exemplo do que estou dizendo. Ao discutir a teoria amplamente aceita – e que de certa forma é verdadeira – de que o fascismo é um produto do comunismo, N. A. Holdaway, um dos nossos melhores autores marxistas, escreve o seguinte:

> Existe uma lenda antiga que diz que o comunismo leva ao fascismo... O elemento de verdade dessa lenda é que o aparecimento de atividades comunistas adverte a classe dominante de que os partidos trabalhistas democráticos não conseguem mais conter a classe trabalhadora e que a ditadura do capitalismo tem que assumir outra forma para poder sobreviver.

Veja os problemas desse conceito. Como ele detectou a causa econômica subjacente do fascismo, assume tacitamente que o lado espiritual dessa corrente não tem importância. O fascismo é descartado como uma manobra da “classe dominante” – o que, no fundo, é mesmo. Mas isso, por si só, apenas explicaria por que o fascismo apela aos capitalistas. E o que dizer dos milhões de pessoas que não são capitalistas, que no sentido material não têm nada a ganhar com o fascismo, e muitas vezes têm consciência disso, e mesmo assim são fascistas? É óbvio que elas se aproximaram puramente pela linha ideológica. Só foi possível empurrá-las para o fascismo porque o comunismo atacava, ou parecia atacar, certas coisas (patriotismo, religião etc.) que ficam numa camada mais profunda do que o motivo econômico; e nesse sentido é a mais pura verdade que o comunismo leva ao fascismo.

É lamentável que os marxistas quase sempre se concentrem em soltar os gatos do saco, isto é, os gatos econômicos do saco ideológico; isso, em certo sentido, revela a verdade, mas com um problema: a maior parte da sua propaganda não atinge o alvo. É a rejeição espiritual em relação ao socialismo, sobretudo como se manifesta nas pessoas sensíveis, que desejo discutir neste capítulo. Precisarei me alongar um pouco na análise, pois é algo muito difundido, muito poderoso e, entre os socialistas, quase completamente ignorado.

A ideia do socialismo está ligada, de forma mais ou menos inextricável, à ideia da produção mecanizada. Essa é uma das primeiras coisas que percebemos. O socialismo é essencialmente um credo urbano. Ele cresceu de maneira mais ou menos simultânea com o industrialismo, sempre teve raízes no proletariado da cidade e no intelectual da cidade, e é duvidoso que pudesse ter surgido em qualquer sociedade que não fosse uma sociedade industrial. Uma vez admitido o industrialismo, a ideia do socialismo se apresenta naturalmente, pois a propriedade privada só é tolerável quando cada indivíduo (ou família, ou alguma outra unidade) é autossuficiente, pelo menos em grau moderado; mas o efeito do industrialismo é tornar impossível para qualquer pessoa sustentar a si mesma, ainda que apenas por um momento. O industrialismo, uma vez que se eleve acima de um nível muito baixo, deve conduzir a alguma forma de coletivismo. Não necessariamente ao socialismo, é claro; pode-se conceber que conduza ao Estado escravocrata, do qual o fascismo é uma espécie de profecia. E o inverso também é verdade.

A produção mecanizada indica socialismo, mas o socialismo como sistema mundial implica a produção mecanizada, pois exige certas coisas incompatíveis com um modo de vida primitivo. Exige, por exemplo, constante intercomunicação e intercâmbio de bens entre todas as partes da Terra; exige determinado grau de controle centralizado; exige um padrão de vida mais ou menos igual para todos os seres humanos e provavelmente alguma uniformidade de educação.

Portanto, observamos que qualquer mundo onde o socialismo seja uma realidade seria no mínimo tão altamente mecanizado como os Estados Unidos neste momento, e talvez muito mais. De qualquer forma, nenhum socialista pensaria em negar isso. O mundo socialista é sempre representado como completamente mecanizado, organizado ao extremo, que depende da máquina tal como as civilizações da Antiguidade dependiam do escravo.

Talvez a maior parte das pessoas não esteja apaixonada pela civilização mecanizada, mas qualquer um que não seja um tolo sabe que neste momento é absurdo falar em jogar as máquinas fora. Mas o que há aí de lamentável é que o socialismo, tal como é apresentado, vincula-se à ideia do progresso mecânico não apenas como uma evolução necessária, mas como uma espécie de religião. Essa ideia está implícita, por exemplo, na maior parte do material de propaganda sobre os rápidos avanços da mecanização na Rússia soviética (a represa de Dnieper, os tratores etc. etc.). Karel Capek acerta bem no alvo no terrível final da peça R.U.R., quando os robôs, depois de assassinar o último ser humano, anunciam sua intenção de "construir muitas casas" (só por construir, veja bem). O tipo de pessoa que aceita mais prontamente o socialismo é também o tipo que encara com entusiasmo o progresso mecânico como tal. E isso acontece tanto que os socialistas muitas vezes são incapazes de perceber que existem opiniões opostas. Em regra, o argumento mais convincente que eles conseguem apresentar é que a atual mecanização do mundo não é nada em comparação com aquilo que veremos quando o socialismo se estabelecer. Onde hoje existe um avião, no futuro haverá cinquenta! Todo o trabalho hoje feito a mão será feito por máquinas; tudo que hoje é feito de couro, madeira ou pedra será feito de borracha, vidro ou aço; não haverá desordem, nada de pontas soltas, nada de regiões inexploradas nem animais selvagens, nem ervas daninhas, nem doença, nem pobreza, nem dor – e assim por diante. O mundo socialista deve ser, acima de tudo, um mundo bem ordenado, um mundo eficiente. Mas é precisamente essa visão do futuro como um mundo cintilante, à H. G. Wells, que a mente sensível rechaça. Note, por favor, que essa versão essencialmente "barrigudinha" do "progresso" não é parte da doutrina socialista, mas passou a ser considerada como tal, e o resultado é que o conservadorismo temperamental latente em todo tipo de pessoa acaba facilmente mobilizado contra o socialismo.

Qualquer pessoa sensível pode ser levado a desconfiar das máquinas e até mesmo, em certo grau, das ciências físicas. Mas o importante é distinguir os tantos motivos, que já foram muito variados em diferentes épocas, da hostilidade contra a ciência e a maquinaria, e descartar os ciúmes do moderno cavalheiro literário que odeia a ciência porque a ciência roubou da literatura o raio e o trovão.

O mais antigo ataque com força total contra a ciência e as máquinas de que tenho notícia está na terceira parte das Viagens de Gulliver. Mas o ataque de Jonathan Swift, embora brilhante como proeza, é irrelevante e até tolo, porque escrito do ponto de vista de um homem carente de imaginação. Pode ser que isto pareça algo estranho de se dizer sobre o autor das Viagens de Gulliver. Mas para ele, a ciência consistia apenas em experiências fúteis, e as máquinas eram engenhocas absurdas que jamais funcionariam. Seu critério era a utilidade prática, e ele não tinha visão para perceber que uma experiência que não apresenta utilidade no momento pode gerar resultados no futuro. Em outra parte do livro, ele escolhe como a melhor de todas as realizações "fazer crescer duas folhas de relva onde antes crescia uma só", sem perceber que é justamente isso que a máquina pode fazer. Um pouco mais tarde as desprezadas máquinas começaram a funcionar, as ciências físicas aumentaram sua abrangência e deu-se então o célebre conflito entre religião e ciência que tanto agitou nossos avós. Esse conflito já terminou, e ambos os lados recuaram e proclamaram vitória, mas o viés anticientífico persiste na mente da maior parte dos crentes religiosos. Durante todo o século XIX, vozes de protesto se levantaram contra a ciência e as máquinas (veja, por exemplo, Tempos difíceis, de Charles Dickens), mas em geral pelo motivo bastante superficial de que o industrialismo, em seus primeiros estágios, era feio e cruel.

Samuel Butler ataca as máquinas no capítulo sobre Erewhon, mas é bem diferente. Butler vivia em uma época menos desesperada que a nossa, uma época em que ainda era possível para um homem de alto nível viver como diletante uma parte do tempo, e portanto a coisa toda lhe parecia uma espécie de exercício intelectual. Ele percebeu com clareza a nossa abjeta dependência das máquinas, mas, em vez de se dedicar a elaborar as consequências dessa situação, preferiu exagerá-la, visando algo que não era muito mais que uma piada. É apenas em nossa própria época, em que a mecanização finalmente triunfou, que podemos sentir de verdade a tendência da máquina de impossibilitar uma vida plenamente humana.

Imagino que não exista alguém capaz de pensar e sentir que já não tenha olhado para uma cadeira feita de tubos metálicos e refletido que a máquina é a inimiga da vida. De modo geral, porém, é um sentimento instintivo e não racional. As pessoas sabem que o "progresso" sempre acaba sendo um conto do vigário, mas chegam a essa conclusão por uma espécie de taquigrafia mental; meu trabalho aqui é detalhar os passos lógicos que costumam ser deixados de fora.

Devemos nos perguntar qual é a função da máquina. Obviamente sua primeira função é economizar trabalho, e o tipo de pessoa para quem a civilização das máquinas é plenamente aceitável não vê razão para buscar nada mais que isso. Eis aqui, por exemplo, uma pessoa que afirma, ou melhor, grita, que está totalmente à vontade no moderno mundo mecanizado.

Em *Um mundo sem fé,* John Beevers, diz que é simplesmente insensato afirmar que o homem de hoje, com sua média semanal de duas libras e dez xelins até quatro libras, é um tipo inferior ao camponês do século XVIII ou ao camponês de qualquer comunidade exclusivamente agrícola do passado. Simplesmente não é verdade. É uma tolice muito grande reclamar tanto dos efeitos civilizadores da faina nos campos e nas fazendas, em contraste com o trabalho em uma oficina de consertos de locomotivas ou de uma fábrica de automóveis. O trabalho é um aborrecimento. Trabalhamos porque precisamos trabalhar, e todo trabalho existe para nos proporcionar lazer e os meios de desfrutar desse tempo de lazer da maneira mais prazerosa possível.

E acrescenta que o homem terá tempo e poder suficientes para buscar seu próprio paraíso na terra, sem se preocupar com o paraíso sobrenatural. A terra será um lugar tão agradável que o padre e o pároco não terão mais grandes histórias para contar. Metade do recheio lhes será arrancada em um único e certeiro golpe. Etc. etc. etc.

O Capítulo 4 do livro do Sr. Beevers demonstra que a adoração à máquina ocorre da maneira mais vulgar, ignorante e simplória. É uma autêntica voz de grande parte do mundo moderno. Todos os devotos da aspirina em seus bairros burgueses iriam endossar esses sentimentos ardorosamente. É com grito estridente de raiva ("Não é verdaaade!" etc.) que o Sr. Beevers reage à suposição de que seu avô poderia ter sido uma pessoa melhor do que ele; e à sugestão ainda mais terrível de que se voltássemos a um estilo de vida mais simples, ele poderia ter que enrijecer os músculos com algum trabalho duro. Veja bem, o trabalho existe "para nos oferecer lazer". Lazer para o quê?

Para nos tornarmos mais semelhantes ao Sr. Beavers, , podemos imaginar muito bem como ele gostaria que a civilização fosse – uma espécie de Lyons Corner House, um restaurante animado e bem organizado, que durasse *per omnia saecula saeculorum,* cada vez maior e mais barulhento.

Encontramos passagens do mesmo tipo em qualquer livro de qualquer autor que se sinta à vontade no mundo das máquinas – H. G. Wells, por exemplo. Quantas vezes já não ouvimos aquelas coisas melosas sobre "as máquinas, nossa nova raça de escravos que virá libertar a humanidade" etc. etc. etc.? Pelo visto, para essas pessoas o único perigo da máquina é seu possível uso para fins de destruição, como, por exemplo, os aviões na guerra. Com exceção das guerras e dos desastres imprevistos, o futuro é imaginado como uma marcha cada vez mais rápida do progresso mecânico; máquinas para economizar trabalho, máquinas para economizar raciocínio, máquinas para reduzir a dor e o sofrimento; higiene, eficiência, organização; mais higiene, mais eficiência, mais organização, mais máquinas – até que por fim você acaba aterrissando na conhecida utopia wellsiana, muito bem caricaturada por Aldous Huxley em Admirável mundo novo: o paraíso dos gordinhos. É claro que em seus devaneios sobre o futuro, esses homenzinhos não são nem pequenos nem balofos – são homens como deuses. Mas por que haveriam de ser?

Todo progresso mecânico ruma para uma eficiência cada vez maior; e assim, em última análise, ruma para um mundo onde nada dá errado. No entanto, em um mundo onde nada desse errado, muitas qualidades que Wells considera "dos deuses" não teriam mais valor do que a faculdade animal de mexer as orelhas. Os seres em Homens como deuses e O sonho são representados, por exemplo, como corajosos, generosos e fisicamente fortes. Mas em um mundo onde o perigo físico foi eliminado – e é óbvio que o progresso mecânico tende a eliminar o perigo – será que a coragem física iria sobreviver? Será que poderia sobreviver? E por que a coragem física haveria de sobreviver em um mundo onde não há necessidade alguma de trabalho físico?

Virtudes como lealdade, generosidade etc. em um mundo em que nada desse errado seriam não só irrelevantes como também, provavelmente, inimagináveis. A verdade é que muitas qualidades que admiramos nos seres humanos só podem funcionar em oposição a algum tipo de desastre, sofrimento ou dificuldade; mas a tendência do progresso mecânico é eliminar o desastre, o sofrimento e a dificuldade. Em livros como O sonho e Homens como deuses, admite-se que qualidades como força, coragem, generosidade etc. continuarão vivas porque são qualidades belas, e atributos necessários a um ser humano pleno.

E se os habitantes da Utopia criassem perigos artificiais para exercitar a coragem e fizessem levantamento de peso para enrijecer os músculos que jamais seriam obrigados a usar. E aqui constatamos a enorme contradição que aparece na ideia de progresso. A tendência do progresso mecânico é tornar o ambiente seguro e agradável; e, contudo, você luta para se manter corajoso e durão. Você está, ao mesmo tempo, seguindo adiante furiosamente e se agarrando, desesperado, ao que está atrás. É como se um corretor da Bolsa de Londres chegasse ao escritório vestindo uma armadura e insistisse em falar latim medieval. Assim, em última análise, o defensor do progresso é também o defensor dos anacronismos.

Admito que a tendência do progresso mecânico é realmente tornar a vida segura e agradável. Isso pode ser questionado, pois a qualquer momento o efeito de alguma recente invenção mecânica pode parecer seu exato oposto. Vejamos, por exemplo, a transição do cavalo para o veículo a motor. À primeira vista se poderia dizer, considerando o número enorme de mortes no trânsito, que o carro a motor não tende a fazer a vida mais segura. Mais ainda, é preciso ser tão durão para ser piloto de corridas off-road como para ser campeão de rodeios ou montar um puro-sangue no Grande Prêmio.

O perigo dos acidentes desapareceria se decidíssemos atacar seriamente nosso problema de planejamento das estradas, o que faremos mais cedo ou mais tarde; e enquanto isso o carro a motor evoluiu até o ponto em que qualquer pessoa que não seja cega ou paralítica é capaz de dirigi-lo depois de algumas aulas. Isto porque a tendência de todas as máquinas é se tornarem mais seguras e mais fáceis de manejar. E mesmo agora é preciso muito menos coragem e habilidade para dirigir um carro medianamente bem do que para montar a cavalo medianamente bem; daqui a vinte anos, talvez não seja necessária nenhuma coragem nem habilidade. Portanto, deve-se dizer que o resultado da transição do cavalo para o carro tem sido tornar a humanidade mais frouxa, flácida, se considerar a sociedade como um todo. E agora alguém apresenta outra invenção – o avião, por exemplo, que não parece, à primeira vista, tornar a vida mais segura. Os primeiros homens que voaram em aviões eram superlativamente corajosos, e até hoje é preciso ter nervos excelentes para ser piloto. Mas aqui entra em ação a mesma tendência que acabo de mencionar. O avião, tal como o carro, se tornará à prova de erros; pois 1 milhão de engenheiros estão trabalhando, de maneira quase inconsciente, nessa direção.

E por fim – é este o objetivo, embora talvez nunca seja atingido – teremos um avião cujo piloto não precisa de mais habilidade ou coragem que um bebê em seu carrinho. E todo o progresso mecânico segue, e deve seguir, nessa direção. Uma máquina evolui tornando-se mais eficiente, isto é, mais à prova de erros; portanto, o objetivo do progresso mecânico é um mundo à prova de erros e à prova de tolos – o que pode, ou não, significar um mundo habitado por tolos. Wells provavelmente responderia que o mundo jamais pode se tornar à prova de erros e de incompetência, pois por mais alto que seja o nível de eficiência alcançado, sempre haverá alguma dificuldade maior pela frente. Por exemplo (esta é a ideia preferida de Wells – ele a usou em sabe-se lá quantos discursos): quando tivermos este nosso planeta perfeitamente ajustado, iniciaremos a enorme tarefa de alcançar e colonizar outro planeta. Mas isso é apenas empurrar o objetivo mais para a frente; o objetivo em si continua o mesmo. Basta colonizar outro planeta, e o jogo do progresso mecânico recomeça; no lugar de um mundo à prova de erros, teremos o sistema solar à prova de erros – o universo à prova de erros.

O ideal da eficiência mecânica se vincula ao ideal da suavidade, da maciez. Mas tudo que é mole e frouxo é repulsivo; e, assim, todo o progresso é visto como uma luta frenética rumo a um objetivo que você espera jamais alcançar, que você reza para que jamais seja alcançado. De vez em quando, não com muita frequência, encontramos alguém que percebe que isso que normalmente se chama de progresso também implica o que normalmente se chama de degeneração – e mesmo assim essa pessoa é a favor do progresso. Por isso na Utopia de Shaw foi erguida uma estátua a Falstaff, o primeiro homem a fazer um discurso a favor da covardia.

Mas sabemos que o problema é bem mais profundo. Até aqui apenas observei o absurdo de se almejar o progresso mecânico e, ao mesmo tempo, a preservação das qualidades que o progresso mecânico torna desnecessárias. A questão a considerar é a seguinte: será que existe alguma atividade humana que não seria mutilada pelo predomínio da máquina?

O objetivo da máquina é economizar trabalho. Em um mundo totalmente mecanizado, todo o trabalho pesado e tedioso será feito pelas máquinas, deixando-nos livres para empreender atividades mais interessantes. Expresso dessa forma, parece esplêndido. A gente fica doente quando vê meia dúzia de homens suando até as entranhas para cavar uma valeta e instalar um cano de água, enquanto uma máquina facilmente concebível retiraria a terra em dois minutos.

Por que não deixar a máquina fazer o trabalho e os homens fazerem alguma outra coisa? Então surge a pergunta: e o que mais eles deveriam fazer? Supostamente, ficarão livres do trabalho para poder fazer algo que não é trabalho. E o que é trabalho e o que não é trabalho? Será que é trabalho cavar a terra, fazer carpintaria, plantar árvores, derrubar árvores, andar a cavalo, caçar, pescar, dar de comer às galinhas, tocar piano, tirar fotografias, construir uma casa, cozinhar, costurar, fazer chapéus, consertar motocicletas? Todas essas coisas são trabalho para alguém e divertimento para outro alguém. De fato, há muito poucas atividades que não podem ser classificadas como trabalho ou então como divertimento, de acordo com o ponto de vista de cada um.

Quando o trabalhador braçal não precisar cavar a terra, pode querer gastar seu tempo de lazer tocando piano, enquanto o pianista profissional pode ficar feliz de se levantar do piano e ir enfiar a pá no seu canteiro de batatas. Vemos assim que a antítese entre o trabalho, como algo intoleravelmente tedioso, e o não trabalho, como algo desejável, é falsa. A verdade é que quando um ser humano não está comendo, bebendo, dormindo, fazendo amor, conversando, jogando algum jogo, ou apenas ocioso – e essas coisas não preenchem o tempo integral de uma vida –, ele tem que trabalhar, e em geral procura o trabalho, mesmo que não o chame de trabalho. Acima do nível de algum idiota com três ou quatro anos de escola, a vida tem que ser vivida sobretudo em termos de esforço. Pois o homem não é, como supõem os hedonistas mais vulgares, uma espécie de estômago ambulante; ele também tem mãos, olhos, cérebro. Basta parar de usar as mãos e já se corta fora uma parte enorme da sua consciência. E agora, pensemos mais uma vez naquela meia dúzia de homens cavando valetas para um cano de água. Uma máquina escavadora os libertou do trabalho, e lá vão eles se divertir com alguma outra coisa – carpintaria, por exemplo. Mas seja lá o que eles desejem fazer, vão descobrir que outra máquina também já os libertou daquilo. Pois em um mundo plenamente mecanizado não haverá mais necessidade de fazer carpintaria, cozinhar, consertar motocicletas etc., assim como não há mais necessidade de cavar valetas. Pode-se dizer que não existe nada, desde caçar baleias até esculpir caroços de cereja, que não possa, concebivelmente, ser feito por máquinas. A máquina invadiria até mesmo as atividades que hoje classificamos como "arte"; e já está fazendo isso por meio da máquina fotográfica e do rádio. Basta mecanizar o mundo o mais completamente possível, e para onde quer que você se volte haverá alguma máquina impedindo-o de ter a chance de trabalhar – ou seja, de viver.

Inicialmente isso parece não ter importância. Por que você não haveria de prosseguir com o seu "trabalho criativo" e ignorar as máquinas que poderiam fazê-lo no seu lugar? Mas não é tão simples assim. Aqui estou eu, trabalhando oito horas por dia em uma companhia de seguros; no meu tempo livre quero me ocupar com alguma coisa "criativa", e assim decido me dedicar um pouco à marcenaria – fazer uma mesa para mim, por exemplo. Note que desde o início há um toque de artificialismo na coisa toda, pois as fábricas podem fazer uma mesa muito melhor do que sou capaz de fazer. Mas, mesmo quando vou trabalhar na minha mesa, não é possível para mim sentir por ela o mesmo que um marceneiro de cem anos atrás sentia por sua mesa, e muito menos o que Robinson Crusoé sentia pela sua, pois, antes de eu começar, as máquinas já fizeram a maior parte do trabalho no meu lugar. As ferramentas que uso exigem um mínimo de habilidade. Posso conseguir, por exemplo, uma plaina que corta segundo qualquer molde; o marceneiro de cem anos atrás teria que trabalhar com cinzel e goiva, instrumentos que exigiam verdadeira habilidade dos olhos e das mãos. As tábuas que compro já vêm aplainadas e as pernas já delineadas pelo torno. Posso até mesmo ir a uma loja de madeira e comprar todas as partes da mesa, para depois só montar, e meu trabalho se limitará a enfiar alguns pinos e dar uma lixada. E se as coisas já estão assim automatizadas no momento, no futuro mecanizado estarão muito mais, imensamente mais. Com as ferramentas e os materiais disponíveis no futuro, não haverá possibilidade de erro, e portanto não haverá lugar para a habilidade. Fazer uma mesa será mais fácil e mais enfadonho do que descascar uma batata. Em tais circunstâncias é absurdo falar em "trabalho criativo". De qualquer forma, as artes manuais (que precisam ser transmitidas do mestre ao aprendiz) terão desaparecido há muito tempo. Algumas já desapareceram na competição com a máquina. Dê uma olhada nos pequenos cemitérios das igrejas do interior e veja se consegue encontrar uma pedra tumular decentemente talhada depois de 1820. A arte, ou melhor, o ofício do trabalho em pedra morreu tão completamente que levaria séculos para revivê-lo.

Por que não conservar a máquina e também o trabalho criativo? Por que não cultivar os anacronismos como um hobby para as horas vagas? Muita gente já brincou com essa ideia; ela parece resolver com uma facilidade maravilhosa os problemas trazidos pela máquina. O cidadão da Utopia, assim nos disseram, ao voltar para casa depois das suas duas horas diárias de girar uma manivela na fábrica de enlatar tomates, vai retroceder, deliberadamente, a um modo de vida mais primitivo e aliviar seus instintos criativos fazendo um pouco de entalhe em madeira, cerâmica ou tear manual. E por que essa imagem é absurda? – pois é o que ela é, sem dúvida.

Se a máquina existe, temos obrigação de usá-la. Este é um princípio que nem sempre é reconhecido, embora sempre se revele na prática. Repare que ninguém tira água do poço se puder abrir a torneira. Outro bom exemplo está em viagens. Qualquer um que já viajou por métodos primitivos em um país subdesenvolvido sabe que a diferença entre esse tipo de viagem e uma viagem moderna de trem, carro etc. é a diferença entre a vida e a morte. O nômade que vai caminhando ou montado em um animal, com a bagagem empilhada no lombo de um camelo ou num carro de bois, pode sofrer todo tipo de desconforto, mas pelo menos está vivendo enquanto viaja; ao passo que para o passageiro de um trem expresso ou de um transatlântico de luxo, a viagem é um interregno, uma espécie de morte temporária. E, contudo, enquanto existirem ferrovias a pessoa tem que viajar de trem – ou de carro, ou avião. Aqui estou eu, a sessenta quilômetros de Londres. Quando quero ir a Londres, por que não coloco minha bagagem em um lombo de mula e sigo a pé, fazendo dois dias de caminhada? Porque com os ônibus da Green Line zumbindo ao passar por mim a cada dez minutos, essa viagem seria extremamente irritante. Para que se optar por um dos métodos primitivos de viajar, só se não existir nenhum outro método disponível.

Ninguém jamais quer fazer qualquer coisa de uma maneira mais incômoda do que é necessário. E daí vem o absurdo daquela imagem dos cidadãos de Utopia salvando suas almas com os trabalhos manuais e os entalhes em madeira. Em um mundo onde tudo pudesse ser feito a máquina, tudo seria feito a máquina. Retroceder deliberadamente aos métodos primitivos, voltar a usar ferramentas arcaicas, introduzir pequenas dificuldades tolas para atrapalhar o seu próprio caminho seria diletantismo, aquela coisa afetada do artesanato gracioso. Seria como sentar-se solenemente à mesa para jantar com talheres de pedra. Retroceda ao trabalho manual na era das máquinas e você se verá de volta àquelas casas de chá com nomes como Ye Olde Tea Shoppe, ou a uma vila em estilo Tudor com as vigas falsas pregadas na parede.

A característica do progresso mecânico é frustrar a necessidade humana de esforço e de criação. Ele torna desnecessárias, e até impossíveis, as atividades do olho e da mão. O apóstolo do "progresso" pode declarar que isso não importa, mas em geral se pode acuá-lo no canto mostrando que esse processo pode ser levado a um extremo terrível. Por que, por exemplo, usar as mãos? Por que usá-las até mesmo para assoar o nariz ou apontar o lápis? Com certeza se poderia instalar alguma geringonça de aço e borracha nos ombros, e deixar os braços definharem até virar sacos de pele e osso. E o mesmo com todos os órgãos e todas as faculdades. Realmente não há razão para o ser humano fazer mais do que comer, beber, dormir, respirar e procriar; tudo o mais poderia ser feito em seu lugar pelas máquinas.

O fim lógico do progresso mecânico é reduzir o ser humano a algo parecido com um cérebro dentro de uma garrafa. Essa é a meta para o qual já estamos caminhando, embora, é claro, não tenhamos a menor intenção de chegar lá; assim como o homem que bebe uma garrafa de uísque por dia não tenciona ter cirrose hepática. O objetivo implícito do "progresso" é – não exatamente, talvez – o cérebro na garrafa, mas é um mundo assustador, sub-humano, nas profundezas da frouxidão e da impotência. E o lamentável é que, neste momento, a palavra "progresso" e a palavra "socialismo" estão inseparavelmente unidas na cabeça de quase todo mundo. O tipo de pessoa que odeia as máquinas também acha natural odiar o socialismo; o socialista é sempre a favor da mecanização, racionalização, modernização – ou, pelo menos, pensa que deveria ser a favor de tudo isso. Há pouco, por exemplo, um eminente membro do ILP me confessou, com uma espécie de vergonha e tristeza – como se fosse algo levemente impróprio –, que "gosta de cavalos". Veja bem, os cavalos pertencem ao passado agrícola desaparecido, e todo o sentimento em relação ao passado traz consigo um vago cheiro de heresia. Não creio que isso deva ser necessariamente assim, mas sem dúvida é assim que é. E só isso basta para explicar por que as pessoas com um nível mental decente se afastam do socialismo.

Toda pessoa inteligente era um revolucionário na geração anterior. Hoje podemos afirmar que toda pessoa inteligente é um reacionário. A esse respeito vale a pena comparar Quando o adormecido acorda, de H. G. Wells, com o Admirável mundo novo, de Huxley, escrito trinta anos depois. Ambos são distopias, visões de uma espécie de paraíso dos presunçosos e arrogantes, em que todos os sonhos do progressista se tornam realidade. Visto apenas como obra da imaginação, Wells é muito superior, mas sofre de vastas contradições devido ao fato de o autor, como sumo sacerdote do progresso, não ser capaz de escrever com convicção contra o progresso.

Wells mostra um mundo estranhamente sinistro, onde as classes privilegiadas levam uma vida de um hedonismo superficial, sem conteúdo nem entranhas, e os trabalhadores, reduzidos a um estado de total escravidão e ignorância sub-humana, labutam como trogloditas em cavernas subterrâneas. Assim que se examina essa ideia, podemos ver sua incoerência, pois nesse mundo imensamente mecanizado que Wells imagina por que os trabalhadores deveriam trabalhar mais duro do que no presente? É óbvio que a tendência da máquina é eliminar o trabalho, não aumentar. No mundo mecanizado os trabalhadores poderiam ser escravizados, maltratados e até mesmo subnutridos, mas decerto não seriam condenados a um labor manual incessante; pois, nesse caso, qual seria a função da máquina? Pode-se ter máquinas fazendo todo o trabalho, ou então seres humanos fazendo todo o trabalho, mas não as duas coisas. Esses exércitos de trabalhadores subterrâneos, com seus uniformes azuis e sua linguagem degradada, semi-humana, só foram colocados para fazer o leitor sentir arrepios. Wells deseja sugerir que o "progresso" pode pegar um caminho errado, mas o único mal que ele consegue imaginar é a desigualdade – uma classe agarrando toda a riqueza e poder e oprimindo as outras, aparentemente por puro despeito. Se der uma pequena guinada (é o que ele parece sugerir), derrubar a classe privilegiada – isto é, passar do capitalismo mundial para o socialismo – e tudo vai dar certo. A civilização das máquinas deve continuar, mas seus produtos devem ser compartilhados de forma igualitária. A pergunta que ele não ousa enfrentar é que a própria máquina possa ser o inimigo. Assim, em suas utopias mais características (O sonho, Homens como deuses etc.) ele retorna ao otimismo e a uma visão da humanidade "libertada" pela máquina, como uma raça de gente esclarecida que toma banho de sol e cujo único assunto de conversa é a sua superioridade em relação a seus antepassados.

Já *O Admirável Mundo Novo* pertence a uma época posterior e a uma geração que já percebeu o blefe que é o "progresso". O livro contém suas próprias contradições, e a mais importante é observada em A futura luta pelo poder, de John Strachey, mas pelo menos é um ataque memorável contra o perfeccionismo dos tipos barrigudinhos. Descontando os exageros da caricatura, o livro provavelmente expressa o que uma maioria de pessoas pensantes sente sobre a civilização das máquinas.

A rejeição da pessoa sensível em relação à máquina é irreal pois é óbvio de que a máquina chegou para ficar. Como atitude mental, porém, há muito a dizer a seu favor. A máquina tem que ser aceita, mas provavelmente é melhor aceitá-la tal como se aceita uma droga – isto é, com mágoa e cautela. Tal como uma droga, a máquina é útil, perigosa e vicia. Quanto mais nos rendemos a ela, mais ela nos prende em sua garra tenaz. Basta olhar ao redor neste momento para perceber com que velocidade sinistra a máquina está nos colocando sob seu poder.

Uma terrível degradação do gosto, produzida por um século de mecanização é notória. Isso é óbvio até demais, e tão universalmente reconhecido que mal é preciso destacar. Mas, como um único exemplo, analise o sabor em seu sentido mais estrito – o sabor da comida decente. Nos países altamente industrializados, graças à comida enlatada, estocagem a frio, substâncias sintéticas flavorizantes etc., o paladar é quase uma função morta. Como se pode ver ao examinar qualquer frutaria, o que a maioria dos ingleses quer dizer quando fala em maçã é um chumaço de algodão-doce vermelho-vivo, da América ou da Austrália; eles devoram essas coisas, aparentemente com prazer, e deixam as maçãs inglesas apodrecer debaixo das árvores. É a aparência reluzente, padronizada, da maçã americana, feita de forma mecanizada que os atrai; o gosto superior na maçã inglesa é algo que eles simplesmente não notam. Ou então, veja o queijo industrializado, envolto em papel-alumínio, e a manteiga mista em qualquer armazém; veja as horrorosas fileiras de latas que usurpam cada vez mais espaço em qualquer loja de alimentos, e até mesmo de laticínios; veja um pãozinho suíço de seis pence ou um sorvete de dois pence; veja os refugos químicos imundos que as pessoas aceitam despejar goela abaixo sob o nome de cerveja.

Para onde quer que você olhe, verá algum reluzente produto feito a máquina triunfando sobre o produto antigo, que continua com gosto de alguma coisa que não seja serragem de madeira. E o que se aplica à comida se aplica também aos móveis, às casas, roupas, livros, divertimentos e tudo o mais que constitui o nosso ambiente. Hoje há 9 milhões de pessoas, e o número aumenta a cada ano, para quem a gritaria do rádio não só é um fundo mais aceitável como também mais normal para os seus pensamentos do que o mugido do gado ou o canto dos passarinhos.

Em um mundo saudável não haveria demanda para comida em lata, aspirinas, gramofones, cadeiras tubulares, metralhadoras, jornais diários, telefones, automóveis etc. etc.; e, por outro lado, haveria uma demanda constante pelas coisas que a máquina não é capaz de produzir. Mas enquanto isso a máquina está aqui, e seus efeitos corruptores são quase irresistíveis. Nós a atacamos, mas continuamos a utilizá-la. Até um selvagem de traseiro de fora, se tiver a chance, descobrirá os vícios da civilização em poucos meses. A mecanização leva à decadência do gosto, a decadência do gosto leva à demanda por produtos feitos à máquina e, portanto, a mais mecanização, e assim se cria um círculo vicioso. A mecanização do mundo não poderia ir muito longe enquanto o sentido do paladar e até mesmo as papilas gustativas permanecessem puros, inalterados, pois nesse caso a maioria dos produtos da máquina seria simplesmente indesejada.

É visível a tendência de a industrialização do mundo continuar involuntariamente, queiramos ou não. Isso porque no homem moderno ocidental a faculdade da invenção mecânica foi alimentada e estimulada até quase alcançar a condição de instinto. As pessoas inventam novas máquinas e melhoram as existentes de maneira quase inconsciente, mais ou menos como um sonâmbulo continua a trabalhar durante o sono. No passado, quando se achava natural que a vida neste planeta fosse dura, ou pelo menos laboriosa, parecia que o destino natural era continuar usando os rústicos implementos dos antepassados, e apenas alguns excêntricos, separados por séculos de diferença, propunham inovações; e assim, durante épocas muito longas, artefatos como o carro de bois, o arado, a foice etc. permaneceram radicalmente inalterados. Já foi registrado que o parafuso está em uso desde a Antiguidade remota, mas foi apenas em meados do século XIX que alguém teve a ideia de fabricar parafusos com ponta. Por milhares de anos o parafuso permaneceu sem ponta, e era necessário fazer um orifício antes de inseri-lo. Na nossa época uma coisa assim seria impensável, pois quase todo homem ocidental moderno tem suas faculdades de invenção desenvolvidas, pelo menos até certo ponto; é tão natural para o homem ocidental inventar máquinas como para um ilhéu da Polinésia é natural nadar. Basta dar ao homem ocidental alguma tarefa e ele imediatamente começa a conceber uma máquina que faria a tarefa em seu lugar; deem-lhe uma máquina, e ele pensará em maneiras de aperfeiçoá-la.

Eu também tenho esse tipo de mentalidade, embora de maneira ineficiente, por isso entendo bem essa tendência. Não tenho nem paciência nem habilidade mecânica para inventar qualquer máquina capaz de funcionar, mas estou sempre imaginando fantasmas de possíveis máquinas que poderiam me economizar o incômodo de usar o cérebro ou os músculos. Uma pessoa com pendor mais definido para a mecânica provavelmente construiria algumas dessas máquinas e as colocaria em operação. Mas no nosso atual sistema econômico o fato de construí-las ou não – ou melhor, o fato de alguém se beneficiar delas – dependeria de saber se elas teriam algum valor comercial.

A velocidade do progresso mecânico será muito mais rápida depois que o socialismo se estabelecer. É uma afirmação certeira dos socialistas. Em uma civilização mecanizada, o processo de invenção e melhorias sempre vai continuar, enquanto a tendência do capitalismo é retardá-lo, pois no capitalismo qualquer invenção que não prometa lucros mais ou menos imediatos é negligenciada; e, aliás, algumas que ameaçam reduzir os lucros são suprimidas de maneira tão implacável como o vidro flexível mencionado por Petrônio. Mas basta estabelecer o socialismo – eliminar o princípio do lucro – e o inventor terá carta branca.

A mecanização do mundo, que já é bastante rápida, poderia ser enormemente acelerada. É uma visão um pouco sinistra, pois é óbvio, mesmo agora, que o processo de mecanização está fora de controle. Ele está acontecendo apenas porque a humanidade já adquiriu o hábito. Um químico aperfeiçoa um novo método de sintetizar a borracha ou um mecânico inventa um novo tipo de pino de cruzeta. Para quê? Não para algum fim bem compreendido, mas simplesmente pelo impulso de inventar e melhorar, que agora se tornou instintivo. Coloque um pacifista para trabalhar em uma fábrica de bombas e em dois meses ele estará voltado para a invenção de um novo tipo de bomba. Daí o surgimento de coisas diabólicas como os gases venenosos, que nem seus inventores esperam que sejam benéficos para a humanidade. Nossa atitude para com inventos como os gases venenosos deveria ser a mesma do rei de Brobdingnag, das Viagens de Gulliver, que recusou a pólvora; mas, como vivemos em uma época mecânica e científica, estamos contaminados pela ideia de que, aconteça o que acontecer, o "progresso" tem de continuar e o conhecimento jamais deve ser suprimido. Verbalmente, sem dúvida concordaríamos que as máquinas são feitas para o homem, e não o homem para as máquinas; na prática, qualquer tentativa de deter o desenvolvimento da máquina nos parece um ataque ao conhecimento e, portanto, uma espécie de blasfêmia.

Mesmo que toda a humanidade se revoltasse contra a máquina e decidisse escapar para um modo de vida mais simples, essa fuga seria imensamente difícil. Não bastaria, como em Erewhon, de Butler, arrebentar todas as máquinas já inventadas depois de certa data; teríamos que arrebentar também o vício mental de, quase involuntariamente, inventar novas máquinas assim que as velhas fossem arrebentadas. E em todos nós existe ao menos uma nuance dessa ideia. Em todos os países do mundo, o grande exército de cientistas e técnicos, com o restante de nós correndo atrás, ofegantes, vai marchando pelo caminho do "progresso" com a persistência cega de uma fileira de formigas. Relativamente poucas pessoas querem que isso aconteça; muita gente deseja de fato que isso não aconteça; e, contudo, está acontecendo. O processo de mecanização se tornou, ele próprio, uma máquina, um enorme veículo reluzente que vai nos levando de maneira vertiginosa para algum lugar – não sabemos bem para onde, mas provavelmente a caminho do mundo todo acolchoado de Wells e ao cérebro na garrafa.

É essa a argumentação contra a máquina. Se é uma argumentação sólida ou não, pouco importa; o que importa é que esses argumentos, ou outros muito semelhantes, encontrariam eco em cada pessoa que se mostra avessa à civilização das máquinas. E infelizmente, devido àquela conexão do pensamento que há na mente de quase todas as pessoas unindo "socialismo-progresso-máquinas-Rússia-tratores-higiene-máquinasprogresso", em geral é essa mesma pessoa que é hostil ao socialismo. A pessoa que odeia o aquecimento central e cadeiras tubulares é o mesmo tipo de pessoa que, quando se menciona o socialismo, murmura algo sobre o "Estado-colmeia" e se afasta com expressão sofrida. E, pelo que observo, pouquíssimos socialistas percebem por que isso é assim, ou nem sequer percebem que isso é assim. Pegue o tipo mais falante de socialista, coloque-o em um canto, repita para ele a essência do que eu disse neste capítulo, e veja que resposta virá. Na verdade, você receberá várias respostas; e conheço todas quase de cor.

Pra começar, ele vai lhe dizer que é impossível recuar (ou "atrasar o relógio do progresso" – como se o relógio do progresso já não tivesse sido atrasado, com muita violência, várias vezes na história humana!) e vai acusar você de ser medievalista, e começar a descrever os horrores da Idade Média, a lepra, a Inquisição etc. Na verdade, a maioria dos ataques contra a Idade Média e contra o passado em geral, feitos por apologistas da modernidade, é irrelevante, pois seu truque essencial é projetar o homem moderno, com sua suscetibilidade e seus altos padrões de conforto, em uma época em que tais coisas eram desconhecidas. Mas note que de qualquer forma isso não é resposta, pois a antipatia pelo futuro mecanizado não implica a menor reverência por qualquer período do passado. D. H. Lawrence, mais sábio que o medievalista, decidiu idealizar os etruscos, sobre quem sabemos muito pouco, o que é bem conveniente. Mas não há necessidade de idealizar nem sequer os etruscos – ou os pelasgos, astecas, sumérios ou qualquer outro povo romântico já desaparecido. Quando pintamos a imagem de uma civilização desejável, é apenas como um objetivo; não há por que fingir que ela de fato existiu no espaço e no tempo. Tente esclarecer bem esse ponto, tente explicar que você almeja apenas tornar a vida mais simples e mais dura, e não mais suave e mais complexa, e o socialista vai supor que você quer retroceder ao "estado natural" – ou seja, a uma caverna paleolítica fedorenta, como se não houvesse nada entre uma lâmina de pedra e as usinas de aço de Sheffield, entre uma canoa e o Queen Mary!

Poderá obter uma resposta um pouco mais firme, e que é mais ou menos assim: "Sim, tudo isso que você está dizendo está correto de certa maneira. Sem dúvida seria muito nobre nos endurecermos e dispensar a aspirina, o aquecimento central, e assim por diante. O problema é que ninguém deseja isso a sério. Isso significaria voltar ao modo de vida agrícola, ou seja, ao trabalho duro, ao trabalho animal, e não é a mesma coisa, de forma alguma, que brincar de jardinagem. Eu não quero trabalhar duro, você não quer trabalhar duro – ninguém que saiba o que isso significa quer trabalhar duro. Você só fala assim porque nunca teve um dia de trabalho duro na sua vida" etc. etc.

De certa forma é verdade. É o mesmo que dizer: "Somos lerdos e vamos continuar devagar!". Uma resposta realista. Como já observei, a máquina conseguiu nos pegar em suas garras, e escapar será imensamente difícil. Mesmo assim, essa resposta é, na verdade, uma evasão, pois não deixa claro o que queremos dizer quando falamos que "desejamos" isso ou aquilo. Sou um homem moderno e intelectual pela metade, degradado que morreria se não tivesse minha xícara de chá todos os dias de manhã e o meu New Statesman todas as sextas-feiras. É claro que, até certo ponto, não "quero" voltar a um modo de vida mais simples, mais árduo, provavelmente agrícola. Mas também não "quero" reduzir a bebida, pagar minhas dívidas, fazer exercícios, ser fiel à minha mulher etc. etc. Mas, de um modo mais permanente, quero, sim, todas essas coisas. E, talvez do mesmo modo, quero uma civilização onde o "progresso" não signifique tornar o mundo seguro para homenzinhos balofos.

Os motivos que apresentei são praticamente os únicos que já consegui obter dos socialistas – socialistas pensantes, treinados nos livros – sempre que tentei lhes explicar de que maneira estão afugentando possíveis adeptos. Claro que há também o velho argumento de que o socialismo vai chegar de toda maneira, quer as pessoas gostem dele ou não, devido àquela coisa que poupa tantos problemas, tanto trabalho, a "necessidade histórica". Só que a "necessidade histórica" – ou melhor, acreditar nela – não conseguiu sobreviver a Hitler.

Enquanto isso o indivíduo pensante, que pelo intelecto costuma ser de esquerda, mas por temperamento com frequência é de direita, fica pairando no limiar do rebanho socialista. Ela tem consciência, sem dúvida, de que deveria ser socialista, mas primeiro observa como são tediosos os socialistas, vistos individualmente; e, depois, como são moles e flácidos os ideais socialistas, e se desvia para outro caminho. Até há bem pouco tempo, era natural se desviar para a indiferença. Dez anos atrás, ou mesmo cinco anos atrás, o típico homem de letras escrevia livros sobre arquitetura barroca e tinha uma alma acima da política. Mas essa atitude está se tornando rara, e até fora da moda. Os tempos estão mais difíceis, as questões são mais claras, a convicção de que nada jamais vai mudar (isto é, que os seus dividendos estarão sempre a salvo) é menos predominante. O muro onde o cavalheiro instruído se senta, antes confortável como a almofada de veludo de um assento na catedral, agora incomoda seu traseiro, é intolerável; cada vez mais ele tende a tombar para um lado ou para o outro. É interessante notar quantos dos nossos principais escritores, que há dez ou doze anos eram totalmente a favor da arte pela arte e julgariam o cúmulo da vulgaridade até mesmo votar em uma eleição geral, agora estão assumindo uma posição política definida; ao passo que a maioria dos jovens escritores, pelo menos os que não são meros diletantes escrevendo bobagens, têm sido "políticos" desde o início. Acredito que, quando o aperto chegar, haverá um perigo terrível de que o principal movimento da intelligentsia seja rumo ao fascismo. E quando, exatamente, o aperto vai chegar é algo difícil de dizer; depende dos acontecimentos na Europa, mas pode ser que dentro de dois anos, ou até mesmo um ano, teremos chegado ao momento decisivo.

Também será o momento em que cada pessoa que tem um mínimo de cérebro e um mínimo de decência vai perceber, no mais íntimo do seu ser, que deveria estar do lado socialista. Mas essa pessoa não vai necessariamente chegar até lá por iniciativa própria; há demasiados preconceitos antigos espalhados no caminho. Ela terá que ser persuadida, e por meios que impliquem uma compreensão do seu ponto de vista. Os socialistas não podem desperdiçar mais tempo pregando para os convertidos. Seu trabalho agora é fazer novos socialistas, e com a maior rapidez possível; só que, em vez disso, com muita frequência, estão produzindo fascistas.

Quando falo do fascismo na Inglaterra, não estou pensando especificamente em Oswald Mosley, fundador da British Union of Fascists, e seus seguidores cheios de espinhas. O fascismo inglês, quando chegar, provavelmente será de um tipo sério e sutil (e suponho que, pelo menos de início, não será chamado de fascismo). Duvido que mesmo uma opereta de Gilbert & Sullivan debochando de um dragão da cavalaria do tipo Mosley seria muito mais que uma piada para a maioria dos ingleses – embora até mesmo Mosley exija atenção, pois a experiência nos mostra (veja as carreiras de Hitler, Napoleão III) que para um alpinista social por vezes é vantagem não ser levado muito a sério no início da carreira. Mas o que me ocorre, neste momento, é a atitude mental fascista que, sem a menor dúvida, está ganhando terreno entre pessoas que já deveriam ter mais discernimento. O fascismo, tal como ele aparece no intelectual, é uma espécie de imagem espelhada – não do socialismo, na verdade, mas de um arremedo plausível de socialismo. Ele se resume na decisão de fazer o oposto do que quer que faça o socialista mítico. Se você apresentar o socialismo sob uma luz desfavorável e enganadora – se deixar as pessoas imaginarem que socialismo não significa muito mais do que jogar a civilização europeia pelo ralo sob o comando de uns marxistas metidos –, se arrisca a empurrar o intelectual para o fascismo. Você vai assustá-lo e fazê-lo assumir uma atitude zangada, defensiva, onde ele simplesmente se recusa a ouvir os argumentos socialistas. Uma atitude mais ou menos assim já se percebe claramente em autores como Pound, Wyndham Lewis, Roy Campbell etc., na maioria dos escritores católicos e em muitos do grupo Douglas Credit, em certos romancistas populares e até mesmo, se examinarmos sob a superfície, em intelectuais conservadores tão "superiores", como Eliot e seus incontáveis seguidores. Se quiser exemplos inequívocos do aumento do sentimento fascista na Inglaterra, basta ver algumas das incontáveis cartas enviadas aos jornais durante a guerra na Abissínia, aprovando a ação da Itália, e também o grito de alegria que se elevou dos púlpitos, tanto católicos como anglicanos (veja o Daily Mail de 17 de agosto de 1936), pela ascensão do fascismo na Espanha.

Para enfrentar o fascismo é necessário compreendê-lo, o que inclui reconhecer que ele contém algo de bom, assim como muita coisa de ruim. Na prática, é claro, ele não passa de uma infame tirania, e seus métodos para chegar ao poder e conservá-lo são tais que até mesmo seus mais ardentes defensores preferem mudar de assunto. Mas o sentimento subjacente ao fascismo, o primeiro que atrai as pessoas para o campo dos fascistas, talvez seja menos desprezível. Não é sempre, como a Saturday Review nos levaria a acreditar, um medo pânico do bicho-papão do bolchevismo. Qualquer um que já dirigiu o olhar a esse movimento sabe que o fascista comum, de baixa hierarquia, muitas vezes é uma pessoa bem-intencionada – com uma ânsia genuína, por exemplo, de melhorar a sorte dos desempregados. O mais importante, porém, é o fato de que o fascismo extrai sua força do conservadorismo do tipo bom, assim como do tipo mau. Para quem quer que tenha simpatia pela tradição e pela disciplina, ele apresenta uma atração já pronta. Assim, deve ser muito fácil, depois que você já engoliu uma boa dose de propaganda socialista daquele tipo mais sem tato, ver o fascismo como a última linha de defesa de tudo que é bom na civilização europeia. Até o valentão fascista simbólico, em sua versão mais negativa, com o cassetete de borracha em uma mão e o vidro de óleo de rícino na outra, não sente, necessariamente, que é um covarde valentão; talvez se sinta como Rolando na batalha de Roncevaux, defendendo a cristandade contra os bárbaros.

Devemos reconhecer que, se o fascismo está se expandindo, é sobretudo por culpa dos próprios socialistas. Isso se deve à tática equivocada dos comunistas de sabotar a democracia, isto é, serrar o próprio galho da árvore onde se está sentado. Porém mais importante é que os socialistas costumam apresentar sua argumentação do lado errado. Eles nunca tornaram claro o suficiente que os objetivos essenciais do socialismo são a justiça e a liberdade. Com o olhar fixo nos fatos econômicos, seguiram em frente sempre assumindo que o homem não tem alma e, explícita ou implicitamente, estabeleceram o objetivo de uma Utopia materialista. E assim o fascismo pode aproveitar todos os instintos que se revoltam contra o hedonismo e uma noção degradada de "progresso". O fascismo conseguiu se apresentar como o sustentáculo da tradição europeia e apelar às crenças cristãs, ao patriotismo e às virtudes militares. Se já não fosse inútil, ainda pior é descartar o fascismo como "sadismo de massas" ou alguma expressão fácil desse tipo. Se você fingir que ele não passa de uma aberração que logo vai desaparecer sozinha, você está sonhando, e vai acordar quando alguém estiver batendo em você com um cassetete de borracha. O único caminho possível é examinar a argumentação fascista, perceber que existe algo que se possa dizer a seu favor e então deixar claro para o mundo que, seja qual for o bem que o fascismo contenha, é algo que também está implícito no socialismo.

Mesmo que nada pior desabe sobre nós, existem as condições que descrevi na primeira parte deste livro e que não vão melhorar no nosso atual sistema econômico. No momento a situação é desesperadora. Ainda mais urgente é o perigo da dominação fascista na Europa. E a menos que a doutrina socialista, de uma forma efetiva, possa ser difundida amplamente e bem depressa, não há certeza de que o fascismo algum dia seja derrubado. Pois o socialismo é o único inimigo real que o fascismo tem que enfrentar. Os governos capitalistas-imperialistas, embora estejam prestes a ser saqueados, não vão lutar com nenhuma convicção contra o fascismo como tal. Nossos governantes, os poucos entre eles que compreendem essa questão, provavelmente prefeririam entregar o Império Britânico inteiro, até a última polegada de terra, para a Itália, a Alemanha e o Japão a ver o socialismo triunfar. Era fácil rir do fascismo quando imaginávamos que se baseava em um nacionalismo histérico, pois parecia óbvio que os Estados fascistas, cada um se considerando o povo escolhido e o mais patriótico contra o resto do mundo, iriam se chocar um contra o outro. Mas nada disso está acontecendo.

O fascismo é hoje um movimento internacional, o que significa não só que os países fascistas podem se congregar para realizar suas pilhagens, mas também que estão avançando às apalpadelas, talvez sem plena consciência, até o momento, rumo a um sistema mundial. A visão do Estado totalitário vai sendo substituída pela visão de um mundo totalitário. Como já observei, o avanço da técnica mecânica deve levar, por fim, a alguma forma de coletivismo, mas essa forma não precisa, necessariamente, ser igualitária; isto é, não precisa ser socialista. E, com o perdão dos economistas, é bem fácil imaginar uma sociedade mundial, coletivista no aspecto econômico – isto é, com o princípio do lucro eliminado –, mas com todo o poder político, militar e educacional nas mãos de uma pequena casta de governantes e seus asseclas. Isso, ou algo parecido, é o objetivo do fascismo. E isso, claro, é o Estado escravagista, ou melhor, o mundo escravagista; seria, provavelmente, uma forma estável de sociedade, e dada a enorme riqueza que há no mundo, se for explorada de maneira científica, há chances de que os escravos estejam bem alimentados e satisfeitos. É comum falar do objetivo fascista como o "Estado-colmeia", o que é uma grave injustiça para com as abelhas. Um mundo de coelhos dominado por fuinhas ferozes – esse sim seria algo mais próximo de tal objetivo. E é contra essa possibilidade desumana que precisamos unir forças.

Justiça e liberdade: é o ideal implícito no socialismo, a única coisa pela qual podemos nos unir. É um ideal quase completamente esquecido. Foi enterrado sob camadas e camadas de presunção doutrinária, brigas internas do partido e espírito "progressista" mal digerido, até ficar como um diamante escondido sob uma montanha de esterco. O trabalho do socialista é tirá-lo dali. Justiça e liberdade! Essas são as palavras que precisam soar como um clarim pelo mundo inteiro. Há muito tempo, decerto nos últimos dez anos, é o diabo que tocou as melhores melodias. Chegamos a um estágio em que a própria palavra "socialismo" lembra, de um lado, uma imagem de aviões, tratores e enormes fábricas faiscantes de vidro e concreto; e, de outro, vegetarianos de barbas compridas, comissários bolcheviques (metade gângsteres, metade gramofone), senhoras bem-intencionadas de sandálias, marxistas de cabelos desgrenhados mastigando preciosismos, quakers fugitivos, fanáticos do controle da natalidade, carreiristas dos bastidores do Partido Trabalhista. O socialismo, ao menos nesta ilha, não tem mais cheiro de revolução nem de derrubada dos tiranos; tem cheiro de excentricidade, adoração às máquinas e ainda o estúpido culto pela Rússia. Se não conseguirmos eliminar esse cheiro, e bem depressa, o fascismo pode vencer.

Capítulo 13

"A civilização da máquina está aqui, e só pode ser criticada internamente, pois todos nós estamos dentro dela."

Finalmente, há alguma coisa que se possa fazer a respeito? Na primeira parte deste livro mostrei, com algumas breves observações, a bagunça em que estamos metidos; nesta segunda parte, tentei explicar por que, na minha opinião, tanta gente normal e decente sente repulsa pelo único remédio, ou seja, o socialismo. É claro que a necessidade mais urgente nos próximos anos é capturar essas pessoas normais e decentes, antes que o fascismo mostre seu trunfo. Não quero levantar aqui a questão dos partidos e das tramoias políticas. Mais importante que qualquer rótulo partidário (embora a simples ameaça de fascismo logo vai dar origem, sem dúvida, a algum tipo de Frente Popular) é a difusão da doutrina socialista de uma forma efetiva. É preciso fazer com que as pessoas estejam prontas para agir como socialistas. Há incontáveis pessoas que, sem ter consciência disso, estão de acordo com os objetivos essenciais do socialismo e poderiam ser conquistadas quase sem esforço, bastando encontrar a palavra certa, capaz de tocá-las. Cada pessoa que conhece o significado da pobreza, cada um que tenha um ódio genuíno pela tirania e pela guerra está, potencialmente, do lado socialista. Minha tarefa, portanto, é sugerir – necessariamente em termos muito gerais – de que forma se poderia fazer uma reconciliação entre o socialismo e seus inimigos mais inteligentes.

Vamos começar falando dos inimigos – isto é, de todos os que percebem que o capitalismo é ruim, mas têm uma sensação incômoda, uma espécie de náusea ou tremor quando se menciona o socialismo. Como já observei, isso se deve a duas razões principais. Uma é a inferioridade pessoal de muitos socialistas, tomados individualmente; a outra é o fato de que o socialismo com muita frequência é associado a uma concepção pérfida de "progresso", típica dos homenzinhos balofos, algo que revolta qualquer um que tenha o sentimento da tradição ou o mais rudimentar senso estético. Vou abordar o segundo ponto em primeiro lugar.

Essa rejeição ao progresso e à civilização da máquina, tão comum entre pessoas sensíveis, só é defensável como atitude mental. Não é uma razão válida para rejeitar o socialismo, pois pressupõe uma alternativa que não existe. Quando você diz: "Sou contra a mecanização e a padronização – e, portanto, sou contra o socialismo", está dizendo, na verdade, "Sou livre para viver sem a máquina, se eu assim decidir", o que é um absurdo. Todos somos dependentes da máquina, e se as máquinas parassem de funcionar a maioria de nós morreria. Você pode odiar a civilização da máquina, e provavelmente tem razão de odiar, mas neste momento não existe a opção entre aceitá-la ou rejeitá-la. A civilização da máquina está aqui, e só pode ser criticada internamente, pois todos nós estamos dentro dela. São apenas os tolos românticos que se vangloriam de ter escapado, tal como o cavalheiro de letras no seu chalé estilo Tudor com água corrente quente e fria, ou o machão que parte para viver uma vida "primitiva" na selva levando um rifle Mannlicher e quatro vagões cheios de comida em lata. E, quase com certeza, a civilização da máquina continuará a triunfar. Não há razão para pensar que ela vai destruir a si mesma ou parar de funcionar por iniciativa própria.

Logo a guerra vai "destruir completamente a civilização". Faz algum tempo que se afirma isso, mas, embora a próxima grande guerra com certeza será tão horrível que fará todas as guerras anteriores parecerem piada, é bem improvável que ela acabe com o progresso mecânico. É verdade que um país muito vulnerável como a Inglaterra, e talvez toda a Europa Ocidental, poderia ser reduzido ao caos por alguns milhares de bombas bem colocadas, mas no momento é impossível imaginar uma guerra capaz de aniquilar o industrialismo em todos os países ao mesmo tempo. Podemos ter como certo que a volta a um modo de vida mais simples, mais livre e menos mecanizado, por mais desejável que seja, não vai acontecer. Não é fatalismo; é apenas aceitar os fatos. Não faz sentido ser contra o socialismo com a justificativa de que você faz objeções ao estado-colmeia, pois o estado-colmeia já chegou. A opção não é, por enquanto, entre um mundo humano e um inumano. É, simplesmente, entre o socialismo e o fascismo. E o fascismo, na melhor das hipóteses, é um socialismo sem nenhuma das virtudes do socialismo.

A tarefa do indivíduo pensante, portanto, não é rejeitar o socialismo, e sim tomar a decisão de humanizá-lo. Uma vez que o socialismo esteja a caminho de se estabelecer, os que conseguem perceber o conto do vigário que é o "progresso" provavelmente vão resistir. Na verdade, é sua função especial fazer isso. No mundo da máquina, eles têm que ser uma espécie de oposição permanente, o que não é o mesmo que ser obstrucionista ou traidor. Mas nesse caso estou falando do futuro. No momento, o único caminho possível para qualquer pessoa decente, por mais que seja conservadora ou tenha um temperamento anarquista, é trabalhar pelo estabelecimento do socialismo. Nada mais pode nos salvar do infortúnio do presente ou do pesadelo do futuro. Opor-se ao socialismo agora, quando 20 milhões de ingleses estão subnutridos e o fascismo conquistou metade da Europa, é suicídio. É como iniciar uma guerra civil bem quando os bárbaros já vêm cruzando a fronteira.

Aquele preconceito de mera reação nervosa contra o socialismo, que não se baseia em nenhuma objeção séria deve ser deixado de lado. Como já percebi, muita gente que não sente aversão ao socialismo sente aversão pelos socialistas. O socialismo, tal como apresentado agora, não é atraente sobretudo porque parece, pelo menos visto de fora, um brinquedo de malucos excêntricos, doutrinários, bolcheviques de salão, e assim por diante. Mas vale a pena lembrar que isso só é assim porque os malucos excêntricos, doutrinários etc. tiveram permissão de chegar lá primeiro. Se se o movimento fosse invadido por gente com um cérebro melhor e com mais senso de decência comum, os tipos questionáveis cessariam de dominá-lo. No momento, tudo o que podemos fazer é cerrar os dentes e ignorá-los; eles vão parecer muito menores depois que o movimento tiver sido humanizado. E, além disso, são irrelevantes. Temos que lutar pela justiça e pela liberdade, e o socialismo realmente significa justiça e liberdade, quando se retira dele os absurdos. São apenas os pontos essenciais que vale a pena lembrar. Afastar-se do socialismo porque há tantos socialistas, tomados individualmente, que são pessoas inferiores é tão absurdo como recusar-se a viajar de trem porque você não gosta da cara do cobrador.

Depois, temos o socialista em si, mais exatamente aquele tipo falante, que escreve panfletos. Estamos em um momento em que é absolutamente necessário que os esquerdistas de todos os tipos e nuances abandonem suas diferenças e se unam. Na verdade, isso até certo ponto já está acontecendo. É óbvio, então, que agora o tipo mais intransigente de socialista precisa se aliar a pessoas que não estão em perfeita concordância com ele. Em geral esse tipo não se dispõe a fazer isso, e com razão, pois percebe o perigo bem real de que o movimento socialista descambe para uma versão aguada, uma baboseira cor-de-rosa ainda mais ineficiente do que o Partido Trabalhista no Parlamento. No momento, por exemplo, há um grande perigo de que a Frente Popular, que o fascismo talvez faça nascer, não venha a ter um caráter genuinamente socialista, mas que apenas seja uma manobra contra o fascismo alemão e italiano (não o inglês). Assim, a necessidade de união contra o fascismo pode atrair os socialistas para uma aliança com seus piores inimigos. Mas nunca haverá perigo de se aliar às pessoas erradas se você mantiver sempre em primeiro plano os pontos essenciais do seu movimento. Este é um princípio básico que precisa ser adotado.

E quais são os pontos essenciais do socialismo? Qual é a marca do verdadeiro socialista? Proponho que o socialista de verdade seja alguém que deseje ver a tirania derrubada, não apenas como algo desejável, mas que o deseje verdadeiramente. Imagino, porém, que a maioria dos marxistas ortodoxos não aceite essa definição, ou só a aceite muito a contragosto.

Por vezes, quando ouço essa gente falar, e mais ainda quando leio seus livros, tenho a impressão de que, para eles, todo o movimento socialista não passa de uma espécie de caça a hereges, uma perseguição divertida, um frenesi de xamãs pulando ao bater dos tambores, cantando “Fe, fi, fo fum, estou sentindo cheiro de sangue, é alguém se desviando para a direita!”.

É por isso que é muito mais fácil você se sentir socialista quando está no meio da classe trabalhadora. O socialista da classe trabalhadora, tal como o católico da classe trabalhadora, é fraco em doutrina e mal consegue abrir a boca sem soltar uma heresia, mas ele tem dentro de si o espírito da coisa. Ele realmente percebe a questão central, percebe que socialismo significa derrubar a tirania e que a “Marselhesa”, se fosse traduzida em seu proveito, iria atraí-lo mais profundamente do que qualquer tratado erudito sobre o materialismo dialético. Neste momento é perda de tempo insistir que aceitar o socialismo significa aceitar o lado filosófico do marxismo e ainda a adulação da

Rússia. O movimento socialista não tem tempo para ser uma liga dos materialistas dialéticos; ele deve ser uma liga dos oprimidos contra os opressores.

É preciso atrair o homem que pratica aquilo que diz e afastar o liberal amante da conversa-fiada, o que deseja que o fascismo estrangeiro seja destruído para que ele possa continuar usufruindo em paz de seus dividendos – o tipo do farsante que aprova resoluções "contra o fascismo e o comunismo", isto é, contra os ratos e contra o veneno mata-ratos. Socialismo significa derrubar a tirania tanto em casa como no estrangeiro. Enquanto você mantiver esse fato bem na linha de frente, não terá muita dúvida em saber quem são seus verdadeiros aliados. Quanto às diferenças menores – e até a diferença filosófica mais profunda é sem importância se comparada a salvar os 20 milhões de ingleses cujos ossos estão apodrecendo de subnutrição –, o momento de discutir sobre elas virá depois.

Não penso que o socialista precise sacrificar qualquer ponto essencial, mas com certeza terá de sacrificar muitos aspectos externos. Ajudaria muitíssimo, por exemplo, se o cheiro de excentricidade ainda entranhado no movimento socialista pudesse ser eliminado. Ah, se todas as sandálias e camisas verde-pistache pudessem ser empilhadas e queimadas, e se cada vegetariano, abstêmio e católico benemérito pudesse ser mandado de volta a Welwyn Garden City para fazer sua ioga em silêncio! Mas temo que isso não vá acontecer. O que é possível, porém, é que o tipo mais inteligente de socialista pare de alienar possíveis correligionários de maneiras tolas e totalmente irrelevantes. Há várias pequenas atitudes pedantes que poderiam ser descartadas com facilidade. Um exemplo é a péssima atitude do marxista típico em relação à literatura. Dos muitos exemplos que me vêm à mente, darei um só. Parece trivial, mas não é. No antigo semanário Worker's Weekly (um dos precursores do Daily Worker), havia uma coluna de literária, do tipo "Livros na Mesa do Editor". Por muitas semanas o tema foi Shakespeare, até que um leitor irado escreveu dizendo: "Prezado Camarada, Nós não queremos saber desses escritores burgueses como Shakespeare. Vocês não podem nos dar algo um pouco mais proletário?" etc. etc. A resposta do editor foi simples: "Se você consultar o índice de *O Capital*, de Marx, verá que Shakespeare é mencionado várias vezes". E note, por favor, que isso bastou para silenciar a objeção. Já que Shakespeare tinha recebido as bênçãos de Marx, ele se tornou respeitável. É essa mentalidade que afugenta as pessoas comuns e sensatas do movimento socialista. E nem é preciso gostar de Shakespeare para sentir repulsa por esse tipo de coisa.

E, mais uma vez, falo daquele horrível jargão que quase todo socialista acha necessário empregar. Quando a pessoa comum ouve expressões como "ideologia burguesa", "solidariedade proletária", "expropriar os expropriadores", não se sente inspirada por elas; sente apenas antipatia, aversão. Até mesmo a palavra "camarada" já fez seu trabalho sujo, ajudando a desacreditar o movimento socialista. Quantas pessoas ainda hesitantes já pararam no limiar – quem sabe foram a alguma reunião pública e viram os socialistas se dirigirem um ao outro, com certo constrangimento, como "camarada" e trataram de se esgueirar para ir, desiludidos, tomar uma cerveja no bar da esquina! E o instinto desse homem é saudável; pois onde está a sensatez de colar em você mesmo um rótulo ridículo, que mesmo depois de longa prática ninguém consegue pronunciar sem engolir em seco de vergonha? É um desastre deixar esse curioso, esse cidadão comum, ter a ideia de que ser socialista significa usar sandálias e despejar falatório sobre o materialismo dialético. É preciso deixar claro que no movimento socialista há lugar para seres humanos – do contrário, o jogo acabou.

E isso levanta uma grande dificuldade. Significa que a questão de classe, distinta do mero status econômico, deve ser encarada de modo mais realista do que ocorre hoje.

Por três capítulos discutimos a dificuldade da questão de classes. O principal fato que deve ter surgido, creio, é que, embora o sistema de classes da Inglaterra já não tenha utilidade, ele continua existindo, e não dá sinal algum de estar morrendo. A questão fica mais confusa quando se considera, como faz tantas vezes o marxista ortodoxo – por exemplo, Alec Brown em seu livro The fate of the middle classes (O destino da classe média), interessante em alguns aspectos –, que o status social é determinado apenas pela faixa de renda. Do ponto de vista econômico, existem, sem dúvida, apenas duas classes, os ricos e os pobres, mas do ponto de vista social há toda uma hierarquia de classes, e os costumes e as tradições que se aprende em cada uma delas na infância são não só muito diferentes, mas – e este é o ponto essencial – em geral persistem desde o nascimento até a morte. Vêm daí os indivíduos anômalos que encontramos em todas as classes sociais. Encontramos escritores como H. G. Wells e Arnold Bennett, que ficaram imensamente ricos, mas conservaram intactos seus preconceitos não conformistas de classe média baixa; encontramos milionários que não conseguem pronunciar o "H"; pequenos comerciantes com renda muito inferior à de um pedreiro, mas que se consideram (e são considerados) socialmente superiores ao pedreiro; vemos um rapaz saído de algum colégio interno governando uma província inteira na Índia e um diplomado na escola pública vendendo aspiradores de pó de porta em porta. Se a estratificação social correspondesse precisamente à estratificação econômica, o egresso da escola pública adotaria um sotaque popular, cockney, no mesmo dia em que sua renda baixasse para menos de duzentas libras por ano. Mas será que ele adota mesmo? Pelo contrário, ele imediatamente se torna vinte vezes mais de escola pública do que era e se aferra à "velha gravata da escola" como a uma tábua de salvação. E até o milionário que não pronuncia o "H", mesmo que faça aulas de elocução e aprenda o sotaque da BBC, quase nunca consegue se disfarçar tanto quanto gostaria. De fato, é muito difícil escapar, culturalmente, da classe em que cada um nasceu.

À medida que a prosperidade declina, as anomalias sociais vão se tornando mais comuns. Não vemos tantos milionários que não pronunciam o "H", mas vemos cada vez mais ex-alunos de escola pública vendendo aspiradores de pó, e cada vez mais pequenos lojistas empurrados para o asilo dos pobres. Grandes faixas da classe média vão sendo aos poucos proletarizadas, mas o essencial é que elas não adotam, pelo menos não na primeira geração, o ponto de vista do proletário. Aqui estou, por exemplo, com uma educação burguesa e uma renda de operário. A qual classe pertenço? Economicamente pertenço à classe operária, mas para mim é quase impossível me considerar qualquer coisa que não um membro da burguesia. E, supondo que eu tivesse que adotar um lado, ao lado de quem eu deveria me posicionar? Da classe superior, que está tentando me espremer até eliminar a minha existência, ou da classe trabalhadora, cujos costumes não são os meus? É provável que eu, em qualquer questão importante, escolhesse o lado da classe trabalhadora. Mas o que dizer dos outros, as dezenas ou centenas de milhares de pessoas que estão mais ou menos na mesma situação? E o que dizer daquela classe muito mais numerosa, que chega aos milhões – escriturários, todo tipo de funcionários de gravata e terno preto, cujas tradições são menos definidamente de classe média, mas que decerto não iriam agradecer se você os chamasse de proletários? Todos esses têm os mesmos interesses e os mesmos inimigos que a classe proletária. Todos estão sendo roubados e espezinhados pelo mesmo sistema. E, contudo, quantos percebem isso? Quando o aperto chegar, quase todos vão adotar o lado de seus opressores, contra os que deveriam ser seus aliados. É bem fácil imaginar uma classe média esmagada e reduzida às profundezas da miséria, e que conserva, mesmo assim, seus amargos sentimentos contra classe operária; e aí temos, naturalmente, um Partido Fascista já pronto para surgir.

É evidente que o movimento socialista precisa conquistar a classe média explorada antes que seja tarde demais. Acima de tudo, precisa atrair os funcionários de escritório, que são numerosos e, se soubessem como se unir, seriam poderosos. Óbvio é o fato de que até agora o movimento não conseguiu fazer isso. A última pessoa em quem se poderia ter a esperança de encontrar opiniões revolucionárias é um escriturário ou um vendedor. E por quê? Em grande parte, creio, por causa do jargão "proletário" que vem a reboque da propaganda socialista. Para simbolizar a guerra de classes, foi criada a figura mais ou menos mítica do "proletário", um sujeito musculoso porém abatido, de macacão sujo de graxa, em nítido contraste com o "capitalista", um gordão malvado de cartola e casacão de peles. Parece que não há ninguém entre um e outro. Mas a realidade é que em um país como a Inglaterra cerca de um quarto da população está nessa faixa intermediária. Se você despejar um falatório sobre a "ditadura do proletariado", seria melhor começar explicando quem são os proletários. Mas, devido à tendência socialista de idealizar o trabalhador manual, nunca esclareceram isso. Quantos desse infeliz exército de funcionários e balconistas trêmulos de frio, que em alguns aspectos estão, na verdade, pior de vida do que um mineiro ou estivador, quantos deles se consideram proletários? Proletário – ou assim lhes ensinaram a pensar – é quem não usa colarinho nem gravata. Assim, se você tenta tocá-los falando sobre a "guerra de classes", só vai conseguir assustá-los; eles se esquecem do salário, mas se lembram do sotaque e correm a defender a classe que os explora.

Aqui os socialistas precisam demonstrar, de modo a não deixar nenhuma dúvida, onde exatamente se situa a linha divisória entre o explorador e o explorado. Mais uma vez, é questão de se apegar aos pontos essenciais; e o essencial aqui é que todas as pessoas com uma renda pequena e incerta estão no mesmo barco, e deveriam estar lutando do mesmo lado. Quem sabe poderíamos falar um pouco menos sobre "capitalistas" e "proletários" e um pouco mais sobre os que roubam e os que são roubados. Temos que abandonar esse hábito equivocado de fingir que os únicos proletários são os trabalhadores braçais. É preciso explicar claramente ao funcionário, ao engenheiro, ao caixeiro-viajante, ao homem de classe média que empobreceu, que "piorou de situação", ao dono de armazém de bairro, ao funcionário público de baixo escalão e a todos os outros casos duvidosos que eles são o proletariado e que o socialismo é um bom negócio para eles, assim como para o trabalhador braçal e o operário de fábrica. Não se deve deixar que eles pensem que a batalha é entre os que pronunciam o "H" e os que não pronunciam; pois, se eles pensarem assim, vão entrar na luta do lado dos "H".

Estou deixando implícito que se deve convencer as diferentes classes a agir juntas sem que lhes peça, no momento, que abandonem suas diferenças de classe. E essa parece uma ideia perigosa. Também parece um pouco os acampamentos de verão do duque de York, em que jovens operários eram misturados com estudantes bem-nascidos, e com aquela conversa-fiada sobre "cooperação de classes", "estamos todos no mesmo barco, vamos remar juntos" – o que é bobagem, ou fascismo, ou ambas as coisas. Não pode haver cooperação entre duas classes cujos interesses reais são opostos. O capitalista não pode cooperar com o proletário. O gato não pode cooperar com o rato; e se o gato sugerir uma cooperação e o rato for tolo a ponto de concordar, logo vai desaparecer na goela do gato. Mas sempre é possível cooperar, contanto que seja com base em interesses comuns.

Notem que as pessoas que precisam agir juntas são todas aquelas que se encolhem de medo do patrão e todas as que estremecem ao pensar no aluguel. Isso significa que o pequeno sitiante deve se aliar com o operário de fábrica, o escriturário com o mineiro de carvão, o mestre-escola com o mecânico de automóveis. Há alguma esperança de que isso aconteça, caso se consiga fazê-los compreender onde estão seus interesses. Mas não vai acontecer caso se continue a incitar, desnecessariamente, seus preconceitos sociais, que em alguns deles são pelo menos tão fortes como qualquer consideração econômica.

Há uma diferença real nos costumes e nas tradições, entre o bancário e o estivador, e o sentimento de superioridade do bancário tem raízes muito profundas. Mais tarde ele terá que se livrar desse preconceito, mas agora não é uma boa hora de lhe pedir isso. Seria melhor se os ataques automáticos e sem sentido aos burgueses, que fazem parte de quase toda a propaganda socialista, pudessem ser abandonados nesse momento. Em todo o pensamento e a literatura de esquerda – e em todos os níveis, desde os editoriais do Daily Worker até as histórias em quadrinhos do News Chronicle –, corre a tradição de atacar os bem-nascidos, um deboche persistente, com frequência muito estúpido, contra os maneirismos e as relações de lealdade dos mais refinados – ou, no jargão comunista, os "valores burgueses". Em geral não passa de conversa-fiada, pois esses mesmos antiburgueses são, eles próprios, burgueses; mas é muito prejudicial, pois permite que uma questão menor barre o caminho da maior. Desvia a atenção do fato central de que pobreza é pobreza, quer você trabalhe com pá e picareta ou com lápis e papel.

Venho de classe média e minha renda é de cerca de três libras por semana, somando todas as fontes. Seria melhor se me pusessem do lado socialista do que me transformarem num fascista. Mas se você ficar me atacando sem cessar devido à minha "ideologia burguesa", se me der a entender que, de alguma maneira sutil, sou uma pessoa inferior porque nunca executei trabalho braçal, você só vai conseguir me contrariar. Sim, pois você estará me dizendo que sou, por natureza, um inútil, ou então que eu deveria modificar a mim mesmo de uma maneira que está além dos meus poderes.

Não posso proletarizar o meu sotaque nem algumas de minhas preferências e convicções; e, mesmo que pudesse, não o faria. Por que haveria de fazer? Eu não peço a ninguém que fale o meu dialeto; por que alguém haveria de me pedir que fale o seu? Seria muito melhor assumir que existem esses reles estigmas de classe e enfatizá-los o mínimo possível. São comparáveis a uma diferença de raças, e a experiência mostra que é possível cooperar com os estrangeiros, e até mesmo com estrangeiros de quem não gostamos, quando é de fato necessário. Economicamente, estou no mesmo barco com o mineiro de carvão, o operário braçal e o trabalhador rural; basta que alguém me lembre disso e irei lutar ao lado deles. Mas culturalmente sou diferente do mineiro, do operário braçal e do trabalhador rural; e, se você enfatizar esse aspecto, pode acabar me colocando contra eles. Se eu fosse uma anomalia solitária, isso não teria importância, mas o que vale para mim vale para incontáveis outras pessoas. Na mesma posição está o bancário que pensa no dia da demissão e o lojista que tenta se equilibrar à beira da falência. Eles são a classe média que vai afundando, e a maioria deles se apega à sua superioridade, sob a impressão de que ela os mantém com a cabeça fora d'água.

Não é boa política sugerir que joguem fora o colete salva-vidas. Há um perigo óbvio de que nos próximos anos grandes faixas da classe média deem uma repentina e violenta guinada para a direita. Ao fazer isso, podem ganhar uma adquirir uma força incrível. Até agora a fraqueza da classe média sempre se baseou no fato de que esses cidadãos nunca aprenderam a se unir, mas, se os assustar de tal modo que eles acabem se unindo contra você, pode descobrir que despertou um demônio. Tivemos uma breve visão dessa possibilidade na greve geral.

Não é possível endireitar as condições que descrevi nos primeiros capítulos deste livro, nem salvar a Inglaterra do fascismo, a menos que possamos criar um Partido Socialista efetivo. Terá de ser um partido com intenções revolucionárias genuínas, e numericamente forte, o suficiente para poder agir. E só poderemos conseguir isso se oferecermos um objetivo que as pessoas comuns reconheçam como desejável.

Isso significa que, além de tudo o mais, precisamos também de uma propaganda inteligente. Menos falatório sobre "consciência de classe", "expropriar os expropriadores", "ideologia burguesa" e "solidariedade proletária", para não falar naquelas sagradas irmãs, a tese, a antítese e a síntese. Precisamos falar mais sobre justiça, liberdade e o sofrimento dos desempregados. Menos sobre o progresso mecânico, os tratores, a barragem de Dnieper e a nova fábrica de salmão enlatado em Moscou. Esses detalhes; esse tipo de coisa não é parte integrante da doutrina socialista e afasta muita gente que é necessária para a causa socialista, inclusive a maioria dos que conseguem segurar uma caneta na mão. Basta apenas martelar dois fatos na consciência do público. Primeiro, que os interesses de todos os explorados são os mesmos; e, segundo, que o socialismo é compatível com a mentalidade da pessoa decente comum.

Sobre a complicada questão das distinções de classe, o único caminho possível, no momento, é ir com calma e evitar ao máximo assustar as pessoas. E, acima de tudo, chega desses esforços do tipo "Associação Cristã de Moços" para quebrar as divisões de classe. Se você pertence à burguesia, não fique muito ansioso para dar um salto adiante e abraçar seus irmãos proletários; eles talvez não gostem disso, e, se demonstrarem que não gostam, você pode acabar descobrindo que ainda tem preconceitos de classe, que eles não estão tão mortos como você imaginava. E se você pertence ao proletariado, seja por nascimento ou perante os olhos de Deus, não deboche automaticamente da "velha gravata da escola"; ela envolve relações de lealdade que podem lhe ser úteis, se você souber lidar com elas.

Acredito que existe alguma esperança de que quando o socialismo for uma questão viva, algo que importe, genuinamente, a um grande número de cidadãos ingleses, as dificuldades de classe poderão se resolver sozinhas mais depressa do que agora parece possível.

Nos próximos anos ou vamos conseguir esse partido socialista efetivo de que precisamos ou não vamos conseguir. Se não conseguirmos, o fascismo vai chegar; provavelmente uma forma dissimulada e anglicizada de fascismo, com policiais cultos em vez de gorilas nazistas, e o leão e o unicórnio em vez da suástica. Mas, se conseguirmos, haverá uma luta, talvez uma luta física, pois a nossa plutocracia não vai ficar quieta e passiva debaixo de um governo genuinamente revolucionário.

No momento em que as classes sociais tão distantes, que necessariamente formariam qualquer partido socialista, vierem a lutar lado a lado, cada uma poderá ter sentimentos diferentes sobre a outra. E então, talvez, todo esse tormento do preconceito de classe possa acabar e nós, da classe média decadente – o professor particular , o jornalista freelance meio faminto, a filha solteira do coronel que ganha 75 libras por ano, o desempregado graduado em Cambridge, o oficial da marinha sem navio, o escriturário, o funcionário público, o viajante comercial, o lojista do interior que já faliu três vezes – possamos afundar, sem mais lutas, na classe trabalhadora à qual pertencemos. E provavelmente, quando chegarmos lá, veremos que ela não é tão terrível como temíamos, pois, afinal de contas, nada temos a perder além de nossa pronúncia.